Les amants du Mississippi

D1322958

Chères lectrices,

Trois mois déjà depuis la naissance d'EMOTIONS ! Et c'est avec plaisir que je vous souhaite la bienvenue dans votre programme d'août.

Les livres de ce plein été vous entraîneront des rives tourmentées du Mississippi qui bordent les terres de Bellefontaine, théâtre de votre saga, jusqu'aux plages de Catalina Island au large de la Californie, et vous serez séduites par la beauté des paysages autant que par la qualité romanesque de ces quatre histoires. Une sélection variée, qui, comme celle des deux mois précédents, va nous plonger dans des décors différents de ceux auxquels nous sommes habituées et nous faire partager d'autres vies, d'autres destinées… Ainsi, tantôt tendres et généreuses comme Christie et Maud Anne (Emotions N° 882 et N° 883), tantôt révoltées et passionnées comme Diana et Lea (N° 881 et N° 884), vous allez, j'en suis sûre, vous identifier à ces héroïnes et vibrer avec elles au fil des pages.

Car c'est bien là le rôle premier d'un roman : nous entraîner, le temps d'une lecture, dans d'autres univers et nous faire vivre des émotions intenses.

Bonne lecture,

La responsable de collection

K. N. CASPER

Les amants du Mississippi

éMOTIONS

*éditions*Harlequin

*Cet ouvrage a été publié en langue anglaise
sous le titre :*
JACKSON'S GIRLS

Traduction française de
FABRICE CANEPA

HARLEQUIN®

est une marque déposée du Groupe Harlequin
et Émotions® est une marque déposée d'Harlequin S.A.

Photos de couverture
Couple : © PHOTODISC / GETTY IMAGES
Balançoire : © GOULD / CORBIS

© 2003, K. Casper. © 2004, Traduction française : Harlequin S.A.
83-85, boulevard Vincent-Auriol, 75013 PARIS — Tél. : 01 42 16 63 63
Service Lectrices — Tél. : 01 45 82 47 47
ISBN 2-280-07887-2 — ISSN 1264-0409

1.

Jackson freina brusquement alors que le sol se mettait à trembler sous ses roues. Stupéfait, il se rangea sur le bas-côté, se demandant s'il s'agissait d'un tremblement de terre. Mais nul n'avait jamais entendu parler de ce genre de séisme en Louisiane.

Il aperçut alors l'épaisse fumée noire qui s'élevait à quelques kilomètres de là, sur la droite de la route. Les battements de son cœur s'accélérèrent. Il n'y avait qu'un seul bâtiment dans cette direction : la raffinerie de sucre de sa famille.

Sans attendre, Jackson alluma son téléphone portable et composa le numéro des urgences.

— Il y a eu une explosion à la raffinerie Fontaine, dit-il à l'opératrice. L'ancienne raffinerie Dewalt, ajouta-t-il pour plus de précision.

— Oui, nous sommes au courant. Où vous trouvez-vous ? Savez-vous s'il y a des victimes ?

— Je n'en sais rien. Je suis sur la route, à environ trois kilomètres de l'usine.

— Les secours sont déjà en route, lui assura l'opératrice.

Reposant son portable, Jackson redémarra. Alors qu'il s'approchait de l'entrée de la raffinerie, il entendit les sirènes des voitures de pompiers.

Priant pour que personne n'ait été blessé ou tué dans l'accident, Jackson consulta l'horloge de la voiture. Il était 8 h 40, ce qui signifiait que la plupart des ouvriers n'étaient pas encore arrivés. Par contre, Murray Dewalt avait peut-être décidé de se rendre sur place, comme il le faisait très souvent.

A cette idée, Jackson sentit une boule d'angoisse se former dans sa gorge. Si son ami avait été blessé, il ne se le pardonnerait jamais.

Accélérant encore, Jackson opéra un virage à quatre-vingt-dix degrés pour s'engager sur le chemin de gravier qui menait à la raffinerie, soulevant derrière lui un épais nuage de poussière.

Il ne lui fallut que quelques minutes pour parvenir en vue du portail. Descendant de sa voiture, il alla ouvrir, constatant que le verrou était toujours intact. Apparemment, la porte n'avait pas été forcée.

Mais le grillage n'avait rien d'infranchissable. Il pouvait tout au plus tenir à l'écart les curieux et les touristes égarés. Par contre, il n'aurait pas constitué un obstacle sérieux pour un saboteur décidé. D'ailleurs, pas plus tard que la veille, il avait surpris une femme rôdant autour des entrepôts.

Lorsqu'il avait voulu lui parler, elle s'était enfuie en courant jusqu'à sa voiture garée non loin de là. Jackson avait été tenté de se lancer à sa poursuite mais y avait renoncé, comprenant qu'elle serait déjà loin avant qu'il n'atteigne son propre véhicule.

Avait-elle quelque chose à voir avec l'explosion ? se demanda-t-il en remontant dans sa Jaguar. Il redémarra, sentant de plus en plus distinctement l'odeur vaguement écœurante de caramel cramé qui se mêlait à celle plus acre du bois et du métal brûlants.

Jackson se gara et descendit de voiture en toussant sous l'effet de l'épaisse fumée que dégageait l'incendie. Se rapprochant, il constata avec soulagement que le bâtiment principal ne paraissait pas atteint par le sinistre.

Contournant la raffinerie, il ne tarda pas à découvrir le lieu où s'était produite l'explosion. C'était l'un des entrepôts où était stocké le sucre. Le toit avait été littéralement désintégré sous l'effet du souffle. Des morceaux de métal tordus et calcinés émergeaient de la structure. A plusieurs mètres à la ronde, des éclats de verre étaient répandus, se mêlant aux blocs de sucre caramélisé qui dégageaient une odeur écœurante.

Curieusement, les murs de l'entrepôt étaient intacts mais d'immenses flammes orange en émergeaient. A travers la fenêtre béante, Jackson avisa une autre colonne de feu, bleutée, celle-là, qui émergeait d'un tuyau déchiqueté. Il réalisa qu'il devait s'agir de l'une des conduites d'arrivée de gaz. Etait-elle à l'origine du sinistre ou avait-elle pris feu après le déclenchement de l'incendie ?

Comme Jackson formulait mentalement cette question, le hululement strident d'une sirène se fit entendre juste derrière lui. Se retournant, il vit plusieurs camions de pompiers remonter à vive allure la voie d'accès à la raffinerie.

Quelques instants plus tard, les véhicules s'immobilisèrent non loin de lui et plusieurs hommes en descendirent pour tirer des tuyaux et courir vers le bâtiment en flammes. L'un d'eux s'approcha de Jackson.

— Vous n'êtes pas blessé ? lui demanda-t-il.

— Non, répondit Jackson en criant pour couvrir le hurlement de la sirène et les appels des pompiers. Je viens juste d'arriver…

— Y a-t-il quelqu'un à l'intérieur ?

— Pas que je sache… Le portail était fermé et verrouillé et je n'ai vu aucun véhicule sur le parking.

Evidemment, songea-t-il sombrement, quelqu'un avait pu venir à pied. C'était improbable mais cette simple idée le faisait frissonner d'angoisse.

— Tenez, dit-il au pompier en lui tendant un trousseau. Ce sont les clés du bâtiment principal. Vous devriez pouvoir couper la conduite de gaz de là-bas.

— Merci, fit l'homme. Restez à l'écart pendant que nous travaillons, d'accord ?

Jackson hocha la tête et s'éloigna, comprenant qu'en de telles circonstances, il valait mieux laisser faire des professionnels. Mais l'inactivité ne contribuait guère à apaiser ses angoisses.

Et dire qu'il avait failli emmener Megan avec lui, ce matin… La petite fille était déjà très perturbée par le fait d'avoir été séparée de sa mère et elle n'avait certainement pas besoin d'un nouveau traumatisme !

Songeant à son unique enfant, Jackson sentit son cœur se serrer. Megan avait cessé de réclamer Janis mais celle-ci lui manquait toujours beaucoup. Hélas, lui ne pouvait rien faire pour apaiser ce manque.

Tante Esme était convaincue qu'il finirait par disparaître. Elle lui répétait que les enfants s'adaptaient à tout. Mais cela ne suffisait pas à consoler Jackson qui aurait préféré voir sa fille heureuse et épanouie.

La veille, elle lui avait demandé pourquoi il partait tous les jours et la laissait seule.

— Je dois aller travailler, lui avait-il expliqué. Mais ce n'est pas très loin de la maison, tu sais…

— Je croyais que tu travaillais dans le bureau, en bas, avait objecté Megan.

— C'est vrai. Mais c'est un peu comme toi : tu vas à l'école pour travailler et tu reviens ici pour faire tes devoirs.

— Je comprends… Dis, tu es venu voir mon école. Est-ce que moi aussi, je pourrais aller voir l'endroit où tu travailles ?

— Bien sûr, avait-il répondu.

Il avait alors décidé d'emmener la fillette à la raffinerie dès que possible. Il l'aurait d'ailleurs fait ce matin même si elle s'était réveillée plus tôt et avait eu le temps de l'accompagner avant d'aller à l'école.

Qui sait si tous deux ne se seraient pas trouvés dans le hangar, au moment de l'explosion ? songea Jackson en frissonnant d'angoisse rétrospective.

La simple idée de perdre sa fille l'emplissait d'une horreur sans nom. Elle était son bien le plus précieux, ce qu'il y avait de mieux dans sa vie.

Repoussant cette idée atroce, Jackson se concentra sur les efforts que déployaient les pompiers pour lutter contre l'incendie qui faisait rage dans l'entrepôt. Au bout de quelques minutes, l'un d'eux parvint apparemment à localiser le volant qui servait à couper le gaz.

La flamme bleutée qui grondait jusqu'alors mourut brusquement et le bruit qu'elle faisait céda la place au ronronnement moins effrayant de l'incendie. Aussitôt, les pompiers tirèrent les tuyaux qu'ils avaient branchés sur une bouche d'incendie située non loin du bâtiment principal.

En quelques secondes, ils déversèrent sur le hangar des tonnes d'eau et de mousse. Jackson sentit alors son cœur se serrer, comprenant brusquement que cela achèverait de ruiner les réserves de sucre qui n'avaient pas été entièrement détruites par le feu lui-même.

Il fallut près d'une heure aux pompiers pour venir entièrement à bout du sinistre. Lorsqu'ils eurent terminé, le bâtiment carbonisé et fumant laissait s'écouler un petit torrent d'eau noircie charriant des morceaux de sucre caramélisés.

Quelques hommes pénétrèrent dans l'entrepôt pour éteindre les quelques foyers qui auraient pu subsister. Les autres entreprirent de remballer leur matériel tandis que leur chef se dirigeait vers Jackson, relevant la visière de son casque.

— Vous aviez raison, déclara-t-il. C'était bien une fuite de gaz.

Jackson secoua la tête, convaincu qu'il ne s'agissait pas d'un simple accident. Trop de malheurs de ce type s'étaient déjà abattus sur sa famille ces derniers temps pour ne pas y voir un nouveau méfait perpétré par le mystérieux ennemi qui semblait prendre plaisir à les torturer sans relâche.

— Le système est neuf, objecta-t-il. Je l'ai fait installer il y a seulement quelques jours.

De fait, Murray et lui avaient décidé de mettre en place des turbines à gaz dont le fonctionnement s'avérait beaucoup moins coûteux que le système électrique d'origine. C'était l'une des multiples mesures qu'ils avaient prises dans l'espoir de rendre la raffinerie rentable.

En prenant la direction des affaires de la famille, Jackson s'était rapidement aperçu que cette usine que son père avait achetée et à laquelle il avait consacré beaucoup d'énergie constituait en réalité un véritable gouffre financier.

Duke Fontaine, s'il avait été un homme d'affaires avisé, avait aussi rêvé d'assurer la suprématie des Fontaine sur toute la chaîne de la production sucrière. Et cela l'avait parfois conduit à poursuivre des chimères dont la raffinerie était le dernier exemple.

— En tout cas, insista le capitaine des pompiers, vous avez beaucoup de chance ! Les dégâts sont concentrés exclusivement sur l'entrepôt. Si le vent avait soufflé dans l'autre direction, la raffinerie aurait pu être touchée. Et, à l'heure qu'il est, l'endroit serait probablement réduit en un tas de ruines fumantes.

— Mais la compagnie du gaz a inspecté toute notre installation avant que nous mettions le système en marche, observa Jackson.

— Je vérifierai qui s'en est occupé, répondit le chef des pompiers.

— Il s'agit d'Andréa Breton, précisa Jackson. Je l'ai accompagnée personnellement et je vous assure qu'elle a été très méticuleuse.

Jackson contempla l'entrepôt dévasté.

— Est-ce que vous croyez que je peux entrer dans la raffinerie ? demanda-t-il. J'ai des dossiers à récupérer.

— Il n'en est pas question, répliqua le capitaine en secouant la tête. Un inspecteur viendra dès demain matin vérifier s'il s'agit d'un accident ou d'un incendie volontaire. Tout doit être en l'état lorsqu'il arrivera.

— Très bien, acquiesça Jackson en tendant la main au pompier. Merci pour tout.

— Il n'y a pas de quoi.

Tandis que le capitaine s'éloignait vers ses hommes, Jackson fut rejoint par Roland Dewalt, le père de Murray, qui avait été propriétaire de la raffinerie avant de la céder à Duke Fontaine.

— Où est Murray ? lui demanda aussitôt Jackson, sentant l'angoisse l'étreindre de nouveau.

— Il est parti pour La Nouvelle-Orléans ce matin, répondit le vieil homme en contemplant pensivement le hangar détruit.

Roland avait autrefois été un très bel homme mais l'âge ne l'avait pas épargné. Il s'était empâté et ses cheveux grisonnants s'étaient raréfiés.

— J'ai vu la fumée de chez moi, expliqua-t-il. J'ai tout de suite compris que c'était ici que l'incendie s'était déclenché. Que s'est-il passé ?

— Apparemment, il y a eu une fuite de gaz, répondit Jackson.

— Je n'ai pas vu d'ambulance. Cela signifie-t-il que personne n'a été blessé ?

— Oui, Dieu merci…

Roland resta quelques instants silencieux, observant attentivement l'ampleur des dégâts.

— Apparemment, le cœur de la raffinerie n'a pas été touché, constata-t-il.

— C'est exact. Seul l'entrepôt a brûlé.

— C'est celui que Murray avait insisté pour faire construire, quelques mois seulement avant que je ne cède la raffinerie… Cela me paraissait être une perte d'argent à l'époque mais, à présent, je suis heureux qu'il ait insisté.

— Moi aussi, dit Jackson en soupirant.

Il savait que Roland avait vendu la mort dans l'âme. Pendant des années, il s'était entêté à maintenir l'activité de la raffinerie en dépit des conseils de Murray qui ne cessait de lui répéter qu'il ferait mieux de fermer définitivement.

C'était d'ailleurs l'un des multiples différends qui les opposaient et avaient fini par creuser entre eux un gouffre qui paraissait de plus en plus infranchissable.

Peut-être était-ce pour cela, d'ailleurs, que Murray passait tant de temps à Bellefontaine et si peu dans la plantation de son père.

— Ce n'est pas si grave, conclut Roland en haussant les épaules. Le syndicat vous remboursera le sucre perdu.

Le syndicat des industries sucrières servait d'intermédiaire et de garant aux producteurs de sucre de la région et supervisait l'ensemble de la production, depuis l'ensemencement jusqu'à la vente finale aux grossistes.

— Quant aux dommages matériels, poursuivit Roland, ils seront couverts par votre assurance.

Jackson hocha la tête, pas vraiment convaincu. Sa famille avait déposé de nombreuses déclarations de sinistre, ces temps-ci, et l'assurance rechignait déjà à payer.

Il y avait eu l'incendie de la cuisine de Bellefontaine, puis le vol de la moissonneuse, la destruction du matériel informatique de Casey, sans compter les dégâts mineurs causés par Denise Rochelle au moulin.

Le coût de ces incidents représentait au bas mot une somme d'un demi-million de dollars, ce qui faisait du dossier des Fontaine un véritable casse-tête pour leur assureur.

— En tout cas, si tu as besoin de conseils, reprit Roland, je suis prêt à t'aider. J'ai géré cette raffinerie pendant près de vingt-cinq ans et j'en connais un rayon sur le sujet.

— Merci de ton offre, répondit Jackson avec circonspection.

Il connaissait trop le tempérament ombrageux et autoritaire de Roland pour accepter d'emblée une telle proposition.

— A mon avis, conclut Roland en haussant ses épaules massives, le mieux que tu aies à faire, c'est de démolir la raffinerie et d'en rebâtir une nouvelle. C'est ce que me conseillait Murray autrefois et j'aurais sans doute mieux fait de l'écouter...

Cet aveu surprit Jackson qui n'était pas habitué à de telles déclarations de la part de son voisin. Il se demanda alors si ce dernier n'avait pas raison : n'était-il pas en train de s'entêter comme son père et comme Roland avant lui ? Ne ferait-il pas mieux de renoncer une fois pour toutes ?

— Bon, apparemment, je ne te serai d'aucune utilité ici, dit Roland en lui tendant la main.

Jackson la serra et regarda le vieil homme s'éloigner en direction de sa grosse Mercedes noire garée non loin de là. Il monta à bord, lui adressa un dernier signe de la main amical et démarra. Jackson se tourna alors vers la raffinerie. Il aurait voulu y entrer pour récupérer les documents qu'il était venu chercher mais il préféra tenir compte des instructions du capitaine des pompiers.

Après tout, il ne tenait pas à ce que l'assurance l'accuse d'avoir lui-même mis le feu à la raffinerie dans l'espoir de toucher la prime ! Le mieux était de se rendre directement chez son avocat pour lui signaler ce nouvel accident.

Comme il revenait vers la grille près de laquelle il était garé, Jackson aperçut alors entre les arbres la voiture grise qu'il avait déjà aperçue la veille. Quelqu'un se trouvait à bord mais il ne parvenait pas à distinguer qui. Pourtant, son instinct lui soufflait que ce devait être la jeune femme brune qu'il avait vue la veille rôdant aux alentours de la raffinerie.

Faisant semblant de ne pas l'avoir remarquée, Jackson monta à bord de son propre véhicule, franchit la grille, redescendit pour aller la refermer et se dirigea ensuite vers la route principale. Mais, avant d'y parvenir, il s'arrêta et se gara à l'abri d'une rangée d'arbres qui le dissimuleraient au regard de la mystérieuse espionne.

Descendant de voiture, il repartit à pied vers la raffinerie, passant derrière la ligne des pins pour ne pas être repéré. Comme il s'approchait, il constata que l'occupante du véhicule avait la tête penchée en avant. Avec une pointe d'angoisse, il se demanda si elle était morte.

Cette pensée, qui lui aurait semblé absurde quelques semaines seulement auparavant, le mit terriblement mal à l'aise. Puis il vit la jeune femme bouger et comprit qu'elle était en train de manger un sandwich.

Se pliant en deux, Jackson courut jusqu'à la voiture derrière laquelle il s'accroupit. A pas de loup, il la contourna et d'un geste brusque, ouvrit la portière du côté de la conductrice.

— Qui êtes-vous ? s'écria-t-il d'une voix menaçante. Et qu'est-ce que vous fichez ici ?

Leanna sentit son cœur s'emballer tandis qu'un accès de panique irrépressible s'emparait d'elle. Avant qu'elle ait pu se remettre de ses émotions, Jackson se pencha en avant et arracha les clés de contact de la voiture de peur, sans doute, qu'elle ne cherche à prendre la fuite.

Sans la quitter des yeux, il tira de la poche de sa veste un téléphone portable et commença à composer un numéro.

— Au fond, reprit-il, cela n'a pas grande importance. Qui que vous soyez, vous vous trouvez sur une propriété privée !

— J'ai parfaitement le droit d'y être, répliqua la jeune femme qui commençait à peine à revenir de sa frayeur.

— Dans ce cas, je suppose que vous ne verrez aucun inconvénient à l'expliquer à la police, rétorqua Jackson sur le même ton.

— Appelez-les si vous y tenez. Mais je vous suggère de me laisser vous expliquer qui je suis avant de vous ridiculiser...

— Je vous écoute.

— Mon nom est Leanna Cargill, déclara-t-elle en posant le sandwich qu'elle tenait toujours à la main pour prendre son sac à main sur le siège passager. Je travaille comme enquêteuse pour le compte du syndicat des industries sucrières.

— Vraiment ? Et puis-je savoir ce qu'une enquêteuse comme vous fait sur ma propriété ?

— Tout d'abord, il ne s'agit pas de votre propriété, précisa Leanna d'un ton très professionnel. Cette voie d'accès est publique. Mais pour répondre à votre question, j'étais chargée de vérifier les dires d'un informateur anonyme qui prétendait que vous stockiez illégalement du sucre dans un entrepôt. D'après ce que je vois, ajouta-t-elle en désignant les cristaux caramélisés qui constellaient les lieux, ce tuyau était fiable…

Jackson commença à composer un nouveau numéro sur son portable.

— J'appelle Ripley Spruance, précisa-t-il comme la jeune femme lui jetait un regard interrogateur. Je suppose que vous savez de qui il s'agit.

— Si c'est une question piège, elle est un peu élémentaire, monsieur Fontaine. Tout le monde sait que Ripley Spruance est le président du syndicat…

— C'est exact. Dans ce genre de situation, il vaut toujours mieux s'adresser directement au sommet de la hiérarchie. Allô, Rip ? Oui, c'est Jackson… Oui, c'est le moins qu'on puisse dire. Mais tout va bien, maintenant. Par contre, j'ai ici une jeune femme du nom de Leanna Cargill. Cela te dit quelque chose ?

Leanna observait attentivement Jackson, s'efforçant de chasser les derniers vestiges de la peur qu'il lui avait faite en lui bondissant dessus par surprise. Elle aurait sans doute dû fermer sa portière. Mais comme l'air conditionné ne fonctionnait plus, elle était de toute façon obligée de garder la fenêtre ouverte…

En d'autres circonstances, songea-t-elle, l'idée de se trouver nez à nez avec Jackson Fontaine ne lui aurait sans doute pas paru aussi désagréable. C'était vraiment un très bel homme. Il n'était pas excessivement grand, mesurant probablement un peu moins d'un mètre quatre-vingts, mais il se dégageait de lui une impression de force et de confiance impressionnante. Ses yeux d'un bleu profond révélaient un mélange de franchise et d'assurance assez séduisant. Sa voix était teintée de ce léger accent du Sud qui lui donnait une douceur aussi troublante que trompeuse.

— Alors tu l'as vraiment engagée ? s'exclama-t-il, la tirant de sa contemplation.

Il y avait de l'agacement dans sa voix. Cela n'avait d'ailleurs rien d'étonnant si l'on considérait qu'elle venait de le prendre la main dans le sac.

Cela faisait des années qu'elle exerçait ce métier et elle commençait à en connaître toutes les ficelles. Elle avait commencé dans le Nord, se taillant rapidement une réputation d'enquêteuse tenace. Cette renommée avait dû parvenir jusqu'aux oreilles de Ripley Spruance et il l'avait fait venir à Baton Rouge.

Il s'agissait en effet d'une affaire complexe, les Fontaine étant l'une des familles les plus respectées de la région. Ils possédaient une superbe plantation de canne à sucre et disposaient également d'un moulin et d'une raffinerie que leur père avait achetés avant sa mort.

— Je comprends, Rip, soupira Jackson. Je ne t'en veux pas. Mais la prochaine fois, pose-moi d'abord tes questions en personne. Et, si tu ne me fais pas assez confiance pour cela, tâche au moins d'engager quelqu'un d'assez compétent pour enquêter discrètement.

Leanna sentit la moutarde lui monter au nez.

— Bon, à la semaine prochaine, Rip, conclut Jackson avant de raccrocher.

Il replaça l'appareil dans la poche de sa veste et croisa les bras sur sa poitrine, observant Leanna avec attention.

— Je vais faire un marché avec vous, mademoiselle Cargill, déclara-t-il enfin. Puisque vous vous êtes introduite par effraction sur ma propriété, hier…

— Par effraction ? répéta la jeune femme, furieuse. Je vous ai dit que j'étais parfaitement habilitée à me trouver ici.

— Pas du tout, rétorqua-t-il calmement. Vous m'avez prouvé que vous aviez *des raisons* de vous trouver ici. Mais, pour y entrer, il vous fallait mon autorisation expresse ou celle d'un juge assermenté.

— Cela m'aurait pris des heures, protesta-t-elle.

— Peut-être même des jours, acquiesça Jackson. D'autant que je connais la majorité des juges de la région. Et que je sais qu'ils n'ont pas un amour immodéré pour les yankees…

Leanna ravala la colère qu'elle sentait monter en elle, comprenant qu'il ne servirait à rien de céder à ses provocations. Mieux valait essayer de se concilier les bonnes grâces de Jackson : cela lui ferait gagner beaucoup de temps.

— Soyez raisonnable, dit-elle. Nous savons tous deux qu'aucun juge, même sudiste, ne retiendra contre moi une accusation d'effraction. D'autant que je suis une mère célibataire…

— Il existe des organismes qui pourraient prendre en charge votre enfant en attendant votre procès, remarqua Jackson en haussant les épaules.

— Vous n'êtes pas sérieux ? demanda Leanna partagée entre la peur et la rage impuissante. Vous ne feriez tout de même pas une chose pareille à ma fille juste pour vous venger ?

Jackson la regarda gravement et tous deux s'affrontèrent en silence durant quelques instants. Malgré elle, Leanna ne pouvait s'empêcher d'éprouver une certaine nervosité. Jackson était un négociateur consommé et il connaissait effectivement la plupart des juges et des magistrats en exercice dans la région. Nombre d'entre eux devaient beaucoup à sa famille qui leur garantissait son appui depuis de longues années. S'il décidait effectivement de la faire arrêter, il y parviendrait certainement.

Elle ne pouvait se permettre de faire le pari qu'il ne s'agissait vraiment que d'une tentative de bluff.

— Qu'est-ce que vous attendez de moi, monsieur Fontaine ? demanda-t-elle enfin, se résignant à baisser la garde la première.

— Votre coopération. Je serais curieux d'apprendre qui m'a dénoncé.

— Je vous ai dit qu'il s'agissait d'un appel anonyme.

— Alors, à vous de trouver qui en était l'auteur…

— Ecoutez, même si ceux qui ont reçu l'appel à mon bureau le savent, ils refuseront certainement de trahir leurs sources.

— Très bien… Je suppose que, dans ce cas, il faut que j'envisage les choses sous un autre angle. Après tout, qui me dit que vous n'êtes pas la personne qui a fait exploser mon entrepôt ?

— Moi ? s'écria Leanna, sidérée par sa mauvaise foi. Bon sang, monsieur Fontaine, j'enquête sur ce genre de feux ! Ce n'est pas moi qui les allume !

— Cela reste à prouver. Hier, vous vous êtes introduite sans autorisation dans l'enceinte de la raffinerie. Lorsque je vous ai interpellée, vous avez pris la fuite. Ce matin, un entrepôt explose et, comme par hasard, je vous retrouve sur les lieux ! Avouez que c'est plutôt louche…

— Si j'étais vraiment responsable de cette explosion, croyez-vous que je serais restée ici à attendre que vous me coinciez ?

— J'ai entendu dire que la plupart des criminels revenaient sur les lieux de leurs forfaits, observa Jackson en haussant les épaules. Surtout les pyromanes...

— Ne soyez pas ridicule ! protesta la jeune femme. Je vous ai dit qui j'étais et ce que je faisais ici. J'enquête pour le compte du syndicat des industries sucrières ! Pensez-vous que je mettrais le feu aux entrepôts que je suis censée surveiller ?

— Bon, je suppose que ce petit jeu est superflu, déclara brusquement Jackson. Voici le marché que je vous propose. Vous voulez savoir si je stocke du sucre illégalement dans mes entrepôts ? Je vais vous répondre. Mieux, je vais vous les faire visiter...

Leanna continua de le regarder en silence, attendant l'autre clause du contrat.

— Je vous promets de vous donner accès à toutes les informations qui vous paraîtront importantes.

La jeune femme ne dit mot. Elle avait appris l'importance du silence face aux personnes sur lesquelles elle enquêtait. La plupart du temps, cela suffisait à les mettre mal à l'aise, à les pousser insidieusement à se confesser.

Mais Jackson ne se laissait pas démonter le moins du monde, prouvant une fois de plus ses qualités de négociateur averti.

— En échange, reprit-il, je veux que vous me promettiez de m'aider dans l'enquête que je mène en ce moment.

— Puis-je savoir quelle est la nature de cette enquête ? demanda la jeune femme, bien décidée à ne pas le laisser prendre l'avantage.

— Quelqu'un cherche à détruire Bellefontaine et ma famille. Et je veux que vous m'aidiez à découvrir de qui il s'agit.

— Je ne suis pas détective privé, observa la jeune femme. Et je travaille pour le syndicat…

— Un poste que vous pourriez perdre rapidement, remarqua durement Jackson. Surtout après la façon dont je vous ai prise sur le fait aujourd'hui…

— Est-ce que vous avez l'habitude d'obtenir ce que vous désirez par la menace ? demanda froidement Leanna que le procédé écœurait.

Jackson secoua la tête avant de détourner les yeux, paraissant brusquement embarrassé.

— Je suis désolé, marmonna-t-il. J'ai eu une journée très difficile, mademoiselle Cargill. Une de plus, d'ailleurs… Notre famille n'a guère été épargnée, ces derniers temps, et rien n'indique que les choses sont sur le point de s'arranger. Pour répondre à votre question, je n'ai pas l'habitude de menacer les gens. Ni de prendre en otage les enfants de ceux qui s'attaquent à moi. Je suis moi-même père d'une petite fille et je sais combien les enfants sont importants… Surtout pour un parent unique… Mais j'ai vraiment besoin de votre aide. Et je suis prêt à coopérer pleinement avec vous si vous acceptez de me l'accorder.

Leanna hésita, prise au dépourvu par les regrets sincères que paraissait éprouver Jackson. D'un autre côté, ce pouvait être une nouvelle façon, plus astucieuse que la première, de la manipuler.

— Monsieur Fontaine…, commença-t-elle.

— Appelez-moi Jackson. Puisque nous allons travailler ensemble, il serait plus simple que vous m'appeliez par mon prénom.

— Monsieur Fontaine, répéta obstinément la jeune femme, si ce que vous voulez me révéler au sujet de vos affaires est de nature illégale, je préfère que vous vous en

23

absteniez. Je ne tiens pas à me rendre complice de pratiques délictueuses.

— Voilà que vous me jugez sans même avoir entendu ce que j'avais à dire ! protesta Jackson. Vous pourriez tout de même me laisser une chance de tout vous expliquer…

— Je vous répète que, s'il s'agit de quelque chose d'illégal, je n'aurai d'autre choix que d'en faire part aux autorités compétentes…

Jackson la regarda durant quelques instants, paraissant hésiter sur la conduite à tenir. Finalement, il secoua la tête et s'écarta de la portière.

— Venez avec moi, lui demanda-t-il.

— Où cela ? demanda Leanna, de nouveau sur la défensive.

— Vous vouliez voir ce qu'il y avait dans l'entrepôt, n'est-ce pas ? C'est bien pour cela que vous étiez venue fouiner, hier ?

La jeune femme ne répondit pas.

— Voilà ce que nous allons faire, déclara Jackson en lui tendant son portable. Gardez-le et composez le numéro des urgences. Si vous vous sentez en danger, vous n'aurez qu'à appuyer sur la touche d'appel… Mais rassurez-vous, Lea, je ne compte pas vous attaquer ! ajouta-t-il en riant.

L'emploi de son surnom ajouta encore à la confusion de la jeune femme. Une fois de plus, elle était prise de court par l'apparente sincérité de Jackson. Elle prit le téléphone qu'il lui présentait sans pourtant composer le numéro des urgences.

Tous deux remontèrent côte à côte le chemin couvert de sucre gluant qui menait à la raffinerie. Lorsqu'ils atteignirent l'entrepôt détruit, Leanna fut frappée par l'ampleur des dégâts mais elle s'abstint de faire le moindre commentaire.

Gagnant la porte du bâtiment, Jackson déverrouilla un cadenas noirci par la fumée. Il tira alors sur le vantail qui s'écarta du mur dans un grincement déchirant. Une écœurante odeur de sucre brûlé les assaillit aussitôt.

— Vous êtes prête ? demanda Jackson en s'immobilisant sur le seuil de l'entrepôt plongé dans les ténèbres.

La jeune femme hocha la tête, s'efforçant de maîtriser son angoisse.

2.

— Vous m'avez accusé de stocker illégalement du sucre brut, déclara Jackson. Vous aviez en partie raison. Dans cet entrepôt se trouvaient plus de mille tonnes de sucre non raffiné. Mais ce stockage était parfaitement légal.

La jeune femme contempla avec stupeur les masses brunes que formaient les pains de sucre caramélisé. On aurait dit de gigantesques icebergs maculés par quelque étrange pollution.

— Pouvez-vous le prouver ? demanda-t-elle en détachant son regard de cette scène d'apocalypse.

— Vous ne me croyez toujours pas, soupira Jackson. Très bien… Si vous voulez des preuves, suivez-moi à Bellefontaine. Nous y serons plus à l'aise pour discuter, et je pourrai vous fournir tous les documents que vous voudrez.

Leanna hésita quelques instants avant de hocher la tête, réalisant sans doute qu'elle n'avait rien à perdre en acceptant sa proposition. Jackson se félicita de cette victoire. Peut-être parviendrait-il à convaincre la jeune femme de lui venir en aide.

Car sa famille en avait grand besoin. C'était une chose dont il était désormais convaincu. L'explosion à la raffinerie n'était que le dernier d'une longue série de malheurs qui s'étaient abattus sur les Fontaine.

— Si vous voulez appeler quelqu'un pour signaler où vous vous rendez, n'hésitez pas…

Leanna acquiesça et composa un numéro sur le téléphone de Jackson qu'elle tenait toujours à la main.

— Monsieur Spruance, dit-elle, Leanna Cargill à l'appareil. Oui, je vais bien, merci… Je vais accompagner Jackson Fontaine chez lui… Bien sûr, dès que j'aurai tous les éléments. Au revoir.

— Vous êtes prête ? demanda alors Jackson lorsqu'elle eut raccroché.

— Oui, répondit la jeune femme d'une voix qui paraissait malgré tout assez incertaine. Je prends ma voiture et je vous suis.

Elle lui tendit son portable avant de se diriger vers son véhicule. Jackson la suivit des yeux, réalisant qu'il était encore loin d'avoir gagné sa confiance. L'idée de l'accompagner à Bellefontaine n'avait en effet semblé lui sourire qu'à moitié.

Finalement, Jackson suivit la jeune femme et alla verrouiller le portail. Il regagna ensuite au pas de course sa Jaguar, au volant de laquelle il s'installa. Jetant un coup d'œil dans son rétroviseur, il s'assura que Leanna l'avait rejoint et démarra.

Ils remontèrent jusqu'à la route principale sur laquelle ils s'engagèrent pour se diriger vers Bellefontaine. Comme c'était la première visite de la jeune femme à la plantation, Jackson décida de ne pas emprunter le raccourci mais de passer par la porte principale pour lui montrer la propriété dans toute sa splendeur.

Ils ne tardèrent pas à parvenir en vue de l'imposant portail en fer forgé qui arborait les lettres B et F en un blason savamment ouvragé. Quelques semaines auparavant, cette entrée était continuellement ouverte, symbole de la proverbiale hospitalité de sa famille.

Mais, à présent, il dut employer le badge magnétique que possédaient ceux qui vivaient sur la propriété pour ouvrir la porte massive. Celle-ci se referma automatiquement derrière la voiture de Leanna et leurs deux véhicules remontèrent l'allée bordée de magnolias, qui traversait les pelouses de la plantation pour mener au corps de logis principal.

De chaque côté, étaient disposées des fontaines qui avaient été installées par chacun des membres de la famille depuis des générations. La plus récente avait été dessinée par leurs parents, vingt ans auparavant. Bientôt, Jackson et ses deux sœurs feraient construire la leur qu'ils avaient prévu d'ériger sur le côté est de la maison.

Etant donné les difficultés qui s'accumulaient, songea tristement Jackson, ce serait peut-être la dernière fontaine du domaine qui finirait entre les mains de promoteurs ambitieux comme tant d'autres de la région.

Chassant ces sombres pensées, Jackson serra les dents. Cela n'arriverait pas, décida-t-il. Du moins pas tant qu'il aurait les moyens de s'y opposer. Il ne se considérait pas comme un homme sentimental mais il croyait en la valeur de son héritage et en celle de la tradition.

Certes, l'histoire des Fontaine n'était pas dénuée de côtés sombres, de périodes difficiles. Mais ils avaient également su construire l'une des plus belles plantations de la région, faisant vivre des milliers de personnes depuis le XIXe siècle.

Jackson jeta un coup d'œil dans son rétroviseur, s'assurant que Leanna le suivait toujours. Il aurait aimé pouvoir lui expliquer le sens de ces fontaines et lui raconter les multiples anecdotes qu'il connaissait à leur sujet. S'il parvenait à la convaincre de leur venir en aide, il aurait tout le temps de le faire plus tard.

Contournant une dernière fontaine, Jackson se gara devant les marches menant au porche imposant qui courait tout autour de la demeure. Il descendit de voiture et rejoignit Leanna qui s'était arrêtée juste derrière lui.

— C'est un endroit splendide, s'exclama-t-elle avec une admiration non dissimulée en observant les lieux. On se croirait vraiment dans *Autant en emporte le vent*...

— C'est parce que les décorateurs s'en sont inspirés en partie, répondit-il.

La jeune femme étudia les colonnes qui ornaient le porche et les superbes balcons des pièces du premier étage.

— La maison a été construite en 1835 par André Guillaume François, duc de Fontaine, précisa Jackson.

— Elle est magnifique, commenta la jeune femme.

— Venez, dit-il en lui prenant le bras pour l'escorter jusqu'à l'entrée. D'habitude, ajouta-t-il, j'entre par la porte de service mais Tante Esme aurait une attaque si je faisais passer une invitée par là. Vous verrez, elle est très attachée au décorum...

Leanna hocha la tête, ne paraissant pas étonnée outre mesure. Jackson quant à lui essayait de se mettre à la place de la jeune femme, imaginant qu'il découvrait cet endroit pour la première fois. Et il réalisa qu'il se dégageait effectivement des lieux une impression d'âge et de majesté qui devait sembler très intimidante au premier abord.

Souriant, il ouvrit la lourde porte et s'effaça pour laisser entrer Leanna dans le hall. Il était occupé en grande partie par l'escalier magistral impeccablement ciré qui semblait tout droit sorti de quelque film historique. De hautes doubles portes s'ouvraient à droite et à gauche, desservant la salle de bal, le grand salon, la bibliothèque et la salle à manger.

Tante Esme était justement en train de descendre l'escalier, suivie par Toodles, son inséparable caniche.

— Tante Esme, fit Jackson, je te présente Leanna Cargill. Leanna, je vous présente Esme Fontaine, ma tante.

— Soyez la bienvenue à Bellefontaine, dit solennellement la vieille dame en les rejoignant.

Comme à son habitude, elle s'exprimait d'un ton emprunt de formalisme qui ne manquait pas de surprendre les gens qui ne la connaissaient pas. Mais Leanna ne laissa percer aucune réaction, se contentant de s'incliner légèrement.

— Vous avez vraiment une maison superbe, madame Fontaine, déclara-t-elle.

— Mademoiselle, corrigea Tante Esme.

Dans ses yeux, Jackson perçut une pointe de réprobation et il comprit que l'accent nordiste de la jeune femme jouait certainement en sa défaveur. Pourtant, elle paraissait également sensible à la politesse de Leanna.

— Voulez-vous que je vous fasse visiter ? suggéra Jackson.

— Ce serait avec plaisir, répondit Leanna. Mais je ne voudrais pas m'imposer...

— Ne vous en faites pas, je ne vous montrerai pas les squelettes qui se tapissent au fond de nos placards. Nous les gardons généralement pour une seconde visite. Certains sont vraiment très vieux : ils remontent au temps de l'esclavage. Nous avons aussi quelques aïeuls emmurés à la cave et le proverbial dément enfermé au grenier...

— Jackson ! protesta Tante Esme en lui décochant un regard chargé de reproches. Mon neveu a un curieux sens de l'humour, ajouta-t-elle en se tournant vers Leanna.

Jackson éclata de rire et déposa un léger baiser sur le front de sa tante.

— J'espère que vous apprécierez la visite, mademoiselle Cargill, poursuivit Tante Esme, radoucie. Mais ne croyez pas tout ce qu'il vous dit.

— Vous pouvez m'appeler Leanna, suggéra la jeune femme. Ou Lea, si vous préférez…

— Dis-moi, demanda Jackson à l'intention de sa tante, où sont Megan et Tanya ?

— A la cuisine, en train de déjeuner, répondit Tante Esme avant de se détourner pour remonter l'escalier.

— Bien, déclara Jackson en entraînant Leanna, allons les voir…

Leanna le suivit jusqu'à la cuisine. C'était une vaste pièce, haute de plafond et couverte d'un plancher de bois sombre méticuleusement ciré. Comme le reste de la maison, il se dégageait de cette pièce une impression de majesté et de confort.

A la grande table qui trônait au centre de la pièce, étaient assises une jeune femme blonde et une fillette aux cheveux noirs et bouclés et aux grands yeux gris.

— Bonjour les filles ! s'exclama joyeusement Jackson. Qu'est-ce que vous mangez ?

— Bonjour, Jackson, répondit la jeune femme en se tournant vers eux.

Elle aperçut alors Leanna et lui jeta un regard mi-interrogatif, mi-méfiant. Jackson traversa la pièce pour aller embrasser sa fille.

— C'est une tartine de beurre de cacahuète avec de la confiture, précisa celle-ci en lui montrant son casse-croûte.

— Ça a l'air délicieux, commenta Jackson. Je peux en avoir une bouchée ?

Megan lui tendit la tartine dans laquelle il mordit à belles dents.

— Excellente, conclut-il, ébouriffant les cheveux de la fillette. Et terriblement diététique, en plus... Lea, je vous présente ma fille, Megan. Megan, voici Leanna Cargill.

— Bonjour, fit timidement la fillette.

— Salut, Megan, répondit Leanna en s'approchant d'elle. Quel âge as-tu ?

— Cinq ans, répondit fièrement Megan.

— J'ai une fille qui a six ans, remarqua Leanna en souriant. Elle s'appelle Elise.

— Est-ce qu'elle est jolie ? demanda Megan avec aplomb. Papa dit que je suis la plus jolie fille du monde entier.

Elle paraissait très fière, tout en doutant de ce jugement qui, même à ses yeux, semblait un peu excessif.

— Il a raison, tu sais. Tu es vraiment très jolie. Comme Elise...

— Où est-elle, en ce moment ?

— A l'école. Mais tu la rencontreras peut-être, un de ces jours. Dis-moi, quelle confiture as-tu mise sur ta tartine ?

— De la framboise.

— C'est celle qu'Elise préfère.

— Lea, reprit Jackson, permettez-moi de vous présenter Tanya Carson, la nounou de Megan.

— Enchantée de faire votre connaissance, dit Tanya en lui tendant la main.

Mais elle constata alors qu'elle était maculée de confiture et la retira, gênée.

— Voulez-vous manger quelque chose ? demanda Jackson à Leanna. Une tartine de beurre de cacahuète, peut-être...

— Sans façon, merci, répondit la jeune femme en riant. Une autre fois peut-être…

— Finis ta tartine, dit Tanya à Megan. C'est bientôt l'heure de la sieste.

— Je ne suis pas fatiguée, protesta la fillette.

— Voilà ce que je te propose, suggéra alors son père avec un sourire. Si tu finis ton déjeuner et que tu vas te coucher bien sagement, je te raconterai une histoire, d'accord ?

Megan hésita quelques instants mais ne tarda visiblement pas à comprendre que c'était une bataille qu'elle ne pourrait remporter.

— Seulement si tu me racontes l'histoire du Lapin fou, déclara-t-elle avec aplomb.

— D'accord, acquiesça Jackson, sachant que c'était celle qu'elle préférait.

Il avait eu le malheur d'inventer les aventures du Lapin fou, presque un an auparavant, et la petite fille semblait ne jamais se lasser de les entendre.

— Je vais montrer la maison à Leanna et je te rejoins dans ta chambre, d'accord ?

La fillette opina gravement et Jackson et Lea quittèrent la cuisine.

— Elle est adorable, déclara la jeune femme.

— C'est vrai, concéda Jackson. Mais elle est un peu timide.

Sur ce, il entraîna Leanna jusqu'au premier étage où il alla ouvrir la porte au bout du couloir qui donnait sur un grand balcon surplombant le jardin.

Leanna aurait voulu interroger Jackson plus avant sur sa fille, lui demander s'il en avait la garde exclusive, qui était sa mère, comment Megan vivait leur séparation. Mais elle n'osa pas se montrer aussi indiscrète.

— Autrefois on voyait le fleuve d'en bas, expliqua Jackson. Mais une digue a été construite, il y a plusieurs années, et il faut monter jusqu'ici pour l'apercevoir, à présent.

De fait, par-delà la cime des majestueux magnolias qui poussaient sur la plantation, la jeune femme aperçut le cours gris et boueux du Mississippi qui charriait ses eaux terreuses en direction de l'Océan.

Le silence qui régnait sur ces lieux n'était troublé que par le chant des oiseaux et on entendait la rivière gronder dans le lointain.

— C'est un endroit si paisible, remarqua-t-elle.

— C'est vrai, reconnut Jackson avec un sourire complice. C'est là que je viens boire mon café tous les matins. Je pourrais passer des heures entières à regarder couler le fleuve d'ici.

La jeune femme lui jeta un regard surpris. Elle n'aurait jamais imaginé que Jackson pouvait se laisser aller à ce genre de rêveries bucoliques. Tout ce qu'elle avait appris sur son compte le désignait comme un homme d'affaires retors et un négociateur habile. Mais il semblait avoir plus d'une facette…

— Venez, je vais vous montrer le reste de la maison. Je me suis engagé à le faire et Tante Esme me tuera si je ne respecte pas ma parole.

— J'ai effectivement cru deviner que votre tante était une femme à poigne.

— C'est une Fontaine, répondit Jackson en haussant les épaules. Toutes les femmes de la famille sont comme cela. Vous vous en apercevrez si vous rencontrez une de mes sœurs, un jour.

— Et votre Tante ne s'est jamais mariée ?

— Non… Je vous raconterai pourquoi lorsque nous ne courrons plus le risque qu'elle surprenne notre conversation, murmura Jackson à son oreille.

La chaleur de son souffle arracha un délicieux frisson à la jeune femme. Pour la première fois, elle réalisa à quel point elle était sensible au charme de Jackson.

— C'est une histoire très édifiante, ajouta ce dernier avec un sourire mystérieux.

Leanna se sentait intriguée. Ce genre de secret paraissait aller de soi dans une maison qui semblait tout droit sortie de quelque roman-feuilleton du XIXe siècle.

— Nous avons commencé à faire visiter cette demeure voici plusieurs années, reprit Jackson. Ma mère appartenait à la société d'Etudes historiques de Baton Rouge et, dans ce cadre, elle ouvrait la maison aux visiteurs à Noël. Mais ils étaient si nombreux qu'elle a fini par prolonger la période d'ouverture. A présent, nous recevons des gens tout au long de l'année. C'est Tante Esme qui joue les guides touristiques et c'est une activité dont elle raffole…

Durant la demi-heure qui suivit, Jackson lui fit visiter rapidement la maison, faisant preuve d'une culture impressionnante. Il paraissait connaître l'histoire de chaque meuble et celle de chaque personne qui avait vécu à la plantation, évoquant ses ancêtres avec autant de familiarité que s'ils avaient été de vieux amis.

Leanna ne tarda pas à réaliser que le temps s'écoulait très étrangement à Bellefontaine. Certains événements, qui s'étaient produits près d'un siècle auparavant, étaient toujours commentés comme s'ils étaient d'actualité. Les décennies n'avaient pas de prise sur ce domaine qui avait vu se succéder tant de générations.

Finalement, ils redescendirent au rez-de-chaussée où ils rejoignirent Tante Esme qui s'était installée dans le salon.

— Je vais aller embrasser Megan dans son lit, déclara Jackson. Je te confie Lea, Tante Esme. Fais-lui visiter ce niveau. Je vous rejoins dès que possible…

Tante Esme s'exécuta avec un plaisir évident, faisant découvrir à la jeune femme les salles de réception splendides qui occupaient le rez-de-chaussée de la maison. Elle était plus volubile que Jackson et commenta par le menu chaque meuble, démontrant de solides connaissances en matière d'antiquités.

Le père de Leanna avait exercé le métier de restaurateur d'objets anciens et la jeune femme se targuait de jouir d'une excellente culture en ce domaine. Mais Tante Esme était un véritable puits de science.

Lorsque Jackson les rejoignit, il les trouva en pleine conversation sur les mérites comparés de la marqueterie française et anglaise au XVIIIᵉ siècle.

— Je suis désolé de vous avoir fait attendre, s'excusa-t-il. Mais Megan a insisté pour que je lui raconte deux histoires au lieu d'une seule…

— Je vais vous laisser, déclara Tante Esme avant de serrer la main de Leanna. J'ai été ravie de faire votre connaissance, ma chère. Sachez que vous serez la bienvenue dans cette maison chaque fois que vous voudrez bien nous honorer de votre présence.

Leanna remercia la vieille dame pour son hospitalité et Tante Esme s'éclipsa, la laissant seule avec Jackson.

— Apparemment, Tante Esme vous apprécie beaucoup, observa-t-il, impressionné.

— Moi aussi, je l'aime bien, répondit-elle.

— Tant mieux… Mais venez. Je vous ai promis des explications au sujet de nos réserves de sucre et nous serons mieux dans mon bureau pour en discuter.

Jackson la précéda alors dans une pièce située à l'arrière de la maison que la jeune femme n'avait pas encore eu l'occasion de visiter. C'était un splendide bureau à l'ameublement incontestablement masculin : bibliothèque d'acajou, table de travail massive de bois précieux, confortables fauteuils club entourant une table basse sur laquelle trônait une carafe de whisky…

Divers magazines étaient posés sur la table basse et plusieurs dossiers s'amoncelaient sur le bureau. Pourtant, la jeune femme discerna aussitôt l'ordre et la méthode que cachait cette apparente confusion. D'ailleurs, Jackson n'hésita pas un instant avant d'aller chercher une épaisse chemise cartonnée qui se trouvait dans l'un des placards de la pièce.

— Vous m'avez accusé de stocker illégalement du sucre brut, déclara-t-il d'une voix brusquement très professionnelle.

— Je ne vous ai pas accusé, protesta la jeune femme. J'ai juste fait état d'une dénonciation anonyme dont vous faisiez l'objet. Je n'ai encore aucun parti pris quant à son exactitude.

— Très bien. Alors laissez-moi vous démontrer qu'il ne s'agit que d'une médisance sans fondement…

Ce fut exactement ce qu'il entreprit de faire durant les deux heures qui suivirent, retraçant l'origine des divers stocks de sucre qui avaient été entreposés à la raffinerie et détruits par l'incendie.

Ils furent interrompus par Tante Esme qui leur apporta le thé.

— Vous êtes restés enfermés trop longtemps, déclara-t-elle à son neveu en français. Il est temps de prendre un petit rafraîchissement.

— C'est une excellente idée, répondit Leanna dans la même langue. Merci beaucoup, mademoiselle Fontaine.

— Je ne savais pas que vous parliez français. Voilà qui nous empêchera de faire des cachotteries.

Tante Esme paraissait également impressionnée par ce nouveau talent dont leur hôtesse faisait preuve.

— Jackson, tu devrais proposer à Mlle Lea de rester pour le dîner.

Son neveu jeta un regard amusé à la jeune femme, comme s'il la mettait au défi de refuser.

— Qu'en pensez-vous ?

— Eh bien…, hésita-t-elle, c'est très gentil à vous mais je ne peux vraiment pas. Je dois aller chercher ma fille à l'école.

— Vous avez une fille ? s'étonna Tante Esme. Je ne savais pas que vous étiez mariée…

Tout en disant ces mots, elle regardait la main gauche de la jeune femme que n'ornait plus aucune alliance depuis longtemps.

— Je ne le suis pas.

— Je vois, fit Tante Esme un peu sèchement.

— Je suis divorcée, crut bon de préciser la jeune femme sans trop savoir pourquoi elle cherchait à se justifier de la sorte.

Jackson lui décocha un clin d'œil complice avant de voler à son secours.

— Sa fille, Elise, a juste un an de plus que Megan.

— Dans ce cas, elle devrait se joindre à nous, elle aussi, déclara posément la vieille dame. D'ailleurs cela fera beaucoup de bien à Megan de pouvoir jouer avec une fillette de son âge.

— Je ne voudrais pas m'imposer, protesta Leanna, gênée par cette hospitalité inattendue.

— Au contraire, s'exclama Tante Esme, cela nous fera grand plaisir. Jackson, je suis sûr que tu parviendras à user de ton charme légendaire pour convaincre Mlle Lea. Maintenant, si vous voulez bien m'excuser, je vais aller demander à Betty de mettre deux couverts de plus.

Sans attendre les protestations de la jeune femme, Tante Esme quitta la pièce, refermant doucement la porte derrière elle.

— L'invitation de votre tante est vraiment très généreuse, déclara Leanna à Jackson. Mais je ne puis accepter…

— Pourquoi pas ? demanda-t-il tout de go.

La jeune femme hésita, comprenant qu'elle n'avait aucune raison objective à lui opposer. Simplement, il ne lui paraissait pas très correct déontologiquement parlant de dîner en compagnie d'un homme sur le compte duquel elle était censée enquêter. Cependant, il n'y avait aucun moyen de le lui expliquer sans courir le risque de le froisser, ce qu'elle n'avait aucune envie de faire.

— Très bien, conclut Jackson. Dans ce cas, c'est entendu. A quelle heure devez-vous récupérer Elise ?

Leanna jeta un coup d'œil à sa montre avant de se rappeler brusquement que celle-ci s'était arrêtée le matin même. Voilà qui lui apprendrait à acheter ce genre d'article en promotion dans son supermarché… Elle nota mentalement qu'elle devrait racheter une pile.

— A 3 heures, répondit-elle. Ensuite, je la conduis chez sa baby-sitter jusqu'à 6 heures, heure à laquelle je quitte généralement mon travail.

— Cela nous laisse donc une demi-heure, déclara Jackson avant de servir le thé dans deux verres qui contenaient des glaçons. Vous n'aurez qu'à la ramener directement ici pour qu'elle fasse la connaissance de Megan. Voulez-vous appeler votre baby-sitter pour lui dire qu'Elise ne viendra pas aujourd'hui ?

— Ce n'est pas la peine, répondit Leanna. De toute façon, elle garde cinq autres enfants...

Un quart d'heure plus tard, après avoir fini leur thé, Leanna et Jackson gagnèrent la voiture de ce dernier. La jeune femme s'installa sur le siège passager de la Jaguar, à la fois fascinée et impressionnée par le luxe de ce véhicule équipé de sièges en cuir, d'un tableau de bord de bois précieux et de toutes sortes d'options dont l'utilité lui échappait.

A côté de l'antiquité cabossée qui lui servait de véhicule, celui de Jackson lui faisait l'effet d'un vaisseau spatial. Pourtant, la décontraction de Jackson atténuait l'impression de luxe et de raffinement qui émanait de sa demeure comme de sa voiture.

C'était d'ailleurs ce qui la surprenait le plus : rien en lui ne trahissait la moindre suffisance, la moindre vanité. Il paraissait au contraire considérer ce monde privilégié dans lequel il vivait avec un mélange de détachement et d'humour. Leanna songea que ce devait être le privilège des vieilles familles pour lesquelles l'argent et le pouvoir avaient toujours été des évidences.

— Elise est à l'école élémentaire Dubois, indiqua-t-elle lorsque Jackson démarra.

— Il paraît que c'est un excellent établissement, commenta-t-il avant de lui jeter un coup d'œil pensif. Dites-moi, ajouta-t-il brusquement, est-ce que vous croyez toujours que je suis un escroc ?

— Je vous ai dit que ce n'était pas moi qui avais porté une telle accusation, lui rappela-t-elle.

— Mais vous êtes chargée d'en vérifier l'exactitude. Ne me dites pas que vous ne vous étiez pas fait une opinion sur la question... Et maintenant ? Qu'en pensez-vous ?

La jeune femme hésita. Jackson s'était apparemment montré très honnête avec elle, ne lui cachant aucun document et lui ouvrant tous les dossiers qui concernaient la raffinerie. A moins qu'il n'ait gardé quelque part une comptabilité parallèle, les réserves de sucre qu'il avait constituées paraissaient parfaitement légales.

— Vous savez, reprit Jackson, voyant qu'elle ne répondait pas, mon père a toujours jugé bon de ménager la chèvre et le chou en affaires. Il avait divisé ses terres en deux parties distinctes. L'une est sous contrat avec le syndicat, bénéficiant des aides à l'ensemencement et du rachat automatique qu'il accorde. Mais l'autre est entièrement financée par nos propres deniers et peut être vendue librement.

— Et si les prix du marché sont inférieurs aux coûts de production, vous stockez en attendant que la conjoncture s'améliore, compléta la jeune femme.

— C'est exact.

— Je suppose que c'est pour cette raison que votre père voulait absolument racheter cette raffinerie. Cela lui permettait de passer d'une production de sucre brut à une production de sucre raffiné, ce qui augmentait la rentabilité de l'opération.

— Encore exact.

— Cela signifie que cette réserve de sucre qui a brûlé n'était pas garantie par le syndicat, ajouta la jeune femme. Ce sera une perte sèche pour vous...

— C'est pour cette raison que je ne pense pas que cet incendie soit accidentel. Quelqu'un en veut à notre famille et il a vu là un moyen de nous assener un nouveau coup bas.

— Mais qui ? demanda Leanna, curieuse. Qui savait que vous stockiez du sucre ?

— C'est bien là le problème… Peu de gens étaient au courant. Il y avait mes sœurs, Casey et Noelani. Mais elles n'en auraient parlé à personne. D'ailleurs, elles ne s'occupent guère de cette partie de notre activité, préférant se concentrer sur la production pure.

— Et votre tante ?

— Je suppose que Duke aurait pu lui en parler mais j'en doute. De toute façon, Tante Esme n'est pas du genre à raconter ce genre de choses…

— C'est vrai, reconnut la jeune femme. Et votre mère ? Aurait-elle pu en parler ?

— Certainement pas, répondit Jackson sans hésiter. Maman était très douée pour garder des secrets. Nous l'avons découvert après sa mort lorsque nous avons appris que Duke avait une fille illégitime à Hawaii. Maman le savait et n'en avait rien dit à personne. Même pas à Tante Esme qui était sa plus proche confidente…

— Beaucoup d'autres personnes auraient pu parler. A commencer par les ouvriers qui ont récolté, transporté et stocké la canne à sucre.

— Ils ne pouvaient pas savoir qu'il s'agissait d'une production non garantie par le syndicat, objecta Jackson. Peu de gens prennent le risque d'investir à titre privé comme nous le faisons et nous nous gardons bien de le crier sur les toits…

— Peut-être, mais vos ouvriers ont pu penser que ces réserves étaient constituées illégalement puisque la date limite de vente au syndicat était dépassée. Si tel avait été le cas, détruire le stock vous aurait aussi porté un coup personnel. Plus encore puisque vous n'auriez alors aucun moyen de faire jouer votre assurance...

— C'est juste, admit Jackson. Et c'est pour cette raison que j'ai besoin de votre aide... Il faut que je découvre qui est responsable.

Comme ils discutaient de la sorte, ils étaient parvenus en vue de l'école élémentaire devant laquelle étaient déjà garés de nombreux véhicules. Jackson se gara en double file et Leanna descendit de voiture. Elle observa le groupe d'élèves et de parents qui se trouvaient assemblés devant le bâtiment de briques rouges.

— Elise ! appela-t-elle en agitant la main.

Une petite fille aux longs cheveux blonds se mit à courir vers elle. La ressemblance entre la mère et la fille était incontestable, songea Jackson. Elles avaient les mêmes grands yeux violets et la même adorable petite fossette au menton.

Après avoir embrassé Leanna, Elise observa avec curiosité la Jaguar près de laquelle elle se tenait et l'homme qui était au volant.

— Elise, fit sa mère, je te présente Jackson Fontaine.

— Je suis très contente de faire votre connaissance, déclara gravement la fillette.

— Jackson nous a invitées à dîner chez lui, expliqua Leanna. Il a une fille qui s'appelle Megan et qui a juste un an de moins que toi.

— Elle aussi, elle est dans mon école ? demanda Elise, curieuse.

— Non, elle est encore en maternelle, répondit Jackson tandis que Leanna et sa fille prenaient place dans la voiture.

Il démarra et reprit le chemin de Bellefontaine.

— Elle sent bizarre, cette voiture, commenta Elise.

Leanna sourit, tentée de lui répondre que c'était l'odeur de l'argent. Mais cela n'aurait pas été très gentil envers Jackson.

— C'est parce que les sièges sont en cuir, expliqua-t-elle.

Elise continua à les bombarder de questions sur la voiture, sur Megan et sur l'endroit où vivaient les Fontaine. Jackson ne tarda pas à réaliser que c'était une enfant particulièrement vive et intelligente dont l'enthousiasme contrastait avec la timidité naturelle de Megan. Il se demanda avec curiosité comment les deux fillettes allaient s'entendre.

3.

Il fallut moins d'une minute à Elise pour convaincre Megan de lui montrer sa chambre. Les deux enfants se précipitèrent en courant en direction du premier étage sous l'œil attendri de leurs parents respectifs.

— Il est dommage que je ne vous aie pas rencontrée plus tôt, déclara Jackson en souriant. Je n'ai jamais vu Megan faire preuve d'autant d'enthousiasme.

Un bruit fracassant de verre brisé se fit entendre au premier, les faisant sursauter.

— Mais qu'est-ce qu'elles fabriquent ? demanda Jackson avec une pointe d'inquiétude.

— Je ferais mieux d'aller voir, murmura Leanna d'un air désolé. Parfois, Elise fait montre d'un peu trop d'enthousiasme, justement…

— Non, ce ne doit pas être très grave, répondit Jackson en prêtant l'oreille. Je n'entends personne pleurer… De toute façon, Tanya est avec elles et elle est parfaitement capable de gérer la situation. Retournons plutôt travailler en attendant que le cocktail soit servi.

— Le cocktail ? répéta Leanna, étonnée.

— Oui, c'est la tradition ici, avant de dîner.

— Mon Dieu, ironisa la jeune femme, j'ai bien peur d'avoir oublié ma robe à paniers…

— Ne vous en faites pas, Tante Esme se fera un plaisir de vous en prêter une, répondit Jackson en riant.

Ils retournèrent s'installer dans le bureau et Jackson ralluma l'ordinateur.

— Connaissez-vous bien la façon dont on produit le sucre ? demanda-t-il.

— Je ne peux pas dire que je sois une experte en la matière, reconnut Leanna. Mais j'ai lu quelques ouvrages sur le sujet et j'ai visité le musée du sucre à Baton Rouge. C'est un endroit fascinant… En tout cas, je vous avoue que je ne pensais pas que le processus de fabrication était aussi complexe.

— Comment pensiez-vous qu'on faisait le sucre ? demanda Jackson, curieux.

— Je ne sais pas… En fait, je crois que je ne m'étais jamais vraiment posé la question. Je me disais que l'on devait presser la canne à sucre pour en extraire le jus, faire bouillir ce jus jusqu'à ce qu'il cristallise puis broyer les cristaux ainsi obtenus.

— C'est un bon résumé, remarqua Jackson. D'ailleurs, c'est probablement de cette façon que procédaient nos ancêtres. Evidemment, nous avons quelque peu amélioré le procédé…

— Et les plants de canne dont le sucre est extrait ont beaucoup évolué, eux aussi, n'est-ce pas ?

— Oui. Si vous voulez en savoir plus sur ce sujet, vous n'aurez qu'à interroger ma sœur Casey. C'est son dada. Cela fait des années qu'elle travaille en collaboration avec un laboratoire de recherche et avec l'université de Louisiane pour produire une espèce de canne plus rentable et plus résistante.

— Je vois que j'ai encore beaucoup à apprendre.

— Nous nous ferons un plaisir de vous montrer tout ce qui vous intéresse, répondit galamment Jackson.

— C'est vraiment très gentil de votre part, répondit prudemment la jeune femme. Mais il ne serait pas très honnête d'accepter l'aide de la personne sur le compte de laquelle je suis chargée d'enquêter.

— Au contraire, protesta Jackson sans paraître le moins du monde offensé. Vous ferez d'une pierre deux coups. D'une part, vous découvrirez les ficelles de notre métier et d'autre part, vous vous assurerez de la parfaite légalité de chaque étape de notre production. Vous pourrez visiter nos serres, nos champs, notre moulin et notre raffinerie en toute liberté et, chaque fois que vous aurez un doute, il vous suffira de vérifier en consultant des sources d'information extérieures.

La jeune femme n'hésita pas très longtemps, comprenant que cette méthode lui ferait effectivement gagner beaucoup de temps. De plus, la perspective de travailler aux côtés de Jackson était loin d'être désagréable.

— Vous êtes certain que cela ne vous dérangera pas ? demanda-t-elle. Je ne voudrais pas vous faire perdre votre temps…

— Ne vous en faites pas, j'aménagerai mon emploi du temps.

Leanna se demanda brusquement les raisons de cette gentillesse inattendue. Quel intérêt avait Jackson à lui proposer un tel marché ? Cherchait-il à la prendre au piège ? Voulait-il la manipuler ?

C'était peu probable. Après tout, il avait clairement expliqué que le stock de sucre qui avait été détruit n'était pas assuré par le syndicat. Dès lors, il ne pouvait en demander le remboursement…

Il y avait évidemment une autre explication possible, réalisa la jeune femme. Ce pouvait être simplement pour lui une façon détournée de passer du temps en sa compagnie.

Cette idée troubla Leanna. Jackson Fontaine pouvait-il s'intéresser à elle sur un plan autre que professionnel ? Et, si tel était le cas, qu'était-elle censée en penser ?

Après sa rupture avec Richard Cargill, elle s'était promis de se tenir prudemment à l'écart des hommes et de se concentrer sur l'éducation de sa fille. Mais Jackson Fontaine réveillait en elle des sensations qu'elle avait crues disparues.

Malgré elle, elle se sentait flattée par l'intérêt qu'il lui portait et avait envie de lui plaire. Au fond, cela n'avait rien d'étonnant : il était beau, plein d'humour, riche et séduisant. Une description qui aurait suffi à faire céder n'importe quelle femme...

Mais elle n'était pas certaine de vouloir courir de nouveau le risque de s'engager dans une relation amoureuse.

A cet instant, un brouhaha de voix et de rires la tira de ses réflexions et elle s'aperçut en rougissant que Jackson la regardait attentivement, comme s'il essayait de lire dans ses pensées.

— Venez, dit-il en se levant. Je vais vous présenter le reste de la famille...

Tous deux quittèrent le bureau pour gagner le hall où Leanna découvrit un couple qui discutait avec Tante Esme. Jackson les lui présenta comme étant sa sœur, Casey, et son époux, Nick Devlin.

Tous deux étaient aussi beaux que Jackson, et Leanna se sentit quelque peu intimidée par leur présence. Casey était plus grande qu'elle, avec de longs cheveux bruns tirés en arrière qui faisaient ressortir la couleur verte de ses yeux superbes.

— Tu aurais quand même pu mettre une robe, lui reprocha Tante Esme. Je t'avais dit que nous avions une invitée…

Casey se contenta de hausser les épaules d'un air agacé et Leanna devina que ce n'était certainement pas la première fois que toutes deux avaient ce genre de discussion. Nick et Jackson échangèrent un sourire complice qui confirma l'intuition de la jeune femme.

Le mari de Casey était très grand. Ses yeux bleus contrastaient avec ses cheveux très noirs, soulignant la beauté de ses traits.

— Nous devrions passer dans le salon, déclara Tante Esme.

C'est donc ce qu'ils firent. Jackson se dirigea aussitôt vers le bar qui trônait au fond de la pièce.

— Bourbon pour Nick, mint-julep pour Tante Esme, bière pour Casey, je suppose ? dit-il.

Tous trois acquiescèrent.

— Leanna ? Qu'est-ce que je vous sers ?

La jeune femme hésita. Cela faisait quelque temps qu'elle n'avait pas bu d'alcool et elle ne voulait certainement pas prendre le risque de se ridiculiser en compagnie de ces gens qui l'impressionnaient malgré elle.

— Tu n'as qu'à lui préparer un mint-julep, suggéra Casey. Si vous n'aimez pas ça, ajouta-t-elle à l'intention de la jeune femme, vous n'aurez qu'à le laisser.

Leanna hocha la tête et observa Jackson qui préparait le mélange avec une habileté consommée : quelques feuilles de menthe broyées, du sucre, du bourbon, un trait de soda et de la glace pilée.

— C'est la recette de ma mère, précisa Tante Esme. Et personne ne la prépare comme Jackson. Même son père le reconnaissait volontiers.

49

C'était la première fois que la vieille dame faisait référence à son frère défunt et, durant un instant, une ombre passa sur le visage de Casey et de Jackson. Puis ce dernier tendit leurs verres à Tante Esme et à Leanna.

— L'odeur est délicieuse, commenta la jeune femme.

Elle avala une gorgée et se mit à tousser, surprise par la force du mélange.

— C'est fort ! s'exclama-t-elle tandis que les autres éclataient de rire.

— Peut-être vaudrait-il mieux que tu lui serves un porto, suggéra Tante Esme à son neveu qui s'apprêtait à préparer un nouveau cocktail pour lui-même. Tu n'auras qu'à prendre son verre.

— Je crois que je préférerais un jus d'orange, si cela ne vous dérange pas, intervint Leanna.

— Pas de problème, répondit Jackson qui lui prit son verre des mains et lui servit un jus de fruits.

A ce moment, deux autres personnes entrèrent dans la pièce et, une fois de plus, Leanna en eut le souffle coupé. La jeune femme était sublime, avec de longs cheveux noirs aux reflets auburn, une peau délicieusement dorée qui paraissait aussi douce que la soie et des yeux magnifiques, légèrement fendus en amande.

Son compagnon aurait pu être mannequin pour une marque de haute couture. Grand, large d'épaules, il avait de beaux cheveux bruns et des yeux d'un bleu profond. Sa main, lorsqu'il serra celle de Leanna, était calleuse, trahissant son métier d'artisan. Pourtant, sa poigne était douce et délicate.

Jackson les présenta comme Noelani, sa demi-sœur, et Adam, l'homme qui avait rénové avec tant de talent la cuisine incendiée de Bellefontaine.

Sans même demander aux nouveaux arrivants ce qu'ils voulaient, Jackson prépara un nouveau mint-julep pour Noelani avant de servir une bière à Adam.

Ils furent alors rejoints par Tanya que suivaient les deux fillettes dont elle avait la charge. Leanna en profita pour présenter Elise à toute la famille.

— J'ai cours, ce soir, dit alors Tanya à Jackson.

— Les examens approchent, n'est-ce pas ?

— Oui, plus qu'un semestre et j'aurai terminé.

— Tanya fait des études de musicologie, expliqua Jackson à Leanna. Fais attention sur la route, ajouta-t-il à l'intention de la jeune femme.

Celle-ci acquiesça et quitta la pièce non sans avoir décoché à son employeur une œillade enflammée.

— Tu sais qu'elle est folle de toi, commenta Casey, moqueuse, lorsqu'elle fut hors de portée de voix.

— Ne sois pas ridicule, protesta Jackson en haussant les épaules.

Leanna fut très étonnée en comprenant qu'il était sincère. Jackson paraissait appartenir à cette race d'hommes qui ne se rendent pas compte du charme qu'ils possèdent et de la fascination qu'ils exercent sur les autres. C'était tout le contraire de Richard qui ne manquait jamais de jouer de son pouvoir de séduction…

Tous s'installèrent dans le salon, Elise prenant place à côté de sa mère et Megan auprès de Jackson.

— Alors ? demanda ce dernier à Adam. Comment avance la rénovation de Magnolia Manor ?

— Nous avons fini d'arracher le plancher du porche qui était pourri et j'ai trouvé des planches de cyprès pour le remplacer. Cela coûte beaucoup plus cher mais c'est beaucoup plus fidèle que le pin à la construction originale.

— Au XIXe siècle, expliqua Casey à Leanna, on utilisait presque exclusivement ce bois parce qu'il était plus résistant à l'humidité qui règne en Louisiane la majeure partie de l'année. En plus, il a la particularité d'éloigner les termites.

— Pourquoi l'a-t-on remplacé par du pin à Magnolia Manor, dans ce cas ? demanda la jeune femme, étonnée.

— Parce que apparemment les propriétaires de l'époque abritaient leurs chevaux sous les porches, répondit Noelani. Et les planchers ne tardaient pas à être détériorés par les sabots et les excréments.

— Je vois que la passion d'Adam pour l'histoire des vieilles maisons est contagieuse, observa Casey.

— C'est un sujet fascinant, reconnut sa demi-sœur. Surtout lorsqu'il s'agit de sa propre demeure…

— Dites-moi, mademoiselle Cargill, demanda alors Nick, qu'est-ce qui vous amène à Bellefontaine, exactement ?

— Appelez-moi Lea, je vous en prie. Et, pour répondre à votre question, je suis chargée d'une enquête pour le compte du syndicat sucrier.

Nick la regarda avec stupeur.

— Elle est chargée d'éplucher mes livres de comptes, expliqua Jackson en riant.

— Mon papa aussi aime les livres, déclara alors Elise.

Leanna jeta un regard de reproche à sa fille.

— Est-ce qu'il te fait souvent la lecture ? demanda Jackson.

— Des fois… Mais il n'est plus là maintenant. Maman l'a quitté et je ne le vois plus.

Leanna rougit malgré elle, gênée par l'aplomb de sa fille.

— Je suis sûre que ta maman te fait la lecture, elle aussi, intervint Casey d'un ton léger.

— Oh oui... Mais maintenant, j'arrive à lire toute seule...

A ce moment précis, une femme d'une cinquantaine d'années pénétra dans le salon. Elle avait des cheveux grisonnants tirés en arrière, révélant une cigarette éteinte coincée derrière son oreille droite.

— Le repas est servi, déclara-t-elle. Si vous voulez manger chaud, vous feriez mieux de passer à table. Moi, j'y vais...

— Merci Betty, répondit sèchement Tante Esme qui ne paraissait pas porter dans son cœur la cuisinière de la famille.

Betty haussa les épaules et s'éclipsa. Tous se levèrent et gagnèrent la salle à manger, une vaste pièce au plafond de laquelle pendait un impressionnant lustre aux cabochons de cristal. Au centre trônait une superbe table qui aurait pu accueillir sans peine une vingtaine de convives.

— Papa, fit Megan, est-ce qu'Elise peut s'asseoir à côté de moi ?

— Bien sûr, ma chérie, répondit Jackson avec un sourire radieux.

— Mais je veux quand même être assise à côté de toi, ajouta la fillette.

— Eh bien, tu n'as qu'à te mettre à ma gauche. Elise se mettra de l'autre côté et sa maman à côté d'elle.

— D'accord, fit Megan, visiblement satisfaite par cet arrangement.

Tous s'installèrent donc, et Casey servit le plat unique qui, malgré l'attitude désinvolte de Betty, s'avéra en réalité magnifiquement présenté et réellement délicieux.

La conversation roula naturellement et joyeusement entre les convives, Leanna se laissant gagner par l'atmosphère cordiale et complice qui régnait entre eux. Elle apprit que

Noelani était originaire de Hawaii où elle avait également travaillé dans une plantation de canne à sucre.

— Malheureusement, elles sont de moins en moins nombreuses, expliqua-t-elle. Même les plantations d'ananas qui étaient autrefois l'une des principales ressources agricoles sont en train de disparaître... Le tourisme est une activité bien plus rentable pour la plupart des gens.

— Et les îles ne vous manquent pas ? demanda Leanna.

Noelani réfléchit quelques instants, comme si elle considérait les divers aspects de la question.

— Parfois si, admit-elle enfin. Mais je n'ai plus vraiment de racines là-bas, alors qu'ici, j'ai trouvé une nouvelle famille...

— Et vous ? demanda Tante Esme à Leanna. D'où êtes-vous originaire ?

— D'Ithaca, dans l'Etat de New York. C'est beaucoup moins exotique, j'en ai peur...

— Cargill est-il le nom de famille de vos parents ?

— Non, c'est celui de mon ex-mari. Je l'ai gardé parce que la plupart des gens que je fréquente me connaissaient sous ce nom. Mes parents s'appelaient Jerome.

— Jerome ? répéta Tante Esme, pensive. Il y a une famille Jerome à Iberville Parish. Je sais que nombre d'entre eux ont migré vers le nord, après la guerre.

Leanna comprit qu'elle parlait de la guerre de Sécession. Dans la bouche de Tante Esme, celle-ci aurait très bien pu avoir eu lieu quelques années auparavant.

— Alors, vous n'êtes peut-être pas complètement yankee, commenta Casey en souriant.

— On dit « satanée-yankee », remarqua Jackson. C'est un nom composé...

— Jackson, voyons ! protesta Tante Esme sans grande conviction.

— Et vous ? demanda Noelani. Est-ce que vous regrettez New York ?

— C'est encore trop tôt pour le dire, je suppose, répondit la jeune femme. Nous ne sommes ici que depuis un mois et nous ne sommes pas encore complètement installées… Une chose est sûre, en tout cas, je ne regrette pas les hivers du Nord…

A la fin du repas, tous les membres de la famille débarrassèrent la table. Mais quand Leanna voulut les aider, Tante Esme s'y opposa fermement.

— Peut-être la prochaine fois, déclara-t-elle. Ce soir, vous êtes notre invitée.

— Ne vous en faites pas, remarqua Casey en souriant. Je connais assez mon frère pour parier qu'il y aura d'autres opportunités…

Ce dernier, gêné par ce sous-entendu, entraîna Leanna jusqu'au porche de la maison. Le soleil était couché mais les lumières du jardin avaient été allumées, formant des constellations de petites étoiles sur les pelouses et au pied des fontaines.

— Elise est une enfant adorable, dit Jackson. Elle est vive et intelligente tout en étant parfaitement bien élevée. Vous pouvez être fière d'elle.

— Je le suis, répondit la jeune femme. Elise est ce que j'ai de plus précieux au monde…

— D'après ce que j'ai compris, son papa semble lui manquer, fit observer Jackson. Est-ce qu'elle le voit souvent ?

Leanna hésita quelques instants, n'ayant pas l'habitude de parler aussi librement de sa vie privée et de son ex-mari. Mais, sans qu'elle sache trop pourquoi, elle se sentait en confiance avec Jackson. Peut-être était-ce simplement parce que sa situation était très proche de la sienne…

— Lorsque nous étions à New York, il avait un droit de visite une fois par semaine. Mais il ne venait généralement qu'une ou deux fois par mois. Et, chaque fois, j'avais du mal à ramener Elise à son rythme normal…

— Pourquoi cela ? demanda Jackson, surpris.

— Eh bien… Il l'emmenait déjeuner au restaurant, la gavait de glaces et de petits gâteaux, lui offrait des cadeaux que je ne pouvais me permettre de lui acheter… Mais cela n'aurait pas été très grave s'il n'avait pas fait toutes ces choses dans le but de me déconsidérer aux yeux d'Elise.

— Cela paraît un peu irresponsable…

— C'est le premier adjectif qui me vient à l'esprit lorsque je pense à Richard, ironisa tristement la jeune femme.

— Comment l'avez-vous rencontré ?

— Nous étions à l'université Cornell ensemble. Il étudiait la gestion hôtelière et moi la littérature comparée. Ce n'était d'ailleurs pas un choix très stratégique, ajouta Leanna. Plus personne ne s'intéresse aux livres, aujourd'hui. Et encore moins à la littérature française classique…

— Je commence à comprendre pourquoi vous parlez si bien cette langue, remarqua Jackson. Quel genre d'homme était Richard ?

— Un extraverti, répondit la jeune femme sans hésiter. Richard est quelqu'un que tout le monde apprécie, l'ami idéal, en quelque sorte. Il aime faire la fête, il cuisine merveilleusement bien, c'est un hôte charmant… En fait, je crois qu'il avait vraiment trouvé les études les mieux adaptées à son caractère.

— Mais ce n'était pas le père idéal…

— Tout le monde a ses défauts, je suppose.

Il n'y avait pas de colère dans la voix de Leanna. Plutôt une sorte de pitié, comme si elle admettait que ces défauts soient tragiquement inévitables. Jackson se demanda si elle aimait toujours son ex-mari mais il n'osa pas poser la question directement.

— Quels étaient les siens ? demanda-t-il.

— Le pire, je pense, c'était son incapacité à gérer de façon responsable l'argent de la famille. Il est joueur et dépense sans compter…

— Vous le saviez avant de l'épouser ? demanda Jackson.

— Je savais qu'il était dépensier, acquiesça-t-elle. Mais je pensais que c'était plus par générosité que par irresponsabilité. J'ai vite découvert que je me trompais. Quant à sa passion pour le jeu, je ne l'ai découverte que plus tard… Je suppose que j'étais trop jeune et trop immature pour m'en rendre compte dès le début.

— Et trop amoureuse, peut-être…

— C'est ce que je croyais, à l'époque, concéda la jeune femme.

— Est-ce pour cela que vous avez divorcé ? Parce que vous avez réalisé que vous ne l'aimiez pas vraiment ?

— Non… S'il n'y avait eu que cela, je serais probablement restée avec lui. Pour Elise… Mais les choses étaient devenues insupportables. Nous étions endettés jusqu'au cou et les créanciers nous tombaient dessus à longueur de temps. Au début, Richard faisait semblant de ne pas s'apercevoir que nous avions un réel problème. Puis il s'est mis à prétendre qu'il avait la situation bien en main. J'ai essayé de le convaincre de contacter une structure de désendettement mais il a refusé. A la fin, cela devenait si intenable que j'ai préféré divorcer.

— Comment l'a-t-il pris ?

— Mal. Et il a réagi de façon mesquine. Nous étions mariés sous le régime de la communauté. Richard a engagé un avocat très habile qui s'est débrouillé pour faire croire au tribunal que j'étais responsable de nos problèmes financiers. Le juge m'a condamnée à endosser la moitié des dettes de notre couple. C'est alors que Richard s'est mis en faillite personnelle. Alors j'ai décidé de reprendre également ses dettes à mon compte...

— Pourquoi cela ? demanda Jackson, sidéré.

— Parce que, d'une certaine façon, j'étais partiellement responsable de la situation. Nous étions mariés et j'aurais dû réagir avec plus de fermeté lorsque j'ai réalisé que les choses commençaient à se gâter. J'aurais dû refuser les cadeaux que Richard me faisait, ses invitations dans les grands restaurants. J'aurais dû aller voir moi-même un conseiller financier. J'aurais dû consulter notre banque pour trouver une solution. Au lieu de cela, j'ai laissé faire Richard... Et j'estime que ce n'était pas à nos créanciers de payer pour notre irresponsabilité commune.

Jackson la regarda avec admiration. Il n'était pas certain de connaître beaucoup de gens qui auraient réagi avec autant de maturité en de telles circonstances. En fait, il n'était même pas certain de savoir comment lui-même aurait réagi...

— C'était très altruiste de votre part, remarqua-t-il.

— J'ai toujours considéré que l'on devait assumer les conséquences de ses actes, répondit la jeune femme. Je veux pouvoir l'enseigner à ma fille sans avoir à rougir de moi-même. Même si c'est au prix de quelques sacrifices...

Jackson hocha la tête. Jusqu'à ces derniers temps, il n'avait jamais eu à se soucier de problèmes d'argent. Les Fontaine paraissaient disposer de ressources virtuellement inépuisables et il avait été habitué à se reposer sur ce confortable matelas financier en cas de coups durs.

Mais, depuis la mort de ses parents, les choses avaient beaucoup changé. Il avait découvert avec stupeur que Duke avait sérieusement rogné leurs réserves pour financer ses investissements et notamment le rachat de la raffinerie des Dewalt.

Puis il y avait eu les réparations de la cuisine, la perte d'une partie de la récolte du fait du vol de la moissonneuse, le rachat de celle-ci... S'y ajoutaient aujourd'hui la destruction de leur réserve de sucre et les frais liés aux différents emprunts qu'ils avaient contractés au cours des derniers mois.

Sans compter le fait que les assurances faisaient durer les délais de remboursement, accroissant encore le poids de leurs dettes...

En réalité, sans le crédit et le prestige dont jouissait la famille, les Fontaine auraient probablement dû déposer le bilan. Et si la vente de la récolte s'avérait moins rentable que prévu, même cela ne les sauverait pas...

Cette simple idée avait le don de terrifier Jackson qui, pour la première fois de sa vie, avait du mal à s'endormir le soir.

— Puis-je vous faire une suggestion ? demanda-t-il à Leanna.

— Je vous écoute.

— Eh bien, nous avons deux « garçonnières », des maisons réservées aux amis de la famille. Vous pourriez vous installer dans l'une d'elles. Cela vous permettrait d'économiser un loyer et, de cette façon, Elise pourrait tenir compagnie à Megan qui se sent un peu seule dans cette grande maison où ne vivent que des adultes.

— C'est vraiment très gentil à vous, Jackson, répondit Leanna, la gorge nouée par l'émotion. Mais je ne puis accepter...

Cette réponse ne surprit pas Jackson qui avait fait cette proposition sur un coup de tête, sans même y réfléchir.

Pourtant, bizarrement, il se sentit déçu par le refus de la jeune femme.

— Un jour, reprit Leanna, je serai peut-être forcée d'accepter votre offre mais, jusque-là, je préfère ne rien devoir à qui que ce soit.

— Je ne voulais pas vous offenser, protesta vivement Jackson.

Elle secoua la tête en lui décochant un sourire radieux.

— Ce n'est pas ce que vous avez fait, répondit-elle. Je vous remercie même du fond du cœur. Je vais devoir y aller, ajouta-t-elle en jetant un coup d'œil à sa montre. Elise a école demain et je ne voudrais pas qu'elle se couche trop tard…

Cette nuit-là, lorsque sa fille fut endormie, Leanna décida d'allumer son ordinateur pour travailler et rattraper ainsi le retard qu'elle avait accumulé dans la journée.

Malheureusement, elle avait beaucoup de mal à se concentrer, ne cessant de repenser à Jackson Fontaine, aux conversations qu'elle avait eues avec lui, à l'honnêteté dont il avait fait preuve en répondant à ses questions et à la générosité de son offre de logement…

Repoussant ces pensées, la jeune femme se concentra sur son travail. Jackson lui avait fait part des malheurs qui s'étaient abattus sur sa famille au cours des six derniers mois.

Il y avait eu l'incendie à Bellefontaine qui aurait pu détruire la maison et tuer sa tante, sa fille et la nounou de celle-ci. Une semaine plus tard, la moissonneuse avait été dérobée, retardant la récolte au risque de la perdre complètement.

Peu de temps après, Casey puis Noelani avaient été agressées. Fort heureusement, dans chacun des cas, il n'y avait pas eu de victime et les dégâts avaient été minimes.

De plus, la police avait réussi à arrêter les coupables qui s'étaient avérés être deux employés mal lunés.

S'ajoutaient à ces incidents la mort des parents de Jackson et l'incendie à la raffinerie dont on ignorait encore la cause.

Visiblement, les Fontaine avaient des ennemis. Cela n'avait d'ailleurs rien de très étonnant. La plupart des familles puissantes se trouvaient dans ce cas. De plus, Duke Fontaine avait la réputation d'être un homme d'affaires habile qui avait su accroître encore l'influence de Bellefontaine.

Cela ne s'était certainement pas fait sans froisser quelques susceptibilités…

Mais il existait une autre explication à cette multiplication de malheurs.

Duke Fontaine était mort à un très mauvais moment, laissant des dettes importantes à ses héritiers. Sans lui, leur crédibilité auprès des banques et des institutions financières était amoindrie. Il leur fallait de plus rembourser l'achat de la raffinerie et la rénover.

Dans ces conditions, nombreux étaient ceux qui cherchaient à escroquer les assurances pour obtenir un supplément de cash. Les incendies successifs et le vol de la moissonneuse pouvaient n'être que des subterfuges et Broderick un complice des Fontaine grassement payé pour porter le chapeau.

Ce ne serait certainement pas la première fois qu'il serait donné à Leanna de mettre au jour de telles pratiques. Mais, cette fois, elle avait du mal à l'envisager. Jackson lui avait paru être un homme d'honneur, généreux et très attaché à sa fille. Pas du tout le genre d'escroc capable de monter une telle machination.

Pourtant, ce n'était peut-être qu'une preuve de son habileté. Après tout, il avait cherché à la manipuler dès leur première rencontre, allant jusqu'à la menacer de la faire jeter en prison.

Elle ne pouvait écarter la possibilité que cet homme soit le plus virtuose des arnaqueurs auquel elle eût jamais été confrontée…

Forte de ces réflexions, la jeune femme appela Ripley Spruance dès le lendemain matin.

— Jackson Fontaine stockait bien du sucre dans son entrepôt, lui indiqua-t-elle. Plus d'un million de tonnes, en fait… Mais il n'était pas subventionné et garanti par le syndicat. Par contre, la compagnie qui assure la raffinerie proprement dite dépend de nous également…

— Vous ne pensez tout de même pas que Jackson a mis le feu à son propre entrepôt, protesta Ripley. Il vaut certainement moins que le sucre qui était stocké à l'intérieur.

— Peut-être… Mais je préfère attendre les résultats de l'enquête sur les causes de l'incendie pour écarter définitivement cette hypothèse.

— Je suppose que vous avez de bonnes raisons pour cela, répondit Ripley. Est-ce que les Fontaine sont à court d'argent à ce point-là ?

— Eh bien… l'enquête rapide que j'ai faite montre que leur situation n'est pas florissante. Est-ce la première fois que cela leur arrive ?

— A ma connaissance, oui, répondit Ripley sans hésiter. Ce vieux Duke était un fin renard et parvenait toujours à se sortir de toutes les ornières…

— Malheureusement, soupira Leanna, Duke est mort. Et rien ne dit que ses héritiers y arriveront aussi bien que lui…

4.

— Cela ne fait aucun doute, déclara Hank Jenen en refermant son calepin. Il s'agit bel et bien d'un acte de sabotage.

C'était le verdict que Jackson avait redouté et auquel il s'était attendu depuis l'instant même où il avait vu le nuage de fumée dégagé par l'incendie.

Hank et ses deux assistants avaient passé une bonne partie de la matinée à étudier les ruines noircies de l'entrepôt et le système d'alimentation en gaz de la raffinerie.

Comme Jackson s'apprêtait à leur demander de plus amples informations, il entendit une voiture remonter l'allée qui conduisait au site. Se détournant, il reconnut la voiture cabossée de Leanna. Elle se gara non loin de l'endroit où ils se trouvaient et sortit pour venir à leur rencontre.

Ce matin-là, elle portait un jean délavé et un pull-over ample qui ne parvenaient cependant pas à dissimuler les courbes gracieuses de son corps. Jackson la suivit des yeux tandis qu'elle approchait, prenant plaisir à contempler sa silhouette longiligne et la grâce naturelle avec laquelle elle se mouvait.

Elle tenait d'une main une tasse en plastique contenant du café fumant et de l'autre un bloc-notes. Ce dernier objet lui rappela brusquement les raisons de sa présence en ces lieux : si adorable qu'elle fût, elle n'en restait pas moins une investigatrice chargée d'enquêter sur l'incendie.

Car, s'il était désormais établi que le sucre qui avait brûlé n'était pas garanti par le syndicat, l'entrepôt lui-même était assuré pour une somme rondelette. Et l'assurance serait ravie d'éviter cette nouvelle dépense…

D'un autre côté, Leanna avait promis de l'aider. Il ne restait qu'à espérer qu'elle tiendrait parole.

— Comment pouvez-vous être sûr qu'il ne s'agit pas simplement d'un accident ? demanda alors Murray Dewalt.

Il était arrivé un quart d'heure plus tôt au volant de la Mercedes de son père qu'il devait emmener au garage. C'était le genre de corvée que Roland laissait à son fils, refusant de perdre son temps pour des tâches aussi ingrates.

Lorsque Leanna eut rejoint le petit groupe, Jackson la présenta aux autres. Murray, pourtant grand amateur de belles femmes, lui accorda à peine un regard, visiblement très préoccupé par l'affaire qui les concernait. Jackson se demanda s'il était toujours amoureux de sa sœur ou s'il avait enfin digéré la façon dont elle avait repoussé ses avances.

— Les incendies sont capricieux, expliqua Hank à Murray. Beaucoup de gens pensent qu'ils détruisent tout, y compris les traces d'origine du foyer. Mais il n'en est rien. La plupart du temps, nous parvenons à déterminer précisément la cause du sinistre et la façon dont il s'est propagé. En réalité, le feu détruit moins qu'il n'abîme, du moins lorsque les pompiers interviennent rapidement. Dans le cas qui nous occupe aujourd'hui, nous avons trouvé la jonction des tuyaux de gaz qui avait été sabotée.

— Est-ce qu'il ne pourrait pas s'agir d'un défaut de l'installation ? demanda Jackson.

— Non, et pour deux raisons. Tout d'abord, nous savons que c'est Andréa Breton qui a vérifié le système. C'est l'un des inspecteurs les plus compétents et les plus professionnels qui soient. Elle n'aurait jamais laissé passer un défaut de cette importance. D'ailleurs, vous avez vous-même déclaré au pompier qui est intervenu qu'elle avait été très attentive. Vous me direz que le tuyau aurait pu être abîmé après l'inspection. Mais c'est hautement improbable. L'endroit où il se trouvait était isolé et il n'avait aucune raison d'être victime d'un choc. Enfin, nous avons trouvé des marques de clé à molette suspectes.

Dans le regard que Leanna lui jeta, Jackson perçut une pointe de doute et de déception qui lui fit mal.

— Je suis sidéré que vous ayez trouvé tout cela ! s'exclama Murray, admiratif.

— Nous avons mieux encore, répondit Hank avec fierté. Nous pourrions identifier formellement la clé utilisée lors du sabotage si on venait à la retrouver.

— Impressionnant.

— Oui… Si les incendiaires savaient à quel point leurs actes sont transparents, cela les empêcherait peut-être d'agir. Encore que… Je suppose que les criminels s'imaginent toujours être plus malins que les autres et qu'il est dans la nature des êtres humains de prendre des risques. Heureusement pour votre beau-frère, d'ailleurs, ajouta Hank à l'intention de Jackson. Il tient bien un casino ?

— Le White Gold, oui, concéda ce dernier.

— Est-ce que vous avez une idée de qui a pu mettre le feu ? demanda alors Leanna.

— J'espérais que vous auriez des soupçons, répondit Hank en se tournant vers Jackson.

Ce dernier secoua la tête.

— Vous devriez y réfléchir, insista Hank. Parce que celui qui a fait ça ne vous aime pas beaucoup. Et il y a des chances pour qu'il recommence... Bon, je vais aller rédiger mon rapport. Je vous en enverrai une copie, Mlle Cargill. Mais vous connaissez déjà la conclusion : incendie volontaire par une ou plusieurs personnes.

— Bon sang, soupira Murray tandis que Hank et ses hommes s'éloignaient, je ne vous cache pas que je suis content que nous ayons vendu cet endroit.

— Ce n'était pas le sentiment de ton père, observa Jackson.

— Mon père refusait d'admettre que cette raffinerie était au-dessus de nos moyens.

— Et vous me l'avez refilée ! s'exclama Jackson en riant. Merci beaucoup...

— Allons, ne me dis pas que tu n'aimes pas cet endroit. Je sais que tu le considères comme ta chasse gardée.

C'était la stricte vérité : contrairement à Murray et à Casey, Jackson n'avait pas l'âme d'un agriculteur. Il préférait de loin les mystères de l'industrie à ceux de la terre.

— En tout cas, je connais cet endroit comme ma poche, reprit Murray. Si tu as besoin d'un coup de main pour redémarrer et rentabiliser l'usine, je dois pouvoir t'aider. D'autant que, maintenant que j'ai fini de superviser les récoltes, je n'ai plus grand-chose à faire.

— C'est vraiment sympa, Murray. Je n'oublierai pas ta proposition.

— Il n'y a pas de quoi. Il faut bien s'aider entre voisins, non ?

Sur ce, Murray salua Leanna et Jackson et regagna la voiture de son père pour l'emmener au garage.

— Nous devrions retourner à la maison, déclara alors Jackson. Nous n'avons plus rien à faire ici.

66

Leanna suivit Jackson jusqu'à Bellefontaine où ils s'installèrent sous le porche pour échapper au bruit que faisait Betty en passant l'aspirateur.

— Alors ? fit Jackson lorsqu'ils se furent assis à la table de bois qui était dressée là. Comment procédons-nous, au juste ?

— Je n'ai pas vraiment le choix, déclara-t-elle en haussant les épaules. Je vais devoir faire un rapport à la compagnie d'assurances.

— Ce qui signifie qu'elle gèlera le paiement de la prime en attendant la conclusion de l'enquête, ajouta Jackson d'un air sombre.

Tous deux savaient que cela pouvait prendre des mois.

— Vous pensez vraiment que j'ai quelque chose à voir avec ce sabotage ? demanda gravement Jackson.

Il se sentait à la fois déçu et agacé par les soupçons qu'il avait lus dans son regard, lorsqu'ils se trouvaient à la raffinerie.

— Personnellement non, répondit-elle. Mais la compagnie se souciera fort peu de mes intimes convictions. Il leur faut des faits. En l'occurrence, le seul dont nous soyons sûrs, c'est que quelqu'un a volontairement mis le feu à l'entrepôt. Or vous êtes le seul à pouvoir en tirer profit.

— Bon sang, Lea, je n'y gagne rien, croyez-moi ! J'ai perdu un stock de sucre important dans cette histoire…

— Peut-être, concéda-t-elle.

— Peut-être ? Qu'est-ce que c'est censé vouloir dire ?

— Eh bien… d'après ce que nous savons, seule la direction du vent a empêché que le feu ne se propage à l'ensemble de la raffinerie. Si tel avait été le cas, la compagnie vous aurait versé une prime pour l'ensemble du site. Ce qui est certainement beaucoup plus que ce que coûtait votre stock de sucre…

— Continuez, murmura Jackson, qui commençait à voir où elle voulait en venir.

— Grâce à cet incendie, vous auriez fait d'une pierre deux coups. Vous vous seriez débarrassé gratuitement d'une raffinerie obsolète à la technologie dépassée. Et, grâce à la prime, vous auriez pu rembourser vos dettes. Voire construire une nouvelle usine, plus petite mais beaucoup plus rentable.

— Vous oubliez que j'avais prévu d'étendre la raffinerie, pas de la remplacer.

— C'est ce que vous dites. Mais aviez-vous déjà entrepris de le faire ? Pouvez-vous prouver que vous avez investi de l'argent pour cela en dehors des frais de fonctionnement de base ?

— Non… Mais j'ai commandé et payé une étude comparative pour savoir s'il valait mieux rénover et étendre la raffinerie ou la démolir pour la reconstruire complètement.

— Et quelles en furent les conclusions ?

Jackson lui jeta un regard noir.

— Qu'il serait plus simple de tout détruire…

— Dans ce cas, pourquoi vous seriez-vous entêté à la rénover ?

— Parce que cela me permet de procéder par étape et de ne pas avoir à sortir d'un seul coup l'argent nécessaire. Je n'aurais pas le capital pour payer la destruction et la reconstruction en une fois.

— D'autant que votre banque a rejeté votre dernière demande de prêt, ajouta la jeune femme.

— Comment le savez-vous ? demanda Jackson, sur la défensive.

— C'est mon métier, Jackson. Et je suis très douée pour obtenir ce genre d'informations, contrairement à ce que vous avez dit à M. Spruance.

L'air parut brusquement se charger d'électricité tandis que tous deux s'affrontaient du regard.

— Vous pensez donc que, n'ayant pas les fonds nécessaires pour reconstruire la raffinerie, j'ai décidé de la faire brûler pour toucher la prime d'assurance ?

— Ce n'est pas ce que *je* pense, répondit-elle durement. Mais c'est ce que les faits paraissent indiquer. Et tant que je n'aurai pas prouvé que cette explication est fausse, la compagnie refusera de payer, c'est certain.

— Et que suis-je censé faire, en attendant ? demanda Jackson, furieux. Rester assis les bras croisés en priant pour que vous trouviez le vrai coupable ?

— Non. Vous pourriez m'aider à lui mettre la main dessus. Je ne suis pas votre ennemie, Jackson. Je ne suis pas payée pour trouver des moyens de ne pas verser les primes d'assurance mais pour vérifier qu'elles sont justifiées. Pour cela, que vous le vouliez ou non, il faudra que je mène une enquête.

Jackson soupira, paraissant se résigner brusquement.

— Je suppose que vous avez raison. J'espérais juste que tout ceci était derrière nous… Vous devez savoir que nous avons déjà déposé plusieurs demandes de remboursement, au cours de ces derniers mois. Notamment pour la cuisine et la moissonneuse…

— Oui, j'ai lu les rapports de la compagnie et ceux de la police. Apparemment, il s'agissait d'un employé mécontent…

— D'un ex-employé, souligna Jackson. Harold Broderick… Casey l'a surpris en flagrant délit alors qu'il essayait de détruire son matériel informatique et les données précieuses qu'il contenait concernant nos plants hybrides. Il a ensuite avoué avoir mis le feu dans la cuisine de Bellefontaine et avoir volé la moissonneuse. Fort heureusement, Casey a réussi à convaincre la banque de nous prêter assez d'argent pour acheter une nouvelle machine. Nous étions à la veille des récoltes et, si notre banquier avait refusé, nous aurions probablement perdu la majeure partie de nos plants. Ce qui aurait également porté un coup fatal à notre collaboration avec le centre de recherches agronomes et l'université de Louisiane.

— J'ai appris que l'on avait retrouvé la trace de la moissonneuse au Mexique.

— C'est vrai. Mais on n'a pas réussi à la retrouver. Quant à Broderick, il a prétendu qu'il avait été payé par quelqu'un pour accomplir ces méfaits. Malheureusement, il disait ne pas connaître l'identité de son commanditaire.

— Comment l'expliquait-il ?

— Il a dit qu'il n'avait jamais parlé que par téléphone à cet homme. Les paiements se seraient faits en liquide et par courrier. Ce n'est pas impossible. D'autant que nous avons ensuite été victimes de nouveaux incidents alors que Broderick était en prison.

— De quels incidents parlez-vous ?

— Eh bien, pendant la période de la récolte, Noelani a été attaquée par Denise Rochelle, l'une des employées du moulin. Elle a dit qu'elle avait agi pour son propre compte afin de venger son père qui avait été renvoyé par Duke. Mais je me suis toujours demandé si quelqu'un ne l'avait pas convaincue d'agir de la sorte. Après tout, pourquoi aurait-elle attendu la mort de mon père pour se venger ?

— Est-elle également en prison ?

— Oui, soupira Jackson. Elle a reconnu sa culpabilité pour l'agression et pour la détérioration volontaire du matériel du moulin. Elle a été condamnée à deux ans de prison.

— Je ferais peut-être bien d'aller la voir et de l'interroger.

— Ce serait une perte de temps, objecta Jackson. Elle savait pertinemment que le procureur allégerait sa peine si elle révélait l'existence d'un complice et son identité. Mais elle n'en a rien fait. Je ne vois pas pourquoi elle serait plus bavarde avec vous…

Leanna n'était pas aussi convaincue que lui. Après tout, Denise avait eu le temps de goûter à la captivité et elle serait peut-être prête à se montrer plus bavarde. Evidemment, elle pourrait aussi être amenée à dénoncer la première personne venue simplement pour alléger sa sentence.

— S'il s'agit bien d'une conspiration, alors il doit y avoir quelqu'un derrière. Qui soupçonnez-vous ?

— Si seulement je le savais, soupira Jackson.

— Voyons… Jusqu'à présent, vous avez été victime de deux employés. Dois-je en déduire que vos relations avec votre personnel sont difficiles ?

— Pas du tout, répondit Jackson avec assurance. Duke croyait en la motivation de ses employés. Il les payait bien et savait se montrer généreux avec ceux qui travaillaient bien. D'autant que certaines familles travaillent pour les Fontaine de père en fils depuis des décennies. Dans le cas de Broderick, par exemple, le problème ne venait pas de nous. Il buvait beaucoup et s'est présenté à son travail en état d'ivresse à plusieurs reprises. C'est uniquement pour cette raison que Casey a fini par le renvoyer…

— A-t-il de la famille ?

— Deux ex-femmes qui l'ont quitté en partie pour la même raison.

— Et cette Denise Rochelle ?

— Son cas est différent… Son père était un petit exploitant agricole qui ne parvenait plus à joindre les deux bouts. Il a dû vendre et Duke a racheté ses terres aux enchères. Denise s'est mis en tête que c'était à cause de lui que son père avait perdu son terrain et son statut. Cela ne l'a pas empêchée de travailler pour nous. Mais elle s'est éprise d'Adam Ross que vous avez rencontré et qui sortait avec Noelani. C'est ce qui a poussé Denise à bout et elle a fini par attaquer ma sœur...

— Bref, Broderick et Denise avaient tous deux de bonnes raisons d'agir comme ils l'ont fait, à leurs propres yeux du moins... Mais ni l'un ni l'autre ne peuvent être accusés de l'incendie à la raffinerie.

— Excusez-moi, fit alors une voix derrière eux.

Ils se retournèrent, surpris de découvrir Tanya qu'ils n'avaient pas entendue approcher.

— Votre tante veut savoir si Mlle Cargill compte rester pour le dîner, reprit la jeune femme.

— Oui, répondit Jackson.

— Non, fit la jeune femme simultanément.

— Nous irons chercher sa fille en revenant du moulin. Dites à Tante Esme que nous serons de retour à temps pour l'apéritif.

L'expression de Tanya montrait clairement que cette perspective ne lui souriait nullement.

— D'accord, dit-elle d'un ton morne avant de s'éloigner.

— Je refuse de m'imposer une fois encore, protesta Leanna.

— Croyez-moi, si Tante Esme ne voulait pas vous voir, elle se serait bien gardée de poser la question. D'ailleurs, j'ai vraiment envie que vous restiez. Elise a une très bonne influence sur Megan... Et j'avoue que j'apprécie beaucoup votre compagnie...

Cette simple phrase emplit le cœur de la jeune femme de joie. Et, confuse, elle se sentit rougir.

— D'accord, céda-t-elle. Mais j'ai rendez-vous en ville dans une demi-heure…

— Dans ce cas, vous devriez y aller. Nous nous retrouverons ici à deux heures et je vous emmènerai visiter le moulin.

— Ils refusent toujours de payer ? s'exclama Jackson, révolté. Ils étaient pourtant bien plus rapides lorsqu'il s'agissait d'encaisser les chèques que Duke leur envoyait chaque mois !

Ses parents étaient décédés depuis presque un an, à présent, mais la compagnie auprès de laquelle ils avaient souscrit une assurance vie n'avait toujours pas versé la somme qu'elle leur devait.

— Comme tu le sais, soupira Shelburne, l'avocat de la famille, la police italienne a conclu que l'avion de ton père ne s'était pas écrasé suite à un accident mais bien à cause d'un sabotage…

Comme chaque fois qu'il pensait à la mort de ses parents, Jackson sentit une vague nausée l'envahir. Il ne pouvait s'empêcher d'imaginer son père luttant contre les commandes de l'appareil pour redresser l'avion et ne cessant de répéter à Angélique que tout se passerait bien, qu'ils allaient s'en sortir.

Il voyait presque sa mère, les mains crispées sur les accoudoirs de son fauteuil, espérant jusqu'au dernier instant que Duke les sortirait de là.

A quel moment avaient-ils compris qu'ils allaient mourir ? Les enquêteurs leur avaient assuré qu'ils n'avaient pas souffert, que la mort avait dû être instantanée. Mais comment en être certain ?

— La compagnie d'assurances doit s'assurer qu'aucun des héritiers n'a été mêlé de près ou de loin à ce sabotage, reprit Shelburne.

Jackson serra les dents, révolté par ce que l'avocat sous-entendait.

— Est-ce que tu essaies de me dire que Casey et moi sommes soupçonnés du meurtre de nos propres parents ? murmura-t-il.

— Disons qu'ils envisagent cette possibilité... parmi d'autres...

— Nom de Dieu ! s'exclama Jackson en se levant brusquement de son fauteuil.

Il se mit à faire les cent pas devant le bureau de Shelburne.

— Leur lenteur constitue une preuve évidente de leurs soupçons, déclara-t-il.

— Ne t'emballe pas, Jackson. Ils doivent juste mener les investigations habituelles...

— Je me fous complètement de leurs maudites investigations ! s'emporta Jackson.

Il réalisa alors que sa colère était en grande partie tournée contre lui-même. Il avait eu tellement hâte de prouver à son père qu'il était capable de gérer seul l'entreprise familiale qu'il avait tout fait pour que ses parents partent pour l'Europe.

Il les avait imaginés revenant à la maison pour découvrir avec stupeur combien il avait fait fructifier leurs affaires. Il avait imaginé que son père le féliciterait, qu'il accepterait enfin de le laisser administrer en toute autonomie une partie de leurs activités...

Et voilà que ses vœux s'étaient réalisés de la façon la plus amère qui soit. Il était effectivement à la tête de leurs affaires. Mais son père n'était plus là pour le féliciter.

D'ailleurs, même s'il avait été toujours vivant, il n'aurait pu qu'être horrifié de découvrir que, sous la direction de Jackson, ils s'étaient quasiment retrouvés acculés à la faillite. S'il ne parvenait pas à redresser rapidement la barre, la vente de la plantation qui avait vu se succéder six générations de Fontaine ne serait plus qu'une question de semaines…

— Je veux que tu leur intentes un procès en diffamation, déclara-t-il d'un ton rogue. Je veux que tu les traînes devant un tribunal. Personne n'insulte ma sœur ou moi-même sans en payer le prix !

— Jackson, soupira Shelburne d'un ton patient, tu es en colère et c'est compréhensible. Mais nous devrions considérer la situation de façon posée et rationnelle, d'accord ?

— Ne me parle pas comme si j'étais un enfant ! s'exclama Jackson, irrité.

Il détestait le sentiment d'impuissance qui l'accablait au vu de sa situation actuelle. Les Fontaine étaient censés contrôler leur destin. C'est ce qu'on leur avait appris dès leur plus jeune âge. Et voilà qu'il était ballotté par les événements comme un fétu de paille au milieu d'une tempête.

Tout ce que sa famille avait patiemment construit depuis des siècles était en péril. Il croyait déjà entendre crier les vautours qui se presseraient autour des restes encore fumants de Bellefontaine.

Que deviendrait Casey, elle qui aimait tant les précieux champs de canne qu'elle avait passé sa vie à soigner avec une inaltérable dévotion ? Que ferait Noelani qui venait de rénover le moulin familial, en faisant l'un des plus performants de la région ?

Pire encore, comment Tante Esme survivrait-elle à la perte de la maison dans laquelle elle était née et avait passé toute sa vie ?

Jackson ne voulait pas être responsable du malheur de ces trois personnes qu'il aimait plus que tout au monde. Quoi qu'il lui en coûtât, il était prêt à lutter jusqu'au bout pour les sauver de la ruine...

— Tu n'as pas l'air de comprendre, articula-t-il difficilement.

Il devait se forcer pour s'exprimer calmement malgré la fureur qui bouillait en lui.

— Sans l'argent de l'assurance, nous nous retrouverons dans une situation financière très délicate. Je n'ai pas besoin de te rappeler que Duke nous a laissés avec très peu de trésorerie. Et tous les problèmes que nous avons eus depuis sa mort n'ont pas arrangé les choses. Nick nous serait volontiers venu en aide mais il se retrouve avec deux casinos à gérer depuis que son associé l'a lâché au dernier moment. Il lui faudra plusieurs mois pour se refaire une santé financière.

— Je ne comprends pas, objecta Shelburne. En ce qui concerne l'incendie de Bellefontaine, par exemple, vous avez été remboursés par l'assurance.

— Oui, mais pas pour les surcoûts qu'a entraînés la rénovation, à commencer par la mise en place d'un meilleur système anti-incendie, d'un système d'alarme et d'un portail électronique.

— Au moins, vous voilà couverts contre d'autres déprédations...

— C'est juste. Mais il y a eu aussi le problème de la moissonneuse...

— Qui a également été remboursée par les assurances, non ?

— C'est vrai. Mais ils ont pris leur temps et nous avons dû emprunter. Et les intérêts considérables, eux, n'ont évidemment pas été remboursés par la compagnie. Pire encore, elle a décidé de revoir notre cotisation à la hausse au vu des événements récents !

— Je sais que tout ceci doit te paraître insurmontable, en ce moment, Jackson, mais ton père s'est retrouvé dans des situations semblables à plusieurs reprises et il s'est toujours débrouillé pour s'en sortir...

Jackson serra les dents, songeant que la comparaison n'avait rien de flatteur. Il adorait son père mais le considérait comme un véritable kamikaze en matière d'affaires. Lui-même aurait souhaité pouvoir se ménager de plus grandes marges de manœuvre et ne pas jongler sans cesse entre les remboursements d'emprunt et les nouveaux endettements.

— Tu as toujours été là pour l'aider, Shel, soupira-t-il enfin. Que peux-tu faire pour moi, aujourd'hui ?

— Je vais appeler Leland Kirk, le président de la compagnie d'assurances, déclara son avocat, pensif. Nous travaillons ensemble depuis des années et je lui demanderai de pousser le dossier pour accélérer les choses...

Jackson tenta d'estimer mentalement combien de temps il pouvait encore gagner avant que ses créanciers ne prennent des mesures plus drastiques. Plus très longtemps, sans doute, réalisa-t-il tristement. Jusqu'alors, la seule chose qui les avait retenus, c'était le nom de Fontaine qui était encore très respecté.

Mais cela ne durerait pas... Quand le bruit se répandrait que la famille était prise à la gorge et risquait de manquer d'argent, tous prendraient peur et ce serait la curée, chacun cherchant à tirer son épingle du jeu avant l'inévitable banqueroute finale...

— Je leur donne une semaine, déclara enfin Jackson. S'ils n'ont pas agi d'ici là, c'est nous qui prendrons des mesures. Je ne reviendrai pas là-dessus, Shel...

— Je sais, acquiesça gravement ce dernier.

Se levant, il raccompagna son client jusqu'à la porte de l'étude. Les deux hommes se serrèrent la main.

— Je te rappelle dans un jour ou deux, assura Shelburne.

Jackson hocha la tête, sachant que les prochaines quarante-huit heures allaient lui sembler une éternité.

5.

Le rendez-vous de Leanna dans la banlieue est de Baton Rouge dura moins de temps qu'elle ne l'avait pensé initialement. Ce fut donc à une heure et demie seulement qu'elle revint à Bellefontaine. Là, elle se gara et rejoignit Tanya qui était assise sous la véranda, une tasse de thé à la main.

— Bonjour... J'avais rendez-vous avec Jackson à 2 heures. Savez-vous s'il est là ?

— Non. Il a appelé, il y a un quart d'heure, pour signaler qu'il serait en retard. Il a dit que vous pouviez l'attendre si cela ne vous dérangeait pas et que, sinon, vous vous verriez à un autre moment.

— A-t-il dit dans combien de temps il rentrerait ?

— Non. Il a juste dit qu'il était chez son avocat.

Leanna hésita puis décida de rester. Elle avait déjà déplacé ses rendez-vous de l'après-midi pour pouvoir être avec Jackson. Cela signifiait qu'elle devrait travailler chez elle, ce soir-là. Mais cela ne la dérangeait pas.

Après tout, Jackson lui offrait une occasion unique de découvrir la façon dont fonctionnait une plantation de canne à sucre. Et c'était quelque chose qu'il lui faudrait apprendre si elle voulait continuer à travailler pour le syndicat.

— Où est Esme ? demanda-t-elle.

— Elle fait la sieste, comme tous les après-midi, répondit Tanya. Mais elle ne l'admet jamais, cette vieille bourrique : elle est bien trop fière pour cela…

Leanna tiqua, surprise par le commentaire désobligeant de la jeune fille. Jamais elle n'aurait deviné le mépris que celle-ci éprouvait pour la tante de Jackson.

— A votre place, remarqua-t-elle, je ne parlerais pas comme cela d'Esme en présence de Jackson. Il lui est très attaché…

Tanya parut être sur le point de répliquer mais, finalement, elle s'en abstint, préférant se retrancher dans un silence boudeur.

— Où est Betty ? demanda Leanna.

— Elle polit l'argenterie, répondit la jeune fille. Les vacances approchent et ce sera bientôt le moment des grands dîners… Esme ne cesse de harceler cette pauvre Betty à ce sujet. Je me demande comment celle-ci fait pour la supporter.

— C'est du cacao ? demanda Leanna qui ne tenait pas à entendre Tanya pester contre Esme qui s'était toujours montrée très gentille à son égard.

— Non. C'est le café cajun à la chicorée que prépare Betty. Si vous voulez, je peux aller vous en chercher une tasse.

— Merci beaucoup, fit Leanna.

Elle avait essayé une fois ce breuvage mais n'avait pas encore décidé si elle aimait cela ou pas.

Tanya se leva et disparut en direction de la cuisine, laissant Leanna seule. Celle-ci observa le jardin dont les fleurs dégageaient de capiteuses odeurs après la pluie qui était tombée à l'heure du déjeuner. Même en cette saison, la nature paraissait luxuriante, comme si dans cette région régnait un éternel été.

Quelques minutes plus tard, Tanya revint avec une tasse fumante qu'elle tendit à Leanna.

— Ce doit être un endroit merveilleux pour vivre, commenta celle-ci.

— Je dois dire que je n'en revenais pas, lorsque j'ai vu l'annonce dans le journal de l'université, reconnut la nounou. Etre payée pour vivre ici tout en continuant ses études, c'est vraiment le paradis...

— Je suppose que vous avez beaucoup à faire, pourtant...

— Pas vraiment... Megan est une enfant agréable.

— Je me demandais... où vit sa mère, exactement ? Est-ce qu'elle vient souvent la voir depuis que Jackson et elle ont divorcé ?

— Vous n'êtes pas au courant ? s'étonna Tanya. Megan est une enfant illégitime. Jackson n'a jamais épousé sa mère mais il a obtenu la garde lorsque celle-ci s'est retrouvée en prison...

— En prison ? s'exclama Leanna, passablement stupéfaite. Mais pourquoi ?

— Dis-moi, Tanya, fit alors Betty, juste derrière elle, tu n'aurais pas des cours à réviser ?

Comme à son habitude, Betty était vêtue d'un jean fatigué et d'un T-shirt qui paraissait tout droit sorti des années soixante. A son oreille se trouvait fichée son éternelle cigarette éteinte.

— Va donc travailler ou jouer de la guitare pendant que je m'occupe de notre invitée, reprit la cuisinière.

— D'accord, répondit Tanya sans paraître se formaliser de la façon cavalière dont elle venait d'être congédiée. A plus tard, ajouta-t-elle à l'intention de Leanna avant de disparaître dans la maison.

— Il faudra plus qu'un diplôme pour mettre du plomb dans la tête de cette fille, soupira Betty. Elle parle beaucoup trop !

Betty s'assit en face de la chaise sur laquelle Leanna avait pris place.

— Qu'est-ce que vous pensez de ça ? demanda-t-elle en désignant sa tasse fumante. Je suppose que vous n'avez pas ce genre de chose dans le Nord…

— C'est vrai, acquiesça Leanna. C'est dommage, d'ailleurs, parce que ce n'est vraiment pas mauvais !

— Puisque Mlle Pipelette a craché le morceau, je suppose que vous mourez de curiosité de connaître toute l'histoire, fit Betty. Mieux vaut que ce soit moi qui vous mette au parfum. De cette façon, au moins, vous aurez une version objective de ce qui s'est passé…

Leanna se dit qu'elle aurait dû protester et expliquer à Betty que cela ne la regardait pas. Mais Tanya avait éveillé sa curiosité et elle brûlait de la satisfaire.

— Il y a six ans, Jackson s'est fiancé avec Paige Paturin, commença Betty. Si vous n'avez pas encore entendu parler de cette famille, cela ne tardera pas. Ils possèdent Sweet Meadows, une plantation située à trente kilomètres d'ici en amont de la rivière. C'est une vieille famille très fortunée, un peu snob. Paige était la fille typique du clan : un goût poussé pour les beaux vêtements, une éducation impeccable, une vie sociale sans histoire… C'est pour cela que tout le monde a été surpris lorsqu'elle s'est enfuie avec un professeur de l'université de Louisiane, deux mois seulement avant la date prévue pour son mariage avec Jackson.

— Ça alors, murmura Leanna. Comment a-t-il réagi ?

— D'abord, il a été sidéré, tout comme les parents de Paige, d'ailleurs. D'autant que le professeur en question avait vingt ans de plus qu'elle et qu'il venait de divorcer d'une femme avec laquelle il avait été marié durant plus de quinze ans. Heureusement, il n'avait pas d'enfants. Enfin, bref… Lorsqu'il est revenu de sa stupeur, Jackson a très mal réagi.

— Ce n'est pas étonnant…

— Après cela, poursuivit Betty en jouant machinalement avec sa cigarette, il a traversé une période difficile. Il s'est mis à faire la fête à longueur de temps, à boire plus que de raison, à découcher plusieurs nuits d'affilée, à fréquenter des gens qui n'en valaient vraiment pas la peine. C'est comme cela qu'il a rencontré Janis Donagan…

— La mère de Megan ? demanda Leanna.

— Oui… Elle était serveuse dans l'un des bars les plus en vogue du centre-ville. Jackson a commencé à sortir avec elle. Il l'a même amenée ici, une fois ou deux. Je me souviens qu'Angélique, sa mère, était désespérée. Quant à Esme, elle a failli avoir une syncope… Finalement, c'est Duke qui a réagi le premier. Il a dit à Jackson qu'il était temps d'arrêter ses bêtises et de tourner la page. Il a ajouté que s'il tenait à fréquenter une traînée comme Janis, il était libre de le faire. Mais il ne voulait pas d'elle sous son toit.

— Eh bien ! s'exclama Leanna. Ça avait au moins le mérite d'être clair !

— Oui. Et Jackson l'a très mal pris. Pourtant, il a dû réfléchir puisque, quelques semaines plus tard, il rompait avec Janis. Un mois après, elle le rappelait pour lui annoncer qu'elle était enceinte et que l'enfant était de lui. Jackson a fait faire des tests qui ont confirmé sa paternité. Il était prêt à épouser Janis mais Duke lui a dit que c'était ridicule. Janis et lui auraient fini par se disputer à longueur de temps, ce qui n'aurait certainement pas été mieux pour le bébé. Il voulait donner de l'argent à Janis pour qu'elle quitte la région.

— Mais elle a refusé ?

— Non, c'est Jackson qui a refusé. Il s'est disputé avec son père encore plus vivement que la première fois, l'accusant de passer son temps à manipuler et à acheter les gens. Ce n'était vraiment pas beau à voir.

— J'ai cru comprendre effectivement que Duke était dur en affaires...

— Oh oui ! Mais, cette fois, il n'a pas eu gain de cause. Jackson a effectivement renoncé à épouser Janis mais il a reconnu sa fille et a accepté de verser une pension alimentaire, en échange de quoi il voulait avoir un droit de visite. C'est là qu'il est tombé amoureux fou de cette gosse, poursuivit Betty. Je ne crois pas que lui-même s'y attendait... Mais il l'aimait, c'était évident.

— Comment ses parents ont-ils réagi à l'apparition de cette petite-fille illégitime ?

— Au début, ils n'étaient pas très enthousiastes mais, au fond, c'étaient de braves gens...

La voix de Betty se brisa un instant et Leanna réalisa à quel point elle avait été attachée aux parents de Jackson. A sa façon, elle faisait vraiment partie de la famille.

— Très vite, reprit-elle, ils ont craqué pour cette adorable gamine. Comme tout le monde, d'ailleurs...

— Mais Tanya a dit que la mère de Megan était en prison. Que s'est-il passé, au juste ?

— L'année dernière, Jackson a commencé à s'inquiéter des fréquentations de Janis. Elle avait cessé de servir dans le bar où il l'avait rencontrée pour travailler dans un bar topless. Elle disait que les pourboires étaient bien meilleurs. Là, elle s'est acoquinée avec un des propriétaires de l'endroit. Le genre de type à porter des costumes dernier cri et à rouler en Mercedes sans que l'on sache exactement d'où venait l'argent. Megan l'aimait bien et l'appelait oncle Franck.

Mais Jackson s'en méfiait. Et il avait raison : quelques mois plus tard, Frank était arrêté pour trafic de stupéfiants et Janis pour complicité.

— Jackson devait être fou de rage.

— Oui. Mais elle lui a juré que Megan n'avait jamais été mêlée à tout cela. Elle a accepté de lui céder la garde de la fillette sans condition et le juge a donné son accord. C'était il y a moins d'un an... Depuis, Janis a plaidé coupable et a été condamnée à cinq années de prison.

— Pauvre Megan...

— Oh, c'est une Fontaine. Ce sont des battants... Et son père l'aime pour deux.

Leanna hocha la tête sans pourtant être pleinement convaincue. Elle savait combien les petites filles de cet âge avaient besoin de leur mère.

Comme elle se faisait cette réflexion, Betty releva la tête et mit brusquement fin à ses confidences. Suivant son regard, Leanna aperçut la voiture de Jackson qui remontait l'allée.

Ils prirent la Jaguar de Jackson pour se rendre au moulin. Là, en compagnie de Noelani, il lui fit visiter en détail leurs installations, lui expliquant l'ensemble de la transformation de la canne à sucre en sucre brut. Lorsqu'ils eurent terminé, il était l'heure d'aller chercher Elise à son école et ils s'y rendirent directement.

Une fois de plus, Jackson les invita à dîner et, devant son insistance et celle d'Elise, Leanna finit par céder, secrètement ravie.

Cette petite comédie se renouvela chaque soir au cours de la semaine qui suivit et, bientôt, tout le monde trouva parfaitement naturelle la présence de Leanna et de sa fille aux dîners familiaux.

— Comment avance la réparation du hangar ? demanda Nick, un soir qu'ils étaient tous rassemblés pour l'apéritif.

— Assez rapidement, répondit Jackson. C'est Billy Doyle qui a décroché le contrat.

— Billy Doyle ? répéta Casey, surprise. Mais je croyais qu'il travaillait pour Woody Stevens.

— Plus maintenant. Il a monté sa propre compagnie de travaux publics, il y a huit mois.

— Il n'a pas froid aux yeux. Woody est un vieux de la vieille qui a beaucoup d'amis dans la région. Il ne verra pas d'un très bon œil l'apparition d'un nouveau concurrent, surtout s'il s'agit d'un ancien employé !

Duke avait toujours été proche de Woody et c'était probablement à lui qu'il aurait offert le contrat sans même y réfléchir. Mais Jackson était décidé à rompre avec les habitudes familiales et à donner sa chance à la nouvelle génération.

— C'est vrai, acquiesça Adam. Il paraît que Woody a la mainmise sur tous les marchés publics de la région.

— N'est-ce pas illégal ? demanda Leanna.

— Si, répondit Adam. Mais ce genre d'arrangement est monnaie courante.

— Moi, je trouve cela d'autant plus injuste que Woody se repose sur ses lauriers, à présent, déclara Jackson. Billy est jeune, ambitieux et intelligent. Pour le moment, il fait profil bas et essaie de ne pas faire de l'ombre à Woody, se contentant des travaux de second ordre dont ce dernier ne veut pas. Mais il a la réputation d'être économique et efficace. A mon avis, il ne va pas tarder à agrandir la liste de ses clients…

— Et que comptes-tu faire pour la raffinerie proprement dite ? demanda Nick.

— Murray et moi avons passé en revue plusieurs possibilités. Je voulais remplacer les vieilles centrifugeuses par des machines modernes et plus productives mais nous n'en avons pas encore les moyens. Murray a dégoté des centrifugeuses d'occasion qui correspondent à peu près à ce que je cherchais. De plus, il a trouvé des investisseurs qui seraient prêts à cofinancer le projet en échange de parts dans la raffinerie.

— Eh bien ! s'exclama Nick. On peut dire qu'il a su s'occuper ! Tu n'auras qu'à me donner le nom de ces investisseurs. Je me renseignerai pour voir s'ils ont les reins suffisamment solides.

— Merci beaucoup, Nick.

— Je crois que vous avez tort de vous fier à un Dewalt, intervint alors Tante Esme. Ces gens-là ne sont pas dignes de confiance…

— Ecoute, Tante Esme, protesta Casey, tu as de bonnes raisons de ne pas aimer Roland mais Murray est notre ami depuis des années…

Jackson décocha un regard de reproche à sa sœur qui se tut, renonçant à insister sur le sujet.

— Au fait, Leanna, dit-elle pour faire diversion, mon frère m'a dit qu'il t'avait fait visiter Baton Rouge. Qu'en as-tu pensé ?

— J'aime beaucoup la vieille ville. Elise aussi, d'ailleurs. C'était la première fois qu'elle voyait un vrai château.

— J'ai vécu la même chose, acquiesça Noelani. Je ne sais pas pourquoi Mark Twain a écrit tant de mal sur cet endroit. Moi, j'ai trouvé ça très joli !

— Il le considérait comme décadent, répondit Adam. Et je dois dire que, d'un point de vue architectural, je suis d'accord avec lui. Mais c'est effectivement un endroit intéressant...

Quelques minutes plus tard, Tanya et les deux fillettes les rejoignirent et ils passèrent à table. Le repas fut excellent, comme d'habitude, et la conversation légère et animée.

Adam leur parla des progrès de la rénovation de Magnolia Manor. Nick leur raconta quelques anecdotes piquantes sur le White Gold. Puis Tanya et Adam se lancèrent dans un débat passionné sur les mérites comparés d'un groupe de jazz qu'ils étaient visiblement les seuls à connaître.

Après avoir aidé à débarrasser la table, Elise et Megan montèrent dans la chambre de cette dernière pour jouer avec la dînette que son père lui avait achetée le jour même.

Jackson et Leanna en profitèrent pour aller se promener au jardin.

— N'hésite pas à me le dire si tu me trouves trop curieuse, dit-elle, mais je me demandais ce qu'avait voulu dire Casey au sujet d'Esme et de Roland Dewalt.

— Je vois que ce n'est pas tombé dans l'oreille d'une sourde, commenta Jackson en souriant.

Leanna rougit, se demandant si elle n'était pas allée un peu trop loin. Chaque famille avait ses secrets et certains n'étaient pas reluisants. Elle-même, par exemple, avait une arrière-grand-mère qui avait été mariée six fois à des hommes assez vieux pour être son père. Cette chasseuse de dot était presque une légende, un mythe dont on n'aurait jamais parlé à un étranger.

— Etant donné tes talents d'enquêtrice, je crois que je ferais mieux de tout te raconter avant que tu ne le découvres par toi-même, reprit Jackson en riant.

— Je vois que ton opinion sur mes modestes compétences s'est considérablement améliorée, observa la jeune femme avec un sourire.

— Il faut toujours se méfier des jugements hâtifs, répondit Jackson.

Tous deux gagnèrent le banc sur lequel ils avaient l'habitude de s'asseoir côte à côte. Mais, pour la première fois, Jackson lui prit la main. Elle hésita à la retirer puis y renonça, jugeant la sensation plaisante.

— Cette histoire remonte à plus de trente ans, commença Jackson. A cette époque, Tante Esme était encore jeune. C'était une très belle femme. Un peu dure, peut-être, mais vraiment séduisante...

Leanna essaya vainement d'imaginer à quoi Esme avait pu ressembler à l'époque mais elle en fut tout bonnement incapable. Certaines personnes semblaient intemporelles et Esme, avec ses robes compassées et sa coiffure sophistiquée, en faisait indiscutablement partie. Aux yeux de Leanna, elle était plus une institution qu'une personne réelle.

— Roland Dewalt aussi était un bel homme. Célibataire et issu d'une vieille famille fortunée, il était l'un des meilleurs partis de la région avec mon père. Il avait toujours été entendu que Roland et Esme se marieraient.

Ayant rencontré Roland, la jeune femme essaya de l'imaginer jeune. Mais elle n'eut guère plus de succès qu'avec Esme.

— Qu'est-ce qui te fait sourire ? lui demanda Jackson, étonné.

— Je n'arrive pas vraiment à me représenter le couple qu'ils pouvaient former.

— Je n'avais jamais réfléchi à cela.

Il s'interrompit et essaya à son tour.

— J'avoue que je n'y parviens pas plus que toi, conclut-il en secouant la tête. Enfin bref... Avant son mariage, Esme a suivi la coutume de l'époque. Elle est partie étudier en France et a décroché deux maîtrises, en lettres et en histoire de l'art, à la Sorbonne. Si tu discutes de Maupassant ou de Mauriac avec elle, tu risques d'y passer des heures mais tu y gagneras son éternelle considération.

— Je m'en souviendrai, répondit la jeune femme en souriant.

— En tout cas, elle est venue en vacances avec sa colocataire, Angélique Rabaud.

— Ta mère ?

— Oui. Mais tu vas trop vite, répondit Jackson en caressant doucement le revers de sa main du pouce. Angélique était française mais parlait parfaitement anglais, avec un charmant accent britannique. Tout cela, ajouté à sa grande beauté, suffit à faire tourner bien des têtes. A commencer par celle de Duke. Hélas, il ne fut pas le seul : Roland se mit également en tête de séduire cette beauté venue de France…

— Mais… il était fiancé à Esme, non ?

— C'est bien le problème, concéda Jackson. Leur mariage était prévu pour le printemps. Mais il a demandé à Esme de lui rendre sa chevalière qu'il lui avait donnée en gage. Il voulait l'offrir à Angélique.

— Pauvre Esme… Elle a dû se sentir horriblement trahie.

— Oui. D'autant que Roland a demandé à Angélique de l'épouser. Mais il est arrivé trop tard. Elle avait déjà accepté d'épouser mon père. Roland était furieux et, s'ils avaient vécu un siècle plus tôt, il l'aurait provoqué en duel. Esme se sentait humiliée, mon grand-père était furieux et c'est ainsi qu'a commencé l'inimitié entre nos deux familles.

— Et c'est aussi pour cela qu'Esme ne s'est jamais mariée, ajouta Leanna. C'est triste…

— Oui. Je sais qu'elle a eu d'autres soupirants, par la suite, mais elle les a tous repoussés.

— Crois-tu qu'elle aime toujours Roland ?

Jackson réfléchit longuement à la question avant de répondre.

— J'ai entendu dire bien des fois que l'amour et la haine étaient parfois très proches. Et, étant donné la façon dont elle réagit à la simple mention du nom de Roland, il ne fait aucun doute qu'elle le hait.

— Ce n'est pas étonnant. Il a probablement brisé l'image qu'elle avait d'elle-même.

— A mon avis, il a surtout détruit en elle tout espoir qu'un homme puisse être fidèle. Et le pire, c'est que l'attitude de son frère n'a fait que confirmer cette certitude. Bien sûr, Tante Esme prétend qu'elle ignorait tout de l'existence de Noelani et de sa mère mais j'avoue que je me pose des questions. Le fait qu'elle l'ait su expliquerait bien des choses…

— Et Roland ? demanda Leanna, curieuse.

— Roland s'est convaincu que Duke avait volé la femme qui lui revenait de droit. Il n'a jamais voulu accepter le fait qu'Angélique ne voulait pas l'épouser. Enfin, tout ceci aurait peut-être été oublié au fil du temps si la fortune de Roland n'avait pas décru tandis que la nôtre augmentait.

— Comment cela se fait-il ? demanda Leanna.

— Je pense que Roland a plus de fierté que d'intelligence. Mon père était plus flexible, plus rusé en affaires. Il n'a jamais rien fait d'illégal, bien sûr. En tout cas, pas que je sache… Mais il n'hésitait jamais à tirer tout le parti possible d'une situation.

— Dis-moi… Est-ce que Roland pourrait être derrière vos problèmes récents ?

— Je ne pense pas… Il y a longtemps qu'il a baissé les bras. Il se replie de plus en plus sur lui-même à tel point que je me demande parfois s'il n'a pas sombré dans une forme de gâtisme léger. S'il avait voulu nous faire du mal, il l'aurait fait voici des années, lorsqu'il avait encore un avantage à en tirer...

— D'après ce qu'a dit Casey, Murray ne partage pas la défiance de son père envers ta famille.

— C'est vrai. Lui et moi nous sommes toujours très bien entendus. Casey l'aime aussi beaucoup mais ces derniers mois, un malaise s'est développé entre eux. Il lui a demandé de l'épouser, il y a quelques mois. Mais elle avait déjà rencontré Nick. L'ironie, c'est que Roland aurait encouragé cette union. Je pense qu'il s'est dit qu'il valait mieux s'allier à ce que l'on ne pouvait vaincre... De fait, la combinaison de nos deux domaines nous assurerait une suprématie incontestable sur toutes les autres plantations de la région !

— Comment Murray a-t-il réagi au refus de Casey ?

— Beaucoup mieux que son père en de semblables circonstances, répondit Jackson en se levant.

Il aida la jeune femme qu'il tenait toujours par la main à se remettre sur pied.

— Bien, assez parlé du passé, maintenant. Parlons plutôt du présent...

Il entraîna Leanna en direction de la pelouse qui s'étendait au-delà de la façade est de la maison.

— Casey et moi pensons installer notre fontaine ici, au bout de l'allée des siffleurs. Qu'en penses-tu ?

— L'allée des siffleurs ? répéta la jeune femme. Pourquoi l'appelez-vous ainsi ?

— Je suppose que nous n'arrivons jamais à nous libérer de notre histoire, répondit Jackson en souriant.

Il passa doucement un bras autour des épaules de la jeune femme et, alors seulement, elle réalisa combien la nuit était froide. Elle résista difficilement à la tentation de se nicher contre lui.

— Autrefois, les cuisines étaient construites en dehors des maisons pour éviter les incendies. En l'occurrence, la nôtre se dressait au bout de cette allée. Lorsque les esclaves apportaient les plats de la cuisine à la salle à manger, ils avaient l'ordre de siffler tout au long du trajet. De cette façon, leurs maîtres étaient sûrs qu'ils ne goûtaient pas les plats en route…

— C'est aussi triste que fascinant, remarqua Leanna, pensive. La seule chose que ces pauvres gens ont laissée, c'est le nom de cette allée…

Le bras de Jackson glissa de ses épaules à sa taille et elle réprima un frisson délicieux.

— Est-ce que vous avez déjà choisi la forme de votre fontaine ? demanda-t-elle d'une voix un peu rauque.

— Eh bien, Noelani a quelques idées. Une chose est sûre : il y aura des ananas.

— Un symbole de bienvenue en Louisiane, d'après ce que m'a dit Tante Esme. C'est donc doublement approprié…

— La lune s'est levée, remarqua alors Jackson. C'est le décor idéal pour un baiser…

Avant même que la jeune femme ait pleinement réalisé ce qu'il venait de dire, il se pencha vers elle et posa ses lèvres sur les siennes. Elle entendit un léger soupir de contentement et se rendit compte presque avec surprise que c'était elle qui venait de le pousser.

Le baiser de Jackson était doux et léger, infiniment troublant. C'était plus une invitation qu'une invasion. Et lorsqu'il l'entoura de ses bras, elle se nicha contre lui, tandis qu'une délicieuse chaleur naissait au creux de son ventre pour se communiquer à chacun de ses membres.

Elle sentait sa chair brûlante à travers le tissu de sa chemise. Elle percevait la fermeté de ses muscles qui jouaient

93

sous le tissu et le désir qu'il éprouvait pour elle tandis qu'ils se pressaient l'un contre l'autre.

Cela faisait une éternité qu'un homme ne l'avait pas tenue de cette façon et, pendant quelques instants, elle se laissa aller à savourer cette sensation.

Ce fut Jackson qui s'écarta le premier, gardant son visage au creux de ses paumes.

— Tu es si belle, murmura-t-il en la buvant du regard.

Il n'était pas dans ses habitudes de refréner son désir comme il le faisait en cet instant mais, avec Lea, il avait envie de prendre tout son temps, de savourer chaque moment de leur relation.

Leanna Cargill n'était en rien une femme comme les autres. Il ne voulait pas simplement faire l'amour avec elle, même si chaque fibre de son corps y aspirait, comme en cet instant.

Il voulait se perdre en elle, se mêler à elle jusqu'à ce qu'ils ne fassent plus qu'un, posséder et être possédé.

Il la désirait différemment de toutes les femmes qu'il avait désirées auparavant et, précisément pour cette raison, il était prêt à attendre que tous deux soient sûrs que c'était ce qu'ils voulaient vraiment.

En fait, il n'y avait qu'un mot pour qualifier ce qu'il éprouvait à l'égard de Leanna. Simplement, il ne se sentait pas encore le courage de le prononcer à voix haute…

6.

Leanna passa la matinée suivante à inspecter les ruines d'un mobile home dans la banlieue ouest de Baton Rouge. Cette fois, il s'agissait d'un incendie purement accidentel causé par un court-circuit. L'accident s'était produit en pleine nuit et la famille qui vivait là avait failli mourir.

Toutes leurs possessions avaient été détruites, y compris la voiture qu'ils venaient tout juste d'acheter. Leanna les aida à remplir tous les papiers nécessaires au remboursement de leurs biens et veilla à ce qu'ils soient logés correctement en attendant de toucher leur prime.

Elle décida ensuite de rentrer chez elle pour avaler un sandwich et rédiger son rapport avant de partir pour son rendez-vous suivant. Lorsqu'elle arriva devant chez elle, elle constata qu'un camion de dépannage était garé sur le parking.

Cela n'avait rien d'étonnant : pour pouvoir faire des économies, elle avait pris un logement dans un immeuble très modeste. Les fuites d'eau et les problèmes d'électricité étaient monnaie courante mais le propriétaire qui vivait sur place se débrouillait pour réparer lui-même, généralement à coup de chewing-gum et de fil de fer.

Mais Leanna ne se plaignait pas. Le loyer était bas et, après avoir repeint les murs de son deux pièces, elle avait réussi à aménager un endroit sympathique pour sa fille et elle.

Comme elle se garait à sa place habituelle, elle vit Gilbert Alain, le propriétaire, qui se dirigeait vers elle, une expression très préoccupée peinte sur le visage.

— Mademoiselle Cargill, dit-il d'une voix qui trahissait son anxiété, j'ai essayé de vous joindre durant toute la matinée…

— Mon portable ne captait pas, là où je me trouvais, expliqua-t-elle, inquiète. Que s'est-il passé ?

— Eh bien… vous savez que les Johnson ont déménagé, la semaine dernière ?

Leanna hocha la tête. Elle se souvenait parfaitement d'eux : un jeune couple sans histoire avec un bébé.

— Personne ne devait s'installer avant mardi prochain, reprit Gilbert. Et, du coup, je n'ai pas réalisé que la chasse d'eau fuyait… La salle de bains a été inondée ainsi que la moitié de la chambre.

Leanna sentit monter en elle une brusque inquiétude.

— Vos voisins de palier, les Garnet, m'ont appelé il y a quelques heures pour me signaler qu'ils avaient entendu un grand craquement chez vous. Ils savaient que vous n'étiez pas là et ont eu peur qu'il ne s'agisse d'un cambriolage… Alors, je suis allé voir. Et j'ai découvert qu'une partie du plafond de la chambre et de la cuisine avait cédé…

— Quoi ? articula Leanna, sentant une boule se former au creux de sa gorge.

— Je suis désolé…

Sans attendre, la jeune femme se précipita dans l'immeuble et gravit l'escalier quatre à quatre pour arriver devant la porte de son appartement qui était entrouverte. La poussant, elle entra. Le tapis et la moquette du salon étaient trempés mais les dégâts restaient limités.

Ce ne fut qu'en pénétrant dans la chambre qu'elle constata toute l'ampleur du désastre. Un trou béant s'ouvrait dans le plafond, par lequel continuait à s'écouler un filet d'eau régulier qui remplissait un seau posé sur le sol.

Hélas, le propriétaire était arrivé trop tard. L'intégralité de la pièce avait été aspergée suite à l'effondrement du plafond et tout était maculé d'une sorte de boue grisâtre à l'aspect écœurant. Les deux matelas étaient inutilisables.

Ouvrant les placards, la jeune femme constata avec désespoir que leurs vêtements n'avaient pas échappé au désastre. Ils pendaient, informes et trempés, sur leurs cintres. Même ses chaussures étaient remplies d'eau.

— Mais qu'est-ce que je vais faire ? gémit-elle, désespérée, lorsque Gilbert la rejoignit.

Elle se sentait vaincue, complètement dépassée par les événements.

— Si j'avais un autre appartement disponible, je vous le céderais volontiers, déclara Gilbert, visiblement désolé. Mais le seul qui reste, c'est celui des Johnson et il ne sera pas utilisable avant des mois. Je vais devoir attendre que tout sèche avant de refaire le sol et les murs…

— Mais j'ai besoin d'un endroit pour vivre, protesta la jeune femme.

— J'ai plusieurs amis qui louent des appartements, indiqua Gilbert pour lui remonter le moral. Je pourrais les appeler pour leur demander s'ils en ont de disponibles.

— En attendant, vous allez devoir nous loger dans un motel, déclara la jeune femme.

— C'est-à-dire que…

— Votre assurance couvrira les frais. Alors je ferais mieux d'en trouver un rapidement.

— Le mieux, c'est que vous régliez la note vous-même et que vous m'envoyiez la facture, dans ce cas, suggéra

Gilbert qui aurait visiblement préféré ne pas avoir un sou à débourser.

Malheureusement pour lui, Leanna avait trop souffert des méthodes de son ex-mari pour accepter un tel arrangement.

— Il n'en est pas question, déclara-t-elle avec aplomb. La note sera à votre nom.

— Je ne suis pas sûr que...

— Moi, j'en suis certaine, l'interrompit-elle de nouveau. Cette situation résulte directement de votre négligence. Si je dois aller devant un tribunal pour régler cette question, je vous assure que cela vous coûtera bien plus cher que quelques nuits d'hôtel.

— Ne me menacez pas, mademoiselle Cargill ! s'exclama Gilbert.

Mais elle le connaissait assez pour savoir que, sous ses grands airs, il était effrayé.

— Je ne fais que vous exposer les conséquences de vos actes, au cas où vous refuseriez d'assumer vos responsabilités, soupira-t-elle, conciliante. Mais nous pouvons régler la question de façon civilisée, vous savez. Je n'essaie pas de tirer avantage de la situation mais simplement de protéger mes droits et ceux de ma fille.

Gilbert la regarda, mi-furieux, mi-gêné, comprenant qu'il n'avait guère d'échappatoire. Visiblement, Leanna n'avait pas l'intention de lui céder et elle paraissait connaître ses droits sur le bout des doigts.

— Quelle est votre compagnie d'assurances ? demanda-t-elle.

Il le lui dit et elle lui proposa de la contacter directement pour régler l'affaire au plus vite.

— Ce ne sera pas nécessaire, répondit-il. Je l'appellerai moi-même...

— En tout cas, je serai ravie de vous aider à remplir les différents documents qu'on vous enverra, si vous voulez.

— Je suis tout à fait capable de me débrouiller seul, répondit-il sèchement.

Leanna n'insista pas. Après tout, s'il préférait perdre du temps, cela ne regardait que lui. Son problème à elle était de trouver au plus vite une solution de rechange. Il ne fallait pas qu'Elise ait à souffrir de ce nouveau coup du sort.

Elle arracha donc à Gilbert le numéro de sa carte bleue et appela le Starlight pour réserver une chambre. C'était un petit hôtel qui n'avait vraiment rien de luxueux mais qui était propre et bien tenu. Elle y avait séjourné quelque temps, à son arrivée à Baton Rouge.

Elle fit ensuite le tri des vêtements qu'elle pouvait sauver et les emporta au sous-sol où elle les mit à la machine. Elle jeta les autres non sans avoir dressé une liste exhaustive pour l'assurance. Après avoir nettoyé les objets maculés qui se trouvaient dans la chambre, elle les emballa avec ses habits.

Elle alla ensuite chercher le journal local et entreprit d'éplucher les petites annonces immobilières à la recherche d'un nouveau logement. Elle trouva d'abord un studio qui semblait convenir mais, lorsqu'elle appela, ce fut pour découvrir que le loyer était deux fois plus élevé que celui qu'elle payait à Gilbert.

Elle poursuivit ses recherches sans succès et ce ne fut qu'à 3 heures qu'elle se rappela brutalement que Jackson l'avait invitée à dîner à Bellefontaine.

Leanna appela la plantation et tomba sur Tante Esme à laquelle elle raconta ses déboires.

— C'est affreux, s'exclama la vieille dame, compatissante. Je vais immédiatement prévenir Jackson. Je suis certaine qu'il trouvera un moyen de vous venir en aide.

99

— C'est très gentil à vous mais je vous assure que ce n'est pas nécessaire. Tout est quasiment réglé…

Malgré ses protestations, Tante Esme déclara qu'elle allait avertir son neveu. Et à peine une demi-heure plus tard, ce dernier se présenta chez la jeune femme alors qu'elle entreprenait de ranger toutes ses affaires dans sa voiture pour les transporter à l'hôtel.

Observant la Jaguar de Jackson et le costume très élégant qu'il portait, Leanna songea qu'il paraissait complètement en dehors de son élément. Plus que jamais, elle réalisa que tous deux appartenaient à des mondes irrémédiablement différents.

— Comment est-ce que tu m'as trouvée ? demanda-t-elle, étonnée.

Elle ne lui avait jamais donné son adresse, peut-être par peur qu'il ne vienne la voir et ne constate à quel point elle était pauvre.

— J'ai appelé Ripley, expliqua Jackson. Pourquoi ? Est-ce que tu essayais de te cacher ?

— Bien sûr que non, répondit-elle en rougissant malgré elle.

— C'est si moche que ça ? demanda Jackson en suivant la jeune femme jusqu'à son appartement où elle allait récupérer d'autres affaires.

— Oui, soupira-t-elle en s'immobilisant devant sa porte d'entrée.

Elle ne voulait pas qu'il voie l'endroit où elle vivait. Elle avait honte de ses meubles de récupération, de sa télévision et de son ordinateur démodés, de l'immeuble lui-même…

— Il n'y a rien que tu puisses faire, déclara-t-elle. Tout est déjà réglé.

— Laisse-moi au moins t'aider à transporter tes affaires, insista-t-il.

Elle fut tentée de lui demander de partir, de le supplier de ne pas ajouter l'humiliation à son malheur. Elle avait envie de pleurer mais se refusait à le faire. Pas tant qu'il serait là…

— J'ai presque fini, répondit-elle. Et je dois passer chercher Elise dans dix minutes…

— Où est-ce que tu comptes t'installer ?

— J'ai réservé une chambre…

— Où ? demanda Jackson.

Pourquoi faisait-il cela ? se demanda-t-elle, déprimée. Pourquoi ne la laissait-il pas tranquille ?

— Dans quel hôtel ? insista-t-il.

Un brusque accès de colère l'envahit. Il n'avait pas le droit de lui poser ce genre de questions. Elle ne lui devait rien.

— Au Starlight, parvint-elle pourtant à articuler d'une voix posée. Le temps que je trouve un nouvel appartement…

Jackson hocha la tête en silence mais elle vit une lueur de déception dans ses yeux. Elle eut envie de lui crier qu'elle faisait ce qu'elle pouvait mais elle se tut. Elle désirait surtout qu'il la prenne dans ses bras et la serre contre lui.

— Je vais t'aider à emménager, déclara-t-il.

— Merci, mais…

— Je sais : tout est déjà arrangé… Ecoute, pourquoi ne laisses-tu pas tout ici pour le moment ? Comme cela, nous irons chercher Elise et ensuite, je t'aiderai à déménager, d'accord ?

La jeune femme réalisa qu'il faisait vraiment tout son possible pour l'aider. Mais elle se sentait aussi désorientée et honteuse que Cendrillon devant son carrosse redevenu citrouille…

— Merci, Jackson, dit-elle d'une voix qui trahissait sa profonde lassitude. Mais je sais que tu as du travail. Elise et moi pouvons faire face à la situation. Pour elle, ce sera comme une nouvelle aventure…

— Eh, mais moi aussi, j'aime les aventures ! protesta Jackson en souriant.

C'était sans espoir, comprit-elle. Tant qu'elle ne se montrerait pas offensante, il resterait là et insisterait pour l'aider.

— Très bien, soupira-t-elle. Faisons comme tu le suggères. Va m'attendre dans la voiture, le temps que je ferme à clé.

Jackson hésita puis se détourna pour regagner son véhicule, la laissant enfin seule. Ce n'est qu'alors qu'elle réalisa combien elle lui était reconnaissante d'être venu. D'une part, cela lui permettait d'avoir à ses côtés quelqu'un avec qui partager ses problèmes. D'autre part, sa simple présence lui réchauffait le cœur.

Bien sûr, ils ne se connaissaient pas depuis assez longtemps pour se considérer vraiment comme des amis. Mais il existait entre eux une indéniable complicité, surtout depuis qu'ils s'étaient embrassés. Pourtant, ni l'un ni l'autre n'avaient reparlé de ce baiser : c'était comme un délicieux secret qu'ils auraient partagé.

Peut-être se leurrait-elle. Peut-être Jackson se moquait-il d'elle. Peut-être était-elle naïve…

Ecartant ces réflexions improductives, la jeune femme referma la porte de son appartement dévasté et regagna le parking où Jackson l'attendait. Elle monta dans la Jaguar, l'odeur de cuir des sièges soulignant une fois de plus l'irréductible différence sociale qui existait entre eux.

— Tu sais que la garçonnière est toujours disponible, déclara Jackson après quelques instants de silence. Vous pourriez emménager dès ce soir si tu le voulais…

— Merci mais la réponse est toujours non, répondit-elle. Je me débrouillerai…

— Ce serait pourtant idéal, poursuivit-il. Nos deux filles s'entendent à merveille. Megan s'est beaucoup épanouie depuis qu'elle fréquente Elise. Elle est moins timide, moins renfermée qu'avant. Cela l'aidera certainement beaucoup l'année prochaine, lorsqu'elle ira à l'école. Au fait, est-ce que ça a été dur pour toi, cette première rentrée scolaire ?

Cela avait été une véritable déchirure pour Leanna. Elise, au contraire, avait été ravie de se lancer dans cette nouvelle aventure. Du moins jusqu'au tout dernier moment. La jeune femme se rappelait encore avec émotion le mélange d'excitation et de peur qu'elle avait lu dans les yeux de sa fille au moment où elle lui avait lâché la main, juste devant l'école.

— Comme tu l'as dit toi-même, répondit-elle finalement, à partir d'un certain moment, il faut que les enfants se socialisent. Le premier jour est un peu difficile mais, progressivement, un nouveau rythme s'installe…

La seule chose qu'elle regrettait, c'était de ne pas avoir assez de temps pour aider Elise à faire ses devoirs. Mais son incessant besoin d'argent la poussait à accumuler les heures supplémentaires et, après ce dernier revers de fortune, cela n'était malheureusement pas près de changer.

— Alors ? insista Jackson. Que dirais-tu d'aller chercher Elise et de vous installer ensuite directement dans la garçonnière ? De cette façon, Tanya pourra garder Elise, le soir. C'est vraiment la meilleure solution.

Jackson lui décocha un sourire rayonnant, convaincu d'avoir résolu tous ses problèmes. Cela aurait d'ailleurs été le cas si elle n'avait pas eu assez de fierté pour refuser sa charité.

— C'est une offre très généreuse et je t'en remercie, répondit-elle gravement. Mais je t'ai dit que je me débrouillerais seule...

— Mais pourquoi est-ce que tu refuses d'accepter mon aide ? protesta Jackson, blessé.

— Parce que je suis parfaitement capable de prendre soin de ma fille toute seule, déclara-t-elle en le mettant au défi de la contredire.

Jackson resta un moment silencieux et elle crut qu'il avait définitivement renoncé à sa proposition. Mais c'était compter sans son obstination coutumière.

— Je ne te demande pas de renoncer à tes responsabilités de mère, reprit-il. Je t'offre juste une chance d'améliorer les conditions de vie de ta fille et de la mienne. Ces enfants méritent toute l'aide que nous pouvons leur offrir...

— N'essaie pas de me culpabiliser, Jackson, protesta la jeune femme. Tu es très bon à ce petit jeu mais je travaille depuis des années dans les assurances et je t'assure que je suis immunisée. En plus, tu n'es vraiment pas à la hauteur de mon ex-mari...

Jackson accusa le coup et elle le vit serrer convulsivement les mâchoires. Réalisant qu'elle était peut-être allée un peu trop loin, la jeune femme décida de se montrer plus conciliante.

— Je n'aime pas être manipulée, expliqua-t-elle. Tu m'as fait une offre généreuse et je l'ai déclinée. C'est mon droit le plus strict et, quoi que tu en penses, tu dois respecter ma décision. Je n'ai pas à t'expliquer les raisons de ce choix...

Jackson se tourna vers la jeune femme et la regarda attentivement, frappé de découvrir l'expression décidée qui se lisait dans ses yeux.

Elle avait certainement eu tort de le comparer à son ex-mari mais, au fond, lui-même n'agissait pas autrement depuis qu'il l'avait embrassée. A longueur de temps, il la comparait à Paige, notant les points communs et les différences qui existaient entre elles.

Dans une situation semblable, par exemple, Paige ne se serait sans doute pas encombrée de grands principes. Elle se serait rendue à ses arguments, le laissant prendre les choses en main comme il le faisait toujours lorsqu'ils étaient ensemble.

Mais Leanna n'avait rien d'une femme soumise et sans défense. Elle avait un esprit aiguisé, une intelligence vive et un tempérament indépendant qu'elle entendait bien faire respecter. Cela faisait d'ailleurs d'elle une femme bien plus intéressante.

Doucement, il tendit la main vers elle et la posa sur son épaule pour caresser son cou, admirant une fois de plus la texture délicieusement soyeuse de sa peau.

— Lea, je suis désolé, s'excusa-t-il. Je ne voulais pas t'insulter en te faisant cette proposition. Et tu as raison : tu ne me dois aucune explication.

Comme il prononçait ces mots, ils arrivèrent devant l'école d'Elise. Jackson se gara contre le trottoir et arrêta le moteur de la voiture pour se tourner vers la jeune femme.

Elle se mordait la lèvre inférieure, luttant visiblement de toute la force de sa volonté pour retenir ses larmes. Il aurait voulu pouvoir la prendre dans ses bras et la serrer contre lui pour la réconforter mais son instinct lui souffla que ce n'était pas le moment.

— Puis-je te proposer un compromis ? demanda-t-il gentiment. Puisque tu ne veux pas habiter dans la garçonnière gratuitement, je te propose de me verser le montant que tu payais à ton ancien propriétaire.

— Mais le loyer de la garçonnière vaut beaucoup plus que cela, protesta-t-elle.

De fait, beaucoup de gens auraient payé une fortune pour pouvoir vivre à Bellefontaine.

— Sauf que nous ne la louons jamais. Elle sert à accueillir les amis de la famille. Or Elise et toi êtes des amies. De plus, Tanya pourra s'occuper de ta fille en même temps que de Megan.

— Seulement si je la paie pour cette surcharge de travail, déclara la jeune femme.

Jackson comprit qu'elle était sur le point de céder.

— Très bien. Voilà ce que je te propose : Tanya ne doublera pas ses gages sous prétexte qu'elle a deux enfants à sa charge. Par contre, elle ne le fera pas non plus gratuitement. Je te laisserai donc régler la différence entre ce que je paie pour le moment et ce qu'elle touchera à partir de maintenant.

— Même si cela représente plus que ce que je versais à Mme Peltière ?

— Oui, lui assura Jackson en prenant mentalement note de téléphoner à ladite personne pour lui demander ses tarifs.

Il s'arrangerait ensuite avec Tanya pour que Leanna ne la paie pas davantage.

— C'est vraiment très gentil, Jackson, murmura la jeune femme, hésitante. Mais…

— Lea, fit-il en souriant, je ne suis pas complètement altruiste dans cette histoire. Je te l'ai dit, je suis ravi que ma fille fréquente la tienne. Elle a besoin d'une camarade de jeux qui lui apprendra à ne pas toujours se replier sur elle-même…

Jackson observa attentivement Leanna tandis que celle-ci pesait le pour et le contre. Mais il savait déjà qu'en

106

définitive, elle choisirait la solution la plus avantageuse pour sa fille.

— Tante Esme ne sera peut-être pas très contente de voir deux enfants courir partout dans la maison, dit-elle.

— Ne lui répète pas ce que je te dis mais j'ai l'impression que Tante Esme devient plus coulante avec l'âge. Même si elle refuse de l'admettre, elle est ravie d'avoir des enfants autour d'elle. D'autant qu'ils lui servent de cobayes pour ses leçons de bonnes manières !

Leanna sourit et Jackson eut l'impression d'un rayon de soleil filtrant brusquement au travers des nuages. A cet instant, la sonnerie de l'école retentit et un flot d'enfants se précipita vers la sortie.

— Voyons ce qu'en pense Elise, déclara alors Leanna.

Jackson hocha la tête, convaincu d'avance de la réponse de la fillette.

Il fallut moins d'une heure à Leanna pour transporter ses affaires de son appartement à la garçonnière. La jeune femme ne possédait que peu de choses : un ordinateur, quelques vêtements, les jouets d'Elise, quelques documents divers…

Il s'agissait en réalité d'un duplex entièrement meublé et équipé, composé d'un salon et d'une cuisine américaine au rez-de-chaussée et d'une grande chambre et d'une salle de bains au premier.

C'était un logement simple et fonctionnel dans lequel la jeune femme se sentit tout de suite à son aise. En fait, réalisa-t-elle, c'était l'endroit le plus luxueux dans lequel il lui eût été donné de vivre depuis que Richard et elle avaient divorcé.

Elise s'adapta également très rapidement à ce nouvel environnement, ravie de pouvoir passer plus de temps avec sa nouvelle amie Megan.

Durant les jours qui suivirent, une agréable routine s'installa. Leanna se levait tôt, emmenait sa fille à l'école avant de partir travailler. Le soir, elle repassait la chercher et la ramenait à Bellefontaine. Là, elle passait une heure ou deux à discuter avec Jackson des différents aspects de la culture de la canne à sucre.

Ensuite, ils sacrifiaient au rite immuable de l'apéritif en famille avant de passer à table. La jeune femme se sentait gênée d'abuser de l'hospitalité des Fontaine mais Jackson et Tante Esme lui avaient clairement fait comprendre qu'ils se sentiraient insultés si elle refusait de partager leur repas.

Un soir, comme Leanna gagnait la maison principale pour aller dîner, elle croisa Elise qui se précipitait à sa rencontre, apparemment très excitée.

— Maman, maman ! s'écria la petite fille. Regarde, j'ai reçu une lettre de papa !

Leanna était passée à la poste la veille pour effectuer son changement d'adresse et elle fut surprise de recevoir du courrier aussi tôt. Elle feignit de partager l'enthousiasme de sa fille, songeant qu'une lettre n'engageait à rien. New York était loin et il y avait peu de risques que Richard débarque par surprise…

Elle prit donc la lettre des mains de sa fille pour la lire lorsque Jackson pénétra dans la pièce, un verre de bière à la main.

— Eh bien, Elise ! s'exclama-t-il en souriant. On dirait que tu as reçu de bonnes nouvelles…

— C'est mon papa ! s'exclama Elise. Il va venir me voir…

— Je ne pense pas, ma chérie, protesta doucement la jeune femme.

— Mais si ! Regarde, il l'a écrit juste là… J'arrive à lire la plupart des mots, tu sais. Et Tanya m'a aidée pour les autres.

— Vous la lui avez lue ? demanda Leanna à la jeune fille qui les avait rejoints avec Megan.

— Bien sûr, répondit la nounou en haussant les épaules. La lettre lui était adressée…

Leanna lutta contre son envie de hurler.

— A l'avenir, dit-elle en s'efforçant de conserver son calme, j'aimerais que vous me donniez ce genre de courrier pour que j'aie le temps de le lire à l'avance…

— D'accord, répondit Tanya d'un air indifférent qui ne fit qu'accroître la colère de la jeune femme.

— Quelque chose ne va pas ? demanda Tante Esme qui était venue aux nouvelles, son verre de mint-julep à la main.

— Tout va bien, mentit Leanna en parcourant rapidement la lettre de son ex-mari. Richard arrive à Baton Rouge la semaine prochaine, ajouta-t-elle.

— Est-ce qu'il va vivre avec nous ? demanda Elise avec espoir.

Leanna sentit un brusque désespoir l'envahir. Voilà que Richard recommençait… Une fois de plus, il allait faire irruption dans la vie d'Elise, la berçant de rêves irréalisables et de faux espoirs. Et puis il disparaîtrait comme à son habitude, laissant à Leanna le soin de gérer le malheur de leur enfant.

— Il vient juste nous rendre visite, dit-elle à la fillette en essayant de ne pas trahir sa rancune.

Elle pria pour que ladite visite ne s'éternise pas mais Richard ne précisait pas combien de temps il comptait rester. Qui sait ? se dit-elle pour se rassurer. Peut-être ne passerait-il qu'une journée pour assister à un forum d'hôteliers. Peut-être ne passerait-il même pas du tout...

7.

Jackson observa attentivement le visage de Leanna tandis qu'elle lisait la lettre de Richard à sa fille. Il ne s'était évidemment pas attendu à ce qu'elle saute de joie en apprenant la nouvelle de l'arrivée de son ex-mari mais il était surpris de voir à quel point cette perspective paraissait la déprimer.

En fait, il y avait même de la peur et de la résignation dans son regard. Or Jackson la connaissait suffisamment bien à présent pour savoir que ses craintes ne portaient pas sur son propre bien-être mais sur celui de sa fille.

Il attendit pourtant la fin du dîner pour en parler. Lorsque la table fut débarrassée et que les fillettes furent montées dans la chambre de Megan, il proposa à Leanna une promenade dans le jardin.

— Tu es inquiète à propos de cette visite, n'est-ce pas ? lui demanda-t-il sans autre forme de procès dès qu'ils eurent quitté la maison.

La jeune femme frissonna. Jackson comprit que l'air frais de la nuit n'en était pas responsable et il la prit par la taille pour la serrer tendrement contre lui.

— Tu es en sécurité ici, lui assura-t-il. Alors qu'est-ce qui te tracasse à ce point ?

— Richard n'a pas une bonne influence sur Elise, expliqua-t-elle.

Jackson resta quelques instants silencieux, se demandant combien de temps encore Leanna porterait les cicatrices de son mariage malheureux.

— Elise est une enfant intelligente, déclara-t-il enfin. Elle ne tardera pas à se rendre compte que son père n'est peut-être pas aussi parfait qu'elle veut bien le croire...

— Peut-être... Mais entre-temps, il peut lui faire du mal. Elle est la victime innocente d'un combat dont elle n'est en rien responsable, Jackson. Et je ne peux plus supporter de la voir espérer vainement chaque fois que Richard vient nous voir...

Jackson la serra un peu plus contre lui et elle passa un bras autour de sa taille. Malheureusement, ses paroles démentirent aussitôt la tendresse qu'il percevait dans ce geste.

— Rester ici est une erreur, murmura-t-elle, plus pour elle-même que pour Jackson. Richard en conclura que j'ai refait ma vie et que je vais bien. Il cherchera certainement à faire annuler la pension alimentaire qu'il me verse. Et je ne peux pas entretenir Elise sans cet argent, étant donné l'importance des intérêts que je rembourse chaque mois...

— Ne me dis pas qu'il ferait une chose pareille, protesta Jackson, choqué.

— Tu ne le connais pas... Lorsqu'il s'agit d'argent, il n'est plus le même homme. Il dépense tellement qu'il est prêt à tout pour en gagner un peu plus...

Ils atteignirent leur banc favori et s'assirent sans pourtant relâcher leur étreinte.

— Au pire, tout ce que tu auras à faire, c'est d'expliquer au juge combien tu paies ton logement...

— Mais le loyer n'est rien en comparaison de la valeur du logement. Je suis certaine que Richard le signalera au juge en sous-entendant que ma moralité laisse peut-être à désirer...

— Je t'assure que nous pourrons fournir des témoins qui assureront le contraire et auront bien plus de poids que Richard devant un tribunal.

Voyant qu'elle ne répondait pas, Jackson prit doucement son menton au creux de sa main et la força à le regarder. La tristesse qu'il lut dans ses yeux lui fendit le cœur.

— Ce n'est pas comme si nous vivions ensemble, Leanna, murmura-t-il. Nous sommes plus éloignés que ne le seraient deux voisins de palier, par exemple...

— C'est vrai, reconnut la jeune femme.

— Alors je ne veux pas que tu te fasses du souci inutilement, ajouta-t-il avant de se pencher vers elle pour l'embrasser. Va aider ta fille à écrire la lettre qu'elle brûle d'envoyer à son père et détends-toi. Sache que si Richard vous fait du mal, à Elise ou à toi, il aura affaire à moi. Et je te prie de croire que les Fontaine peuvent devenir très méchants lorsque l'on s'attaque aux leurs...

Richard Cargill se présenta à Bellefontaine le dimanche suivant. Au lieu de se rendre à la garçonnière, il alla sonner à la porte de la maison principale. Tante Esme lui ouvrit, l'accueillit poliment, le fit asseoir dans le salon puis alla prévenir Jackson qui travaillait dans son bureau.

— Je vais aller le voir, déclara-t-il en se levant. Appelle la garçonnière et prévient Lea.

Après avoir rajusté sa cravate et enfilé sa veste qu'il avait posée sur le dossier de son fauteuil, Jackson se dirigea vers le salon. Richard se tenait debout, les bras croisés derrière le dos, contemplant le portrait d'Angélique qui dominait le superbe piano Steinway.

— Monsieur Cargill, fit Jackson en le rejoignant. Bienvenue à Bellefontaine. Je suis Jackson Fontaine, le propriétaire des lieux. Nous vous attendions…

Richard se retourna. Il était à peu près de la même taille que Jackson, en un peu plus corpulent. Il portait un élégant costume gris et des chaussures de prix, ce qui ne manqua pas d'agacer Jackson. Comment pouvait-il s'habiller chez Gucci et Armani et laisser dans le même temps sa fille vivre dans un appartement à moitié en ruine ?

— Monsieur Fontaine, fit Richard en lui serrant la main avec une fermeté légèrement excessive, comme s'il était sur la défensive. Merci beaucoup de votre accueil. Vous avez une demeure magnifique… Dites-moi, ajouta-t-il en jetant un coup d'œil au portrait, puis-je savoir de qui il s'agit ?

— De ma mère, répondit Jackson, agréablement surpris par la politesse de son hôte.

— Elle est vraiment très belle, commenta Richard.

— Merci, répondit Jackson. Ma tante a appelé la garçonnière pour prévenir Elise et Leanna. Elles devraient arriver d'un instant à l'autre.

— La garçonnière ? répéta Richard en levant un sourcil étonné.

— C'est la maison que nous mettons à la disposition de nos invités. Elle était autrefois occupée par les fils de la famille qui étaient adultes mais pas encore mariés.

— Excellente idée ! s'exclama Richard en riant. Cela avait le mérite de préserver la tranquillité de leurs parents, je suppose…

— Probablement… Dites-moi, c'est votre première visite à Baton Rouge ?

114

— Oui, répondit Richard. Je suis allé à La Nouvelle-Orléans, il y a quelques années. Un endroit fascinant… Mais je n'avais pas eu le temps de visiter les autres villes de la région.

A cet instant, Elise fit son apparition et se précipita vers son père.

— Papa ! s'exclama-t-elle en se jetant dans ses bras.

Il la serra affectueusement contre lui et la couvrit de baisers.

— Alors, comment va mon bébé ?

— Je ne suis plus un bébé, déclara gravement la fillette. Je vais à l'école, maintenant…

— A l'école ? Mon Dieu… Mais c'est vrai que tu as grandi.

A cet instant, il aperçut Leanna qui venait d'entrer dans la pièce à la suite de sa fille. Immédiatement, la tendresse qui s'était peinte sur son visage se changea en froideur vaguement dédaigneuse. Visiblement, il n'avait plus aucune sympathie pour son ex-femme, constata Jackson avec un curieux soulagement.

— Je suis sûr que tu es la meilleure de ta classe, déclara Richard en se tournant de nouveau vers sa fille.

— Non. Bobby Philips est meilleur que moi. Il connaît déjà son alphabet par cœur…

— Tout l'alphabet ?

— Oui… Mais maman m'aide à l'apprendre et bientôt, je le connaîtrai aussi.

Richard se redressa, portant sa fille qui avait noué ses jambes autour de sa taille.

— Je pourrai peut-être t'aider, moi aussi, déclara-t-il.

Tante Esme pénétra alors dans la pièce, poussant une table roulante sur laquelle était disposé le service à thé.

— J'ai pensé que vous désireriez peut-être un rafraîchissement, expliqua-t-elle. Elise, ma chérie, pourquoi ne montes-tu pas chercher Megan pour la présenter à ton père ?

Elise parut être sur le point de protester mais son père la reposa à terre.

— Je serais ravi de rencontrer ton amie, déclara-t-il.

— D'accord, fit la fillette avant de partir en courant en direction du premier étage.

— Elle a bonne mine, déclara Richard à l'intention de Leanna.

Sa voix était cordiale mais son sourire avait quelque chose de légèrement contraint.

— Et toi, comment vas-tu ? ajouta-t-il. Apparemment, tu as trouvé une nouvelle maison… Elle est nettement mieux que la précédente.

Jackson vit Leanna se raidir et comprit qu'elle avait peur de Richard. C'était la première fois qu'elle trahissait un tel trouble et il réalisa que, si son ex-mari n'avait jamais usé de violence physique contre elle, il avait néanmoins réussi à la traumatiser intellectuellement.

— Il y a eu une inondation dans l'immeuble où nous habitions, expliqua-t-elle. Les Fontaine ont eu la gentillesse de me louer une de leurs garçonnières.

— J'aimerais beaucoup voir cet endroit, déclara Richard. M. Fontaine me parlait à l'instant des origines de ce bâtiment et j'avoue qu'il a éveillé ma curiosité…

Son intérêt paraissait authentique et Jackson se demanda si Leanna n'avait pas exagéré les mauvaises intentions de son ex-mari. Après tout, il s'était jusqu'alors montré parfaitement courtois.

116

— Monsieur Cargill, puis-je vous offrir une tasse de thé ? demanda Tante Esme. Si vous préférez quelque chose d'un peu plus fort, n'hésitez pas à le dire…

— Non, merci, répondit Richard en souriant. Un thé sera parfait pour moi…

Tous s'assirent autour de la table basse du salon et Tante Esme remplit les tasses qu'elle leur présenta. A ce moment, Elise revint en tenant Megan par la main.

— Papa, déclara-t-elle, je te présente Megan. C'est ma meilleure amie. Elle ne va pas encore à l'école parce qu'elle a un an de moins que moi. C'est dommage parce que, du coup, nous ne serons pas dans la même classe…

— Bonjour, Megan, dit Richard en tendant la main à la petite fille qui le regardait avec timidité. Je suis enchanté de faire ta connaissance.

— Bonjour, murmura la fillette en lui prenant la main.

— Ma chérie, veux-tu un jus d'orange ? proposa Tante Esme.

Megan hocha la tête et alla se réfugier sur les genoux de son père tandis qu'Elise se juchait sur ceux de Richard.

— Combien de temps comptez-vous rester à Baton Rouge, monsieur Cargill ? demanda Tante Esme qui paraissait être celle que la situation embarrassait le moins.

— Je vous en prie, appelez-moi Richard. Pour répondre à votre question, ajouta-t-il, je compte m'installer ici de façon permanente.

— Tu vas habiter avec nous ? s'exclama Elise, folle de joie.

— Non, répondit son père en secouant la tête. Pas à Bellefontaine… Mais je vais m'installer en ville. Comme cela, je pourrai te rendre visite chaque semaine, comme je le faisais autrefois.

En apprenant cette nouvelle, Elise eut un sourire rayonnant.

— Tu as trouvé un emploi dans la région ? demanda Leanna qui luttait visiblement pour surmonter son angoisse.

— Oui. J'ai accepté un poste de chef cuisinier au Sugar Belle, le restaurant qui se trouve juste en face de ce bateau casino, le White Gold. De cette façon, je pourrai être plus souvent avec ma fille…

Malgré lui, Jackson était impressionné. Le Sugar Belle était incontestablement le meilleur restaurant français de la ville. Il avait même prévu d'emmener Leanna y dîner, un de ces soirs. Mais il semblait bien à présent que ce projet fût fortement compromis…

— C'est un excellent établissement, commenta-t-il.

Le Sugar Belle devait sa bonne réputation au travail et à l'exigence de son propriétaire et gérant, Henri Gaudage. Si ce dernier avait engagé Richard, cela signifiait qu'il devait être un cuisinier hors du commun.

— Il existe depuis très longtemps mais je suppose qu'avec l'arrivée du White Gold, l'activité s'est encore accrue, ajouta Jackson.

— C'est effectivement ce que j'ai cru comprendre, acquiesça Richard.

— Et quelles sont vos spécialités, monsieur Cargill ? demanda Esme, curieuse.

— La cuisine française et italienne, répondit-il.

— Et où comptez-vous séjourner en attendant de trouver un appartement ?

— A Beauregard Court.

— J'y suis allé quelquefois. C'est un très bel endroit, approuva Jackson.

— Très convenable, en effet.

— Nous dînons assez tôt le dimanche, monsieur Cargill, indiqua alors Tante Esme. Vers 17 heures. Voudriez-vous vous joindre à nous ?

— C'est très aimable à vous. J'accepte avec plaisir votre invitation.

— En attendant, vous voudrez peut-être visiter la plantation…

— Et tu pourras voir notre maison, ajouta Elise avec enthousiasme.

Leanna avait l'impression irrationnelle que Richard n'était venu à Baton Rouge que pour la harceler. Bien sûr, c'était absurde. Après tout, il avait parfaitement le droit de vouloir vivre non loin de sa fille. Et il avait apparemment trouvé un travail intéressant dans la région…

Une chose, en tout cas, était sûre : il n'avait guère changé son mode de vie. Il portait toujours des vêtements coûteux et séjournait dans l'un des endroits les plus huppés de la ville. Peut-être était-ce d'ailleurs la vraie raison de son déménagement : il était une fois de plus poursuivi par ses créanciers…

Au moins, ce ne serait plus à elle de régler ses dettes, songea-t-elle avec une pointe de ressentiment.

Elle tenta de repousser la répugnance que lui inspirait Richard. L'essentiel était le bonheur de sa fille. Et si elle devait supporter son ex-mari pour le préserver, elle le ferait. Mais elle veillerait à ce que celui-ci ne lui fasse aucun mal.

L'idéal aurait été d'obtenir du tribunal l'annulation des droits de visite de Richard mais il aurait fallu qu'elle achète un aller-retour pour New York et qu'elle s'offre les services d'un bon avocat, ce qui était nettement au-dessus de ses moyens.

Et puis, de toute façon, elle n'avait aucun argument valable qui lui aurait permis d'obtenir gain de cause. En fait, elle risquait même de perdre la garde d'Elise si Richard démontrait qu'elle l'avait fui pour essayer de le priver de son droit de visite…

Elle ne pouvait donc qu'attendre qu'il commette une erreur ou qu'il outrepasse ses droits en priant pour qu'il déséquilibre le moins possible leur fille entre-temps. Au moins, elle jouirait dans l'intervalle de la protection de Jackson.

Hélas, lui-même connaissait également de graves difficultés, ces derniers temps. Elle lui avait promis de l'aider. Elle lui avait assuré qu'ils découvriraient qui était derrière toutes ces attaques. Mais elle n'avait rien trouvé de concluant jusqu'à présent.

Et leur relation s'était encore compliquée depuis qu'il l'avait embrassée l'autre soir. Elle ne parvenait d'ailleurs toujours pas à comprendre pourquoi il l'avait fait. Elle avait peut-être été attirante, autrefois, mais les difficultés auxquelles elle avait dû faire face ces derniers temps l'avaient rendue dure et amère et cela se lisait sur son visage.

Au fond, elle n'avait rien de plus à lui offrir que les regrets d'une jeunesse enfuie.

Dès que les inspecteurs le lui avaient autorisé, Jackson avait contacté Billy Doyle pour le charger de commencer à rénover le hangar détruit par l'incendie. Evidemment, il avait dû payer de sa poche pour ces travaux en attendant que l'assurance verse la prime qu'elle lui devait.

Jackson s'efforçait donc de surveiller très attentivement les dépenses engagées pour éviter qu'elles ne grèvent encore son budget déjà très déficitaire. Il se demandait parfois si son père avait vraiment réalisé ce qu'il faisait en achetant la raffinerie.

Probablement pas, songeait-il. Sinon, il ne serait sans doute pas parti en vacances le cœur aussi léger…

— Billy avance très rapidement, tu sais, lui dit Murray lorsqu'il passa le voir, le jeudi suivant.

— Oui, acquiesça Jackson. Et il fait du très bon travail, apparemment…

Jackson se réjouissait d'avoir misé sur Billy. Il avait eu une bonne intuition en le choisissant à la place de Stevens. Ce dernier travaillait correctement mais il lui arrivait d'arrondir ses factures ou de les envoyer en double.

Bien sûr, lorsqu'il était pris sur le fait, il s'excusait platement, accusant son service comptable, et remboursait rubis sur l'ongle. Mais il n'était pas toujours facile de tout contrôler.

— Il ne se fera pas beaucoup d'argent sur ce coup-là, poursuivit Murray, mais il mise sur les marchés qu'il pourra décrocher quand tu engrangeras de nouveau des profits. C'est un malin…

Jackson hocha la tête. Il était toujours agréablement surpris par la compétence dont faisait preuve Murray lorsque tous deux parlaient affaires. En fait, si Roland avait accepté de lui déléguer la gestion de son entreprise, la fortune des Dewalt aurait certainement augmenté de façon considérable.

Mais Roland, comme Duke, aimait tout contrôler. Par contre, contrairement à son vieux rival, il n'avait pas les épaules assez larges pour le faire…

— Combien de temps crois-tu que Billy mettra pour achever ce chantier ? demanda Jackson.

— Peut-être deux semaines. Il doit s'assurer que la structure du bâtiment n'a pas été endommagée avant de commencer les rénovations.

— Très bien, acquiesça Jackson. Le plus important est d'assurer la sécurité des employés qui seront amenés à travailler sur ce site. Je ne peux vraiment pas me permettre d'autres accidents…

— J'admire beaucoup le travail que tu as fait dans la cuisine, dit Leanna à Adam lorsqu'elle le rencontra, le samedi suivant.

Betty avait préparé des beignets pour toute la famille et elle avait insisté pour que Leanna et Elise viennent les goûter.

— Tante Esme m'a montré les photos prises après l'incendie, reprit la jeune femme. C'était assez impressionnant. Mais aujourd'hui, on n'imaginerait pas que la maison a connu le moindre problème.

— C'est l'inconvénient de mon travail, répondit Adam en souriant. Mieux il est fait et moins on le remarque…

— Ce doit être dur pour ton ego, remarqua la jeune femme, moqueuse. La plupart des gens aiment qu'on remarque leur talent.

— Pour moi, il n'y a que deux personnes dont l'opinion compte vraiment : moi et la personne qui m'emploie.

— Tu devrais venir voir ce qu'il a fait à Magnolia Manor, déclara Noelani avec une fierté non dissimulée. C'est magnifique…

— Avec plaisir, répondit Leanna, enthousiasmée par cette opportunité.

Après avoir fini les derniers beignets, ils se rendirent donc à Magnolia Manor qui n'était éloigné de Bellefontaine que de quelques kilomètres. A première vue, la propriété semblait abandonnée : la grille entourant le parc s'était effondrée en plusieurs endroits et le portail était coincé par la rouille.

Des ronces et des herbes folles avaient envahi les pelouses que n'ornait aucun massif de fleurs. Plusieurs arbres étaient morts et n'avaient pas été déracinés. Quant au chemin qui conduisait à la maison, il était défoncé, intégralement creusé d'ornières et de nids-de-poule.

La maison, par contre, avait fière allure. Elle se dressait, majestueuse, dominant le parc à l'abandon. Plusieurs pans de mur étaient couverts d'échafaudages et des ouvriers s'activaient sur le toit, remplaçant les tuiles manquantes.

La jeune femme se gara près de la voiture d'Adam et de Noelani. Elle descendit de son véhicule et rejoignit ceux-ci dans le hall. La pièce était très lumineuse et avait dû être magnifique autrefois.

— Bienvenue à Magnolia Manor ! s'exclama joyeusement Noelani en la voyant approcher.

Durant l'heure qui suivit, Adam et elle lui firent visiter chaque recoin de leur future demeure, lui montrant le travail déjà effectué et celui qui restait à faire. Une fois encore, Leanna fut frappée par la minutie de ces aménagements et par le sens du détail dont Adam faisait montre.

Il avait retrouvé des peintures représentant Magnolia Manor au XIXe siècle et les avait photographiées pour pouvoir reconstituer les décorations murales et les moulures des plafonds.

Il avait aussi enlevé tout ce qui n'était pas d'époque, à commencer par les volets et les portes, pour les remplacer par des copies d'ancien que, la plupart du temps, il réalisait lui-même.

— Nous allons tout de même commettre quelques trahisons, déclara Noelani en souriant. Nous ferons installer l'air conditionné, par exemple. Mais cela devrait être fait de la façon la plus discrète possible. Cette colonne, par exemple, est une copie. Elle est creuse et c'est par là que passera l'air.

Leanna observa avec étonnement la colonne en question qui semblait être le double parfait de celle située de l'autre côté de la porte.

Finalement, les deux jeunes femmes laissèrent Adam superviser les travaux en cours et ressortirent de la maison pour aller s'installer dans le jardin qui se trouvait sur l'arrière, loin du bruit entêtant des outils.

— Est-ce que ton ex-mari rend régulièrement visite à Elise ? demanda alors Noelani.

— Bien trop souvent à mon goût, répondit la jeune femme. Lorsque nous vivions encore à Ithaca, il était censé venir tous les week-ends mais, en réalité, il ne passait qu'une fois sur deux. Elise l'attendait avec impatience, lui trouvait des excuses quand elle le croyait en retard et finissait par aller pleurer dans sa chambre pendant des heures lorsqu'elle réalisait qu'il ne viendrait pas du tout…

— C'était vraiment cruel de la part de Richard…

— Oui. Et c'est l'une des raisons pour lesquelles j'ai décidé de déménager…

— Moi, je n'ai jamais rencontré mon père, remarqua Noelani.

— Ce doit être affreux, répondit Leanna, compatissante.

Elle-même avait été tellement choyée par son père qu'elle pouvait difficilement imaginer ce qu'aurait pu être sa vie sans lui. Cela ne faisait d'ailleurs qu'ajouter à sa colère à l'encontre de Richard. Elle aurait voulu qu'Elise garde de lui des souvenirs aussi heureux que ceux qu'elle-même avait de son père.

— Je me suis souvent demandé si j'aurais aimé Duke, reprit pensivement Noelani.

— Apparemment, c'était un homme passionné…

— Probablement. Il devait l'être pour que ma mère l'aime à ce point. Il l'a mise enceinte, l'a laissée tomber et, malgré cela, elle a continué à l'aimer jusqu'au jour de sa mort.

Leanna songea qu'effectivement Duke avait dû être un personnage hors du commun. Car l'intelligence aiguë de Noelani laissait supposer que sa mère n'avait pas été une imbécile. Elle avait donc dû avoir de sérieux motifs pour renoncer ainsi à toute vie amoureuse après avoir rencontré cet homme…

— Je sais que c'était un homme complexe, reprit Noelani. Contrairement à ce que les gens pensent de lui aujourd'hui, j'ai découvert qu'il avait une personnalité aux multiples facettes. Il a aidé ma mère durant toute sa vie alors qu'elle ne lui avait rien demandé. Il a même payé la majeure partie des frais de mon éducation. Mais je ne l'ai appris qu'après sa mort…

— Un vrai manipulateur, acquiesça Leanna. Je me demande si son fils tient de lui…

— Oui et non, répondit Noelani. Jackson manipule les gens, c'est vrai, mais jamais pour leur faire du mal. Par contre, sur le plan personnel, ils ont un point commun de taille : tous deux ont donné naissance à des filles illégitimes.

Noelani haussa les épaules.

— Mais là encore, ils ont géré la situation de façon très différente. Duke a gardé le secret sur ma naissance, ne mettant dans la confidence que l'un de ses meilleurs amis à Hawaii. Et c'est celui-ci qui m'a servi de père, en fin de compte…

Une fois de plus, la jeune femme marqua une pause, comme si elle essayait pour la millième fois peut-être de comprendre pourquoi son père avait agi comme il l'avait fait.

— J'aurais beaucoup aimé rencontrer Angélique, ajouta-t-elle. Elle aussi était au courant. Pourtant, elle a accepté la situation avec philosophie par amour pour ses enfants et pour Duke. Tante Esme est même convaincue que c'est elle qui a insisté pour que mon père nous vienne en aide, à ma mère et à moi.

Leanna se demanda combien de femmes pouvaient agir de façon aussi désintéressée et dénuée de jalousie. Elles devaient être peu nombreuses…

— Jackson, par contre, a reconnu Megan dès le début et a tout fait pour faire partie de sa vie. Et il n'a pas hésité un seul instant à demander la garde quand Janis a été mise en prison. Depuis, il a toujours été un père parfait pour elle, parvenant presque à compenser l'absence de sa mère. C'est un homme profondément bon, tu sais…

Leanna hocha la tête. Les paroles de la jeune femme confirmaient ce que lui avait dit Betty qui était pourtant d'un âge et d'un monde différent. Malgré cela, Jackson avait su gagner le respect et l'affection de chacune.

— Quel point commun Jackson a-t-il encore avec son père ? demanda Leanna, curieuse.

— Comme lui, c'est un homme d'affaires très doué. Mais il n'a rien d'un requin. Bien sûr, il n'hésite pas à se servir de son influence lorsqu'il pense agir pour le mieux. C'est ce qui s'est passé quand Nick a voulu installer le White Gold à Baton Rouge. Une directive municipale l'interdisait et Jackson a fait pression pour qu'elle soit abrogée. Il ne l'a fait que pour aider un ami. Un ami qui est devenu son beau-frère par la suite... Mais Jackson n'assurerait jamais ses succès au détriment des autres, contrairement à Duke...

— Que veux-tu dire ?

— Eh bien, prends le cas de la raffinerie, par exemple. Les Dewalt en ont été propriétaires pendant des années. D'après ce que j'ai compris, c'était un peu la gloire de Roland Dewalt, son jouet préféré, en quelque sorte. Malheureusement, ce n'était pas un très bon gestionnaire. Il était du genre à donner des ordres puis à se plaindre parce que les conséquences étaient désastreuses...

— Un peu comme mon ex-mari, commenta Leanna en riant. Il adore planifier et organiser mais il est incapable de rien mener à bien.

— C'est étrange, commenta Noelani. Il ne m'a pas fait si mauvaise impression, dimanche soir...

— C'est tout Richard : la première impression est toujours bonne. Le problème, c'est qu'il ne tient pas la distance. Mais revenons-en à la raffinerie...

— Eh bien, il y a quelques années, Roland a réalisé que les profits de la raffinerie déclinaient de façon inquiétante. C'est alors que Murray, son fils, a décidé de s'intéresser personnellement au problème. Il a rapidement compris que la raffinerie avait besoin d'une rénovation en profondeur. Roland, pour faire des économies de bouts de chandelles, n'avait quasiment rien renouvelé au cours des années et les machines commençaient sérieusement à dater. Certaines ne correspondaient même plus aux normes de sécurité. Murray a paré au plus pressé mais il lui fallait obtenir un prêt pour rendre à l'usine sa compétitivité. Il en a donc sollicité un auprès de sa banque. Mais Duke se trouvait justement être l'un des membres du comité de direction et il a tout fait pour que ce prêt ne soit pas accordé. Ensuite, l'inévitable s'est produit : la raffinerie a continué à perdre en rentabilité jusqu'à ce qu'elle devienne un gouffre financier plus qu'une source de profits. Finalement, Roland n'a pas eu d'autre choix que de vendre…

— Et Duke l'a rachetée, conclut Leanna.

— Pour la moitié de sa valeur, répondit Noelani. C'était peut-être un bon investissement mais il fallait encore rénover l'usine. Duke avait certainement un plan pour y parvenir mais, hélas, il est mort avant de le mettre en application. Du coup, Jackson assume les problèmes liés à cette acquisition.

8.

Jackson commençait à perdre patience. La rénovation du hangar de la raffinerie, qui aurait dû être une simple formalité, s'avérait en réalité beaucoup plus longue que prévu.

— Quel est le problème, exactement ? demanda-t-il un jour à Murray. Nous devions en avoir pour deux semaines au maximum mais Billy n'a toujours pas fini de ramasser les débris…

— Il a eu quelques ennuis : son matériel n'est pas de première main et plusieurs de ses machines l'ont lâché…

— Bon sang, mais s'il n'avait pas les moyens d'effectuer ce travail, il n'avait qu'à refuser ! s'exclama Jackson avec humeur.

— Ne sois pas trop dur avec lui, protesta Murray. Il fait ce qu'il peut, tu sais. Mais un de ses camions est tombé en panne et il n'arrive pas à trouver les pièces de rechange. Il a essayé d'emprunter un des véhicules de Woody Stevens mais tu penses bien que ce dernier a refusé. Il a prétendu que tous ses camions étaient occupés…

— C'est le cas ?

— Bien sûr que non.

— Peut-être devrais-je aller lui parler, soupira Jackson.

En temps normal, il aurait sans doute accepté ce nouveau coup du sort et patienté un peu. Une semaine ou deux sur un projet de cette ampleur n'avaient rien de déterminant… Mais, cette fois, il devait faire face à beaucoup trop d'incertitudes pour se contenter d'attendre.

— Ces délais nous coûtent cher, s'exclama-t-il. Et tu sais que je ne suis pas en position de dépenser inutilement. Je n'aime pas être trop près de mes sous mais, cette fois, je n'ai pas le choix.

— Ne t'en fais pas, le rassura Murray. Tout finira par s'arranger. En fait, la situation n'est pas aussi grave qu'elle peut le sembler. Il y a encore beaucoup de débris éparpillés un peu partout mais Billy a déjà dégagé le hangar et ses environs directs. Et il a également procédé à l'inspection des lieux. Demain matin, ses hommes doivent venir poser les échafaudages et, ensuite, les réparations à proprement parler pourront commencer. Il n'y aura plus qu'à se débarrasser des débris. Mais Billy a promis de payer de sa poche les heures supplémentaires de ses chauffeurs pour pouvoir tenir les délais.

Jackson calcula que cet engagement réduirait probablement à zéro le profit déjà faible que Billy réalisait sur cette opération.

— Je n'ai pas envie de l'acculer à la ruine, protesta-t-il. Il faut qu'il gagne au moins de quoi payer ses frais courants. Dis-lui de procéder au nettoyage sans recourir à des heures supplémentaires.

— Tu sais que tu es un tendre, Jackson ? remarqua Murray en souriant.

— Peut-être. Duke m'a appris qu'il fallait toujours mettre un gant de velours lorsqu'on avait une main de fer.

*
* *

— Es-tu sûr qu'il soit sage de confier à Murray la super-vision du chantier ? demanda Leanna à Jackson tandis que tous deux se promenaient dans le jardin, le soir même.

Jackson lui prit la main et la serra tendrement dans la sienne. Leurs promenades vespérales étaient à présent un délicieux rituel. C'était devenu l'un des moments les plus importants de la journée pour la jeune femme et, parfois, cela ne manquait pas de l'inquiéter.

Car elle se sentait beaucoup trop proche de Jackson et avait peur de perdre de vue ce qui comptait vraiment : le bien-être et l'équilibre de sa fille. Celle-ci risquait en effet de prendre très mal la romance de sa mère, surtout maintenant que Richard les avait rejointes...

Heureusement, se répétait-elle, elle ne resterait pas éternellement à Bellefontaine et ces précieux moments ne seraient bientôt plus que d'agréables souvenirs.

— Est-ce que Tante Esme t'a encore mise en garde contre lui ? demanda-t-il.

— Il ne s'agit pas seulement d'Esme, répondit-elle. Tu m'as dit ce que Roland lui avait fait vivre et j'admets qu'elle n'est pas objective. Mais considère la situation d'un œil impartial : cette raffinerie a appartenu aux Dewalt et c'est même Murray qui l'a dirigée...

— C'est justement pour cette raison qu'il est la personne la plus qualifiée pour superviser le chantier, répondit Jackson.

— Il était aussi le mieux placé pour saboter la raffinerie, remarqua la jeune femme.

Jackson s'arrêta et lui fit face, la contemplant d'un air ébahi.

— Mais pourquoi aurait-il fait une chose pareille ? demanda-t-il.

— Pour se venger, par exemple.

— Mais de quoi ? Je ne lui ai jamais rien fait... Bien sûr, Duke a racheté la raffinerie. Mais Murray sait faire la part des choses : il s'agissait simplement de business... D'ailleurs, s'il avait voulu faire sauter la raffinerie, il s'y serait mieux pris que cela.

— Peut-être ne voulait-il pas la détruire entièrement, objecta la jeune femme.

— Qu'est-ce que tu veux dire ?

— Il voulait peut-être simplement détruire le hangar et ta réserve de sucre pour te mettre en difficulté.

Jackson se remit en marche, paraissant réfléchir intensément à la question. Finalement, ils arrivèrent à leur banc attitré et la jeune femme s'y assit tandis que son compagnon restait debout, allant et venant devant elle comme un fauve en cage.

— Procédons par ordre, dit-il. Supposons que Murray ait découvert que nous avions stocké ce sucre brut à la raffinerie, comment aurait-il pu se douter qu'il s'agissait d'une réserve personnelle et non d'un stock destiné au syndicat et garanti par lui ?

— Notre informateur nous a dit qu'il était stocké illégalement, souligna la jeune femme. C'est peut-être ce que pensait aussi Murray. Dès lors, en le détruisant, il vous privait d'un important bénéfice.

— Admettons, concéda Jackson à contrecœur.

— De plus, l'inspecteur qui a procédé à l'enquête sur place a dit que les tuyaux avaient été sabotés. Par contre, il n'a repéré aucune trace d'effraction sur la porte.

— Mais Murray n'a pas les clés de la raffinerie, protesta Jackson.

— Comment en es-tu sûr ? Il était propriétaire des lieux, après tout. As-tu fait remplacer toutes les serrures lorsque vous en avez pris possession ?

— A vrai dire, je n'en sais rien. C'est Duke qui a pris possession de la raffinerie. Il ne m'a donné les clés qu'avant de partir en vacances.

— Donc Murray pourrait effectivement avoir les clés, conclut la jeune femme.

— Je ne peux pas croire qu'il soit mêlé à cette histoire...

— Pour le moment, nous ne faisons que des suppositions. Si tu veux, considérons les choses sous un angle différent. L'explosion a détruit plus d'un million de tonnes de sucre. Qu'il se soit agi d'un stock personnel ou d'un stock détourné, tu avais beaucoup à perdre. Pour éponger cette perte, la meilleure solution reste de mettre la raffinerie en vente. Et si tu le faisais, Murray serait certainement dans la meilleure position pour la racheter...

— Qu'en ferait-il ? Il a géré cette raffinerie seulement parce que son père était incapable de le faire tout seul. Mais il n'a pas besoin de cela pour vivre. Sa mère lui a laissé un héritage très confortable qui lui permet de vivre de ses rentes jusqu'à la fin de ses jours s'il le souhaite. En plus, il vend des programmes informatiques et touche de l'argent de son père dont il supervise la plantation de canne à sucre. Il n'a que faire de cette raffinerie qui lui coûterait d'ailleurs excessivement cher à rénover, comme je suis bien placé pour le savoir...

— Alors, ce pourrait être Roland le coupable..., suggéra la jeune femme.

— C'est encore moins probable : cette raffinerie a failli le ruiner et il n'est pas plus en position de la rénover aujourd'hui qu'il ne l'était avant de la vendre. Je ne sais même pas ce qu'il lui reste de l'argent que nous lui avons versé pour l'acheter...

Jackson s'assit près de Leanna et lui prit doucement les mains.

— Roland a un sérieux complexe de supériorité et c'est un type très désagréable, j'en conviens. Mais il est inoffensif. Il n'aurait ni le courage ni le savoir-faire pour saboter la raffinerie et il est trop pingre pour payer quelqu'un pour le faire. Quant à Murray, il est plus intéressé par la culture de la canne à sucre et par la programmation que par la gestion d'une raffinerie.

— Alors pourquoi est-il si désireux de t'aider à la rénover, dans ce cas ? demanda la jeune femme, peu convaincue.

— Parce que c'est un ami, déclara Jackson en se demandant avec inquiétude si telle était bien la véritable explication.

Désormais, Elise et Leanna dînaient chaque soir en compagnie des Fontaine. Cela procurait à la jeune femme un sentiment de sécurité qui lui réchauffait le cœur. Pour la première fois depuis qu'elle était entrée à l'université, elle avait l'impression rassurante d'être entourée par une famille aimante. Elise elle-même était parfaitement à l'aise avec tous les adultes qui fréquentaient la maison.

Paradoxalement, cette situation idyllique inquiétait aussi la jeune femme. Après tout, il ne s'agissait pas de leur famille. Elles étaient de simples invitées, chaleureusement accueillies, certes, mais qui finiraient par repartir.

Comment réagirait Elise, lorsque ce lien serait rompu ? Elle avait déjà souffert de la séparation de ses parents, de l'absence de son père et de leur déménagement en Louisiane. Parviendrait-elle à encaisser aussi bien ce nouveau déchirement ?

Certes, sa fille était intelligente. Mais elle était encore trop jeune pour supporter de tels bouleversements. Et Leanna commettait peut-être une terrible erreur en la laissant s'attacher aux Fontaine comme elle le faisait.

D'ailleurs, ce raisonnement s'appliquait probablement tout autant à elle-même. Les sentiments qu'elle éprouvait pour Jackson ne cessaient de croître, tout comme ceux qu'il éprouvait pour elle. Et lorsque le moment viendrait de renoncer à le voir, elle savait déjà combien elle souffrirait.

Telles étaient les pensées de Leanna alors qu'un soir de décembre, elle regardait pensivement Elise et Megan jouer à l'élastique dans les jardins de Bellefontaine.

— Je peux jouer avec vous ? leur demanda alors Jackson qui les avait rejointes. Mais je vous préviens, ça fait longtemps que je n'ai pas essayé...

— Je vais te montrer, papa, déclara Megan avec enthousiasme.

Comme l'avait prévu Jackson, la fillette s'était beaucoup épanouie au contact d'Elise. Mais la question était de savoir comment elle réagirait lorsque son amie quitterait Bellefontaine.

— Tu veux jouer avec nous, toi aussi ? demanda Megan à Leanna, la tirant de ses sombres méditations.

— Je ne sais pas, répondit-elle. Je viens de dîner...

Les deux enfants eurent l'air si dépitées qu'elle n'eut pas le cœur de refuser.

— Très bien, fit-elle. Mais pas longtemps, alors...

Elle descendit de la véranda tandis que Jackson détachait l'élastique que les fillettes avaient noué à un poteau pour pouvoir jouer à deux.

Leanna et Jackson se placèrent à chaque extrémité de l'élastique au-dessus duquel leurs filles commencèrent à sauter, réalisant des figures de plus en plus compliquées. Puis ce fut autour de Jackson et Megan et de Leanna et

Elise. Lorsque vint le tour de Leanna et Jackson, enfants comme adultes riaient à gorge déployée.

Attirée par ce joyeux raffut, Casey était sortie sous la véranda et les regardait en souriant.

Finalement, Leanna, essoufflée, se déclara vaincue et rejoignit la sœur de Jackson tandis que ce dernier continuait à jouer avec les deux fillettes.

— Comment fais-tu pour suivre le rythme d'Elise ? demanda Casey à la jeune femme.

— Ce n'est pas facile, admit Leanna en riant. Mais, au moins, je n'ai pas de mal à m'endormir le soir !

Ce n'était pas l'exacte vérité, songea-t-elle. Ces derniers temps, il lui arrivait de rester longuement allongée, les yeux fixés au plafond, se demandant ce qu'elle allait faire de sa vie. Quand elle parvenait enfin à s'endormir, ses rêves étaient régulièrement envahis par Jackson et prenaient une tournure qui la faisait rougir lorsqu'elle s'éveillait au matin.

— Je t'envie, tu sais, soupira Casey, rêveuse.

La tristesse que Leanna perçut dans sa voix lui fit comprendre que ce n'était pas une réflexion de pure convenance.

— Quelque chose ne va pas ? demanda-t-elle.

Casey hocha la tête sans regarder la jeune femme dans les yeux.

— J'ai fait une fausse couche, il y a peu de temps...

— Je suis désolée, murmura Leanna. Est-ce que le médecin a découvert ce qui n'avait pas marché ?

— Oui. Il m'a assuré que je pourrais avoir d'autres enfants.

— Mais tu as peur, n'est-ce pas ?

— Oui. Je veux avoir des enfants... Je n'y avais jamais vraiment pensé avant de rencontrer Nick. Mais, maintenant que nous sommes mariés, je voudrais plus que tout au monde porter un enfant de lui.

— Tu sais, il n'est pas difficile de comprendre pourquoi tu as fait cette fausse couche, remarqua gravement Leanna. Il s'est passé tellement de choses, ces derniers temps : l'incendie, l'agression dont tu as été victime, la disparition de la moissonneuse qui a failli empêcher la récolte, la mort de tes parents et la découverte de ta demi-sœur… Je suis sûre que, dès que les choses commenceront à revenir à la normale, tout se passera parfaitement bien.

— C'est ce qu'a dit le médecin. Que mon corps m'avait fait comprendre que le moment n'était pas encore venu…

— J'en suis certaine. Et il faut que tu le sois aussi.

— Merci, Leanna, murmura Casey, les larmes aux yeux.

Lea ouvrit les bras et la serra contre elle.

Le lendemain après-midi, après une réunion aussi humiliante que désespérante avec le banquier de la famille qui avait refusé d'augmenter l'autorisation de découvert de son compte, Jackson décida de passer à la raffinerie pour vérifier l'avancement des travaux de rénovation du hangar.

Murray lui avait téléphoné l'après-midi même pour lui annoncer un nouveau retard : apparemment, un chargement de matériaux s'était perdu en route et n'était jamais arrivé à la raffinerie.

Jackson avait demandé à Murray de recommander sans attendre mais son ami lui avait expliqué que le fournisseur ne produisait qu'à la commande et qu'ils perdraient du temps quoi qu'il arrive.

Billy avait étudié le problème et trouvé une solution de substitution. Mais, évidemment, elle coûterait plus cher que celle initialement prévue. La question était de savoir si cela valait le coup de la mettre en œuvre pour atténuer le manque à gagner généré par le délai.

Le temps que Jackson arrive sur le site, les ouvriers avaient déjà terminé leur journée et la raffinerie était déserte. Descendant de voiture, Jackson s'approcha du hangar et constata avec plaisir que Billy avait bien travaillé depuis la dernière fois.

Le site était déblayé et, à la suite de plusieurs vols d'outils, Billy avait fait construire une cabane entourée d'un grillage derrière lequel se trouvaient deux bergers allemands placés en sentinelle. Lorsque Jackson s'approcha, ils se mirent à aboyer férocement et il jugea plus prudent de s'éloigner.

Gagnant les portes neuves du hangar, Jackson les ouvrit au moyen de la clé que lui avait donnée Murray. Elle coulissa silencieusement sur le côté, révélant l'intérieur du bâtiment plongé dans les ténèbres.

A tâtons, Jackson trouva le commutateur et l'actionna, illuminant du même coup le vaste entrepôt désert. A sa droite était installé un escalier temporaire qui conduisait à la passerelle courant le long des murs, à plusieurs mètres du sol.

Jackson décida d'y monter pour avoir une vue d'ensemble de l'avancée des travaux.

L'escalier était moins stable que celui qui servait en temps normal, mais celui-ci avait été gravement endommagé par l'incendie. En atteignant la passerelle, il eut l'impression qu'elle oscillait légèrement. Alors qu'il s'avançait en suivant le mur, une voix retentit en contrebas.

— Jackson, mais qu'est-ce que vous fabriquez là-haut ?

Se retournant, Jackson s'appuya à la balustrade.

— Billy ? constata-t-il, surpris.

— Descendez immédiatement de là ! s'exclama l'entrepreneur. C'est dangereux !

Comme pour confirmer cette assertion, un brusque craquement se fit entendre. La passerelle se détacha soudain du mur et, dans un grincement métallique, s'inclina sur le côté. Jackson essaya vainement de s'agripper à la balustrade et tomba violemment en arrière. Il se mit alors à glisser sur la passerelle inclinée, comme un enfant sur le toboggan d'un jardin public.

Il sentit les picots d'acier déchirer son pantalon et lui érafler impitoyablement la peau des fesses. Puis il chuta du bout de la passerelle et s'écrasa au sol, quelques mètres en contrebas, quasiment aux pieds de Billy.

— Jackson ! s'écria ce dernier en se précipitant vers lui. Ça va ? Vous êtes blessé ? Vous voulez que j'appelle une ambulance ?

Il fallut quelques secondes à Jackson pour recouvrer ses esprits.

— Que s'est-il passé ? demanda-t-il alors, encore groggy.

— Vous n'avez donc pas vu la corde rouge que j'avais placée au bas de l'escalier ?

— Une corde rouge ? répéta Jackson, interdit.

Il se palpa avec prudence et parvint à la conclusion qu'en dehors de quelques bleus et de quelques coupures superficielles, il n'avait rien de cassé.

— Vous êtes sûr que ça va ? demanda Billy, toujours inquiet.

— Je crois...

— Laissez-moi vous aider...

Billy le souleva de terre, le portant avec autant de facilité que s'il se fût agi d'un enfant.

— Je crois que ça ira, déclara Jackson en se remettant sur ses pieds. Qu'est-ce que c'est que cette histoire de corde rouge ?

— Je l'avais placée au bas de l'escalier pour signaler que la passerelle était toujours dangereuse. Vous avez dû l'enjamber pour monter...

— Je n'ai rien enjambé du tout, protesta Jackson.

— Mais elle était là, s'exclama Billy, confus.

— Quand l'avez-vous vue pour la dernière fois ?

— Je l'ai mise cet après-midi, juste avant de partir.

— Y avait-il quelqu'un d'autre à la raffinerie, à ce moment-là ?

— Personne. A part Murray, bien sûr... Nous avons fermé ensemble.

Billy regarda autour de lui et aperçut brusquement la corde munie de petits drapeaux rouges qui gisait à même le sol dans un coin du hangar.

— Je ne comprends pas, murmura-t-il. Je suis certain de l'avoir mise en place...

— Au fait, que faites-vous là à une heure pareille ? demanda Jackson, curieux.

— Je suis revenu donner de l'eau aux chiens. J'avais oublié de le faire en partant...

— J'en suis vraiment heureux, commenta Jackson. Dieu sait ce qui me serait arrivé si vous n'étiez pas venu...

— Jackson n'est pas encore arrivé ? demanda Leanna.

— Sa réunion a dû se prolonger plus que prévu, répondit Nick qui, en l'absence de Jackson, était en train de servir l'apéritif. Tu veux du vin ou du jus de fruits ?

— Du jus de fruits, s'il te plaît. Est-ce qu'il a appelé ?

— Je suis sûr qu'il ne tardera pas, répondit Tante Esme avant de porter à ses lèvres son verre de mint-julep.

Comme à son habitude, elle trônait comme une reine au bout de la pièce, contemplant d'un œil attentif la petite cour qui l'entourait.

— Il est très ponctuel, d'ordinaire, reprit-elle. Mais avec tout ce qui se passe en ce moment, il lui est difficile de maîtriser son emploi du temps.

A ce moment, le bruit de la porte de service se fit entendre. Quelques minutes plus tard, Jackson pénétra dans le salon. Immédiatement, le cœur de Leanna se mit à battre la chamade : son costume était déchiré, ses mains couvertes de sang séché.

— Mais qu'est-ce qui t'est arrivé ? demanda Casey, inquiète.

— Tu vas bien ? ajouta Leanna d'une voix tremblante.

— Oui... Mais je suis vraiment trop vieux pour faire du toboggan...

— Jackson, protesta Tante Esme, de quoi parles-tu ?

— En tout cas, on dirait que tu as besoin d'un verre, remarqua Nick en versant une généreuse rasade de bourbon dans un verre avant de le lui tendre.

— Merci, fit Jackson qui l'avala cul sec.

Il entreprit alors de leur raconter ce qui venait de lui arriver.

— Apparemment, conclut-il, quelqu'un avait enlevé la corde...

— Exprès ? demanda aussitôt Leanna en réprimant un frisson.

— C'est impossible à dire, répondit Jackson. Murray est parti le dernier de la raffinerie. Je l'ai appelé et il m'a assuré que la corde était toujours en place lorsqu'il l'a quittée.

— Et tu le crois ? demanda Leanna.

Comme par hasard, Murray se trouvait sur les lieux chaque fois qu'un nouvel incident se produisait : l'incendie de la cuisine, l'explosion de la raffinerie et, maintenant, l'effondrement de la passerelle.

— Il paraissait aussi inquiet que moi en apprenant la nouvelle, répondit Jackson.

— Pff ! s'exclama Tante Esme. Nous savons tous ce que vaut la parole d'un Dewalt...

— Alors qui aurait pu enlever cette corde ? insista Casey.

— Je n'en sais rien, soupira Jackson. En tout cas, personne ne pouvait savoir que je passerais à la raffinerie ce soir. C'est une décision que j'ai prise impulsivement... Je crois que celui qui a enlevé la corde cherchait juste à causer un malheur de plus. Je n'étais pas visé personnellement.

— Ce n'est pas une raison pour ne pas s'en inquiéter, s'exclama Leanna.

— C'est exact. J'ai d'ailleurs appelé l'inspecteur Bouchard. Il m'a promis de venir jeter un coup d'œil à la raffinerie mais je doute qu'il trouve quoi que ce soit...

— Est-ce que tu ne pourrais pas mettre un gardien de nuit ? suggéra alors Adam.

— J'espérais ne pas avoir à en arriver là, soupira Jackson. Les agents de sécurité coûtent très cher...

— Mais les blessures et les morts coûtent plus cher encore, objecta Leanna.

— C'est vrai, admit Jackson. Bien... Si vous voulez m'excuser, je ferais mieux d'aller me changer pour le dîner.

142

9.

Jackson ne prenait pas le dernier incident advenu à la raffinerie avec autant de décontraction qu'il voulait bien le faire croire. Bien sûr, ce nouveau sabotage n'était pas dirigé spécifiquement contre lui. Mais c'était presque pire puisque cela signifiait que leur mystérieux adversaire était prêt à frapper sans discrimination dans le seul but de mettre les Fontaine dans une situation délicate.

Ce soir-là, allongé dans son lit, il ne cessa de retourner dans sa tête les suppositions les plus folles quant à l'identité de cet ennemi. Lorsqu'il renonça enfin à découvrir la vérité et qu'il chassa ces sombres pensées, il fut envahi de souvenirs d'un tout autre genre.

Il revoyait Leanna riant à gorge déployée tandis que tous deux sautaient à l'élastique. Il la revoyait lorsqu'ils s'étaient embrassés dans le jardin. Il la revoyait seule et désemparée devant son appartement en ruine. Et son cœur se serra tandis qu'il réalisait combien la jeune femme lui était devenue précieuse en si peu de temps.

Finalement, il parvint à trouver le sommeil et dormit d'une traite jusqu'au petit matin. A l'aube, son réveil sonna, lui rappelant qu'il avait décidé d'appeler la police italienne pour s'enquérir des progrès des investigations concernant la mort de ses parents.

Il téléphona donc mais ne put obtenir qu'un subalterne qui lui affirma que l'enquête suivait son cours mais qu'aucun élément nouveau n'était apparu. Jackson téléphona ensuite à l'un de ses amis qui travaillait à l'aéroport de La Nouvelle-Orléans pour lui demander l'adresse de Chuck Riley, le pilote qui avait accompagné ses parents en Europe.

Sous le sceau du secret, son ami la lui donna et Jackson prit aussitôt sa voiture pour se rendre dans le quartier où vivait Chuck. L'endroit avait connu une brève heure de gloire dans les années 80 lorsqu'un promoteur immobilier avait eu l'idée géniale de transformer d'anciennes usines et d'anciens entrepôts en lofts.

Hélas, ledit promoteur avait déposé le bilan, ayant certainement surestimé sa solidité financière. Le quartier était donc resté dans une sorte d'entre-deux, d'état hybride où les bâtiments industriels en ruine côtoyaient les penthouses de luxe le plus souvent déserts.

Chuck vivait dans l'un d'eux mais il était peu probable qu'il ait les moyens d'entretenir encore très longtemps son immeuble. En effet, l'ami de Jackson qui travaillait à l'aéroport lui avait affirmé que Chuck était sur une mauvaise pente.

Jackson savait qu'il avait été jeté deux fois hors du White Gold par Nick pour ivresse et comportement agressif. Apparemment, d'autres établissements avaient pris des mesures similaires. Mais Chuck n'avait pas renoncé à boire pour autant et avait été arrêté deux fois par la police. La première pour conduite en état d'ébriété et la seconde pour bagarre dans un bar.

Au moins avait-il renoncé à harceler la famille Fontaine. Pourtant, les deux fois où il s'était présenté au White Gold, il avait affirmé que Duke lui devait de l'argent et qu'il entendait bien se faire payer ce qui lui était dû.

Jackson aurait été prêt à lui verser ce qu'il demandait s'il avait pu fournir la preuve de ses assertions. Mais Chuck n'en avait fourni aucune et avait même fini par renoncer à ses réclamations.

A 8 heures du matin très précises, donc, Jackson frappa à la porte de Chuck. Il lui fallut renouveler l'opération plusieurs fois pour que le pilote consente enfin à venir lui ouvrir. Il avait les yeux injectés de sang et l'haleine lourde caractéristiques d'une soirée un peu trop arrosée.

— Qu'est-ce que vous foutez ici ? demanda-t-il d'un ton rogue en se massant les tempes. Qu'est-ce que vous me voulez ?

— Je veux vous parler, répondit posément Jackson.

Sans attendre la réponse de l'autre, il pénétra dans l'appartement en désordre de Riley.

— Foutez le camp ! s'exclama ce dernier, furieux.

— Vous devriez fermer la porte, suggéra Jackson. Vous risquez de réveiller vos voisins…

Riley claqua la porte et croisa les bras sur sa poitrine, visiblement furieux.

— Bon, dites ce que vous avez à dire et ensuite, dégagez d'ici !

— Dites-moi, faites-vous toujours preuve d'aussi peu d'hospitalité envers les gens qui sont censés vous devoir de l'argent ?

— Je ne suis pas idiot. Si vous aviez dû me payer mes arriérés de solde, vous l'auriez fait auparavant.

— En fait, remarqua Jackson en s'installant dans le canapé de Riley, c'est probablement vous qui me devez de l'argent…

— Qu'est-ce que vous racontez ? cracha Riley en enfilant un pantalon par-dessus le caleçon qu'il portait lorsqu'il avait ouvert la porte à Jackson.

145

— En parlant avec la police italienne, j'ai découvert que vous ne m'aviez pas dit toute la vérité. D'après eux, Duke vous aurait licencié deux jours avant qu'ils n'aient cet accident parce que vous buviez trop.

— Je ne sais pas qui leur a dit ça mais c'est faux, répondit Riley. Votre père et moi, on s'entendait très bien. C'est d'ailleurs pour cela qu'il m'a demandé de l'accompagner au cours de ce voyage...

Riley soutint le regard de Jackson mais ce dernier comprit qu'il était en train de lui mentir. Depuis que la police lui avait annoncé que l'avion avait peut-être été saboté, Jackson n'avait cessé de se demander quel rôle Riley avait joué dans l'accident de ses parents.

D'après ce qu'il savait, Duke s'entendait très bien avec Chuck qui était un pilote d'exception. C'est lui qui avait appris à son père à voler et c'est lui qui se chargeait de l'entretien de son avion.

Mais il avait sombré dans l'alcoolisme et cela pouvait expliquer que Duke ait fini par le licencier. Riley aurait-il alors saboté l'avion pour se venger de son ancien employeur ? Ou bien avait-il simplement fait preuve de négligence en effectuant les vérifications nécessaires sur l'avion ?

Les autorités n'avaient aucune certitude sur le sujet mais l'état d'ébriété quasi permanent dans lequel Riley avait sombré depuis son retour d'Europe était peut-être le signe des remords qui l'habitaient.

— Ecoutez, reprit Jackson d'une voix conciliante, l'enquête a montré que l'accident aurait pu être le résultat d'une négligence du mécanicien. Si c'est effectivement ce qui s'est passé, dites-le-moi, Chuck, et finissons-en, une bonne fois pour toutes. Vous serez certainement sanctionné mais je témoignerai en votre faveur, expliquant que vous avez été un pilote irréprochable durant des années, que Duke avait une entière confiance en vous et que ma famille ne compte pas porter plainte contre vous. Aussi tragiques qu'en aient été les conséquences, nul n'est à l'abri d'une erreur... Et si c'est une question d'argent...

— Je vois que les Fontaine sont tous les mêmes, l'interrompit Riley avec un rire sarcastique. Vous croyez toujours pouvoir acheter n'importe qui. Mais je ne suis pas ce genre d'homme ! Pensez-vous que j'ignore la raison de votre petite visite de courtoisie ? Je sais que, si j'admets avoir fait preuve de négligence, vous pourrez toucher l'assurance vie de vos parents. Mais je n'ai pas l'intention de vous faciliter la tâche. J'ignore ce qui est arrivé au Cessna de votre père. La seule chose que je sais, c'est qu'il était en parfait état de vol lorsque je l'ai inspecté pour la dernière fois. Alors n'essayez pas de me coller cet accident sur le dos. Maintenant, fichez le camp de chez moi !

Jackson prit tout son temps pour se lever et se diriger vers la porte.

— Merci pour votre accueil chaleureux, Chuck, fit-il, ironique. Mais dites-moi encore une chose... Où étiez-vous entre 5 et 6 heures, hier après-midi ?

— Pardon ?

— Où étiez-vous hier après-midi ? répéta Jackson.

— Qu'est-ce que ça peut vous faire ? demanda Riley.

Jackson se demanda s'il essayait de gagner du temps ou s'il n'était plus trop certain de connaître la réponse à cette question.

— J'ai passé tout l'après-midi à La Grenouille, répondit finalement Riley.

C'était un bar situé dans l'un des quartiers les plus mal famés de la ville. Jackson comprit que, si Riley avait vraiment des amis là-bas, ils n'hésiteraient pas à témoigner en sa faveur. Il se promit pourtant de transmettre cette information à l'inspecteur Bouchard, juste au cas où…

— Bonne journée, monsieur Riley, conclut-il d'une voix parfaitement cordiale avant de quitter l'appartement.

La voiture de Leanna progressait sur la route cahoteuse qui traversait les marais s'étendant entre La Nouvelle-Orléans et Baton Rouge. L'état de la chaussée était très mauvais et le véhicule rebondissait d'un nid-de-poule à l'autre, malmenant sa passagère qui regrettait amèrement que ses amortisseurs soient si mauvais.

Elle revenait d'une inspection aux environs de La Nouvelle-Orléans et en avait profité pour aller jeter un coup d'œil au fameux quartier français. Cela lui avait donné envie de revenir en compagnie d'Elise. Elle pourrait l'emmener au Café du Monde pour goûter à leurs fameux beignets.

Evidemment, elle n'aurait pas les moyens de lui faire faire le tour de la ville en calèche mais elles pourraient déambuler dans les rues magnifiques et visiter la cathédrale St Louis. Peut-être pourrait-elle même proposer à Jackson et à Megan de les accompagner…

Une brusque odeur de caoutchouc brûlé assaillit la jeune femme. Elle regarda autour d'elle pour voir s'il s'agissait d'un accident mais ne vit rien d'anormal. Avec angoisse, elle se demanda alors si ce n'était pas sa propre voiture qui était à l'origine de ce phénomène.

De fait, le thermomètre du tableau de bord indiquait une surchauffe. Comme pour confirmer ce diagnostic, une épaisse fumée s'éleva bientôt du capot de la jeune femme qui ralentit et se gara sur le bord de la route en pestant contre ce nouveau coup du sort.

Elle coupa le moteur, se demandant ce qu'elle allait bien pouvoir faire. Elle était encore à plus de soixante kilomètres de Baton Rouge et n'avait aucune notion de mécanique pour se tirer de ce mauvais pas.

Sortant de son véhicule, elle affronta la pluie et écouta le moteur qui, en refroidissant, émettait des craquements de mauvais augure. Il ne lui restait plus qu'une solution : marcher jusqu'au téléphone d'urgence le plus proche.

Plissant les yeux, elle en repéra un qui devait se trouver à moins d'un kilomètre de là. S'emparant de son sac à main, elle se mit donc en route. Quelques instants plus tard, une voiture ralentit et se rangea sur le bas-côté.

— Vous avez des problèmes ? demanda le conducteur après avoir baissé sa vitre.

C'était un homme d'une trentaine d'années aux cheveux bond filasse et au visage grêlé.

— Montez, lui dit-il, je vous emmène...

La jeune femme hésita, tentée par cette offre. Mais elle se dit que monter à bord du véhicule d'un parfait inconnu n'était sans doute pas une très bonne idée.

— C'est très gentil, dit-elle. Mais si cela ne vous dérange pas, je préférerais que vous appeliez les secours de la prochaine cabine. Cela m'évitera de revenir à pied. Je les attendrai dans ma voiture...

— D'accord, répondit l'inconnu. Tenez, ajouta-t-il en lui tendant un parapluie qui était posé sur le siège passager.

— Mais comment ferai-je pour vous le rendre ? demanda-t-elle.

— Vous pouvez le garder. Il n'est pas tout jeune...

— Vous êtes sûr ?

— Oui. Je ne peux quand même pas vous laisser attraper une bronchite alors que j'ai un parapluie dont je ne me sers pas.

149

La jeune femme s'empara du parapluie et l'ouvrit, s'abritant de la pluie qui tombait de plus en plus dru.

— Vous devriez me donner votre adresse pour que je puisse vous le renvoyer par la poste, suggéra-t-elle.

— Ne vous en faites pas pour ça, protesta le jeune homme.

Sur ce, il lui adressa un petit signe de la main, remonta sa vitre et redémarra. La jeune femme suivit sa voiture des yeux, sidérée de la gentillesse dont il avait fait preuve à son égard alors même qu'il ne la connaissait pas.

A grands pas, elle revint vers son propre véhicule, bénissant son bienfaiteur pour son présent qui lui évitait d'essuyer le plus gros de l'averse. Elle s'installa alors derrière son volant et attendit patiemment la dépanneuse.

Celle-ci mit plus d'une heure à arriver. Cela laissa tout le temps à la jeune femme pour méditer sur son triste sort. Elle avait déménagé dans une ville qu'elle ne connaissait pas pour échapper à son mari et profiter du coût de la vie inférieur afin de rembourser ses dettes.

Mais au lieu de faire des économies, voilà qu'elle allait devoir payer pour la réparation de sa voiture ou, pire, en acheter une nouvelle. Quant à son ex-mari, il avait emménagé à quelques kilomètres d'elle.

Pire encore, elle vivait aux crochets d'un homme pour lequel elle avait une profonde affection, ce qui ne rendait la situation que plus insupportable. Il la logeait pour un prix dérisoire et la nourrissait à l'œil quasiment tous les soirs. Il payait même ses frais de baby-sitter…

Le conducteur de la dépanneuse était un homme acariâtre qui semblait en vouloir à la jeune femme de l'avoir forcé à se déplacer par un temps pareil.

Lorsqu'elle lui demanda combien coûteraient ses services, il se contenta de lui répondre que, de toute façon, elle n'avait d'autre option que de payer si elle ne voulait pas que la police fasse enlever sa voiture.

Le seul choix qu'elle avait, ajouta-t-il, c'était la direction vers laquelle elle voulait qu'on l'emmène. La Nouvelle-Orléans était plus proche mais la jeune femme n'y connaissait aucun garagiste auquel elle sût pouvoir se fier. De plus, elle devrait ensuite rentrer à Bellefontaine et ce serait nettement plus simple en partant de Baton Rouge.

— J'ai un ami qui tient un excellent garage à La Nouvelle-Orléans, protesta l'homme que ce choix ne paraissait pas enchanter.

— Je ne vis pas à La Nouvelle-Orléans, répondit-elle en le défiant du regard.

Il finit par hausser les épaules, résigné.

— Très bien, fit-il. Je vais attacher votre épave…

C'est ce qu'il fit tandis que la jeune femme se tenait en retrait, abritée par son nouveau parapluie. Il ne l'aida pas à monter à bord de la cabine dans laquelle lui-même se hissa sans mal. Pour la jeune femme qui était vêtue d'une jupe à présent passablement trempée, ce fut nettement plus difficile.

A l'intérieur flottait une écœurante odeur de cigare froid et de fast-food. Le chauffeur roula en silence, ses essuie-glaces luttant pour écarter le rideau de pluie qui s'abattait impitoyablement sur le pare-brise.

Lorsqu'il ouvrit de nouveau la bouche, ce fut pour demander dans quel garage elle voulait qu'il la dépose. Leanna comprit qu'elle n'avait d'autre choix que de recourir une fois de plus à Jackson et elle demanda à l'homme de s'arrêter à la première station-service venue.

— Eh, dites donc, protesta-t-il vertement. Je ne suis pas un taxi, moi !

— Qu'est-ce que ça peut vous faire ? répliqua-t-elle durement. De toute façon, vous êtes payé au kilomètre ! Arrêtez-moi à la prochaine station.

— Je vous préviens : si je m'y arrête, je vous y laisse.

— Et si vous m'y laissez, je ne vous paie pas, répondit-elle du tac au tac sans se soucier de la carrure impressionnante de son adversaire ni de son aspect patibulaire.

— Il ferait beau voir, grogna-t-il, menaçant.

— Je vous ferai aussi inculper pour kidnapping et vol de voiture, ajouta-t-elle avec aplomb.

— C'est vraiment n'importe quoi, protesta-t-il. C'est vous qui m'avez appelé.

— Ecoutez, monsieur Spence, déclara-t-elle d'une voix glaciale, utilisant à dessin son nom qu'elle avait lu sur le formulaire qu'il lui avait fait signer. Arrêtez-vous quelque part pour que je puisse téléphoner. De cette façon, je vous donnerai rapidement une adresse et vous serez débarrassé de moi.

Spence grommela un juron mais s'exécuta.

— Ne prenez pas toute la journée, marmonna-t-il tandis qu'elle descendait du camion.

Elle fut tentée de lui dire qu'elle prendrait tout le temps qu'elle voudrait mais décida de n'en rien faire. Rien ne servait d'envenimer encore une situation déjà passablement tendue, d'autant que ce Spence ne lui inspirait guère confiance. Elle ne tenait pas à ce qu'il perde tout contrôle et lève la main sur elle.

Elle prit soin de noter la plaque d'immatriculation de la dépanneuse au cas où il la laisserait en plan comme il l'avait suggéré. Puis elle gagna le magasin de la station et entra dans l'une des cabines téléphoniques qui s'y trouvaient.

Ce fut Betty qui répondit et Leanna lui expliqua rapidement son dilemme.

— Ce dont vous avez besoin, soupira la cuisinière, c'est surtout d'une nouvelle voiture, si vous voulez mon avis…

Leanna l'imaginait, adossée au frigidaire, sa sempiternelle cigarette éteinte aux lèvres.

— Bon sang, comment n'y avais-je pas pensé plus tôt ? railla-t-elle un peu durement. Désolée, Betty, ajouta-t-elle, j'ai eu une journée vraiment difficile.

— Je vois, je vois, répondit Betty. On a ses nerfs… Bon, vous devriez aller chez Luszte. C'est là que j'emmène ma Harley quand je veux la faire réviser.

— Qui ça ?

— Luszte, répéta Betty avant d'épeler le nom. Hal s'occupe aussi des voitures. Il fait du bon travail et il est honnête, ce qui n'est pas le cas de tous ses confrères… Dites-lui que vous venez de ma part.

— Est-ce que Tanya est allée chercher Elise ?

— Heureusement pour son arrière-train, déclara Betty avec son élégance coutumière. Votre gamine va bien, ne vous en faites pas… Si vous n'êtes pas de retour pour l'apéritif, je leur expliquerai ce qui vous est arrivé. Mais je vous préviens : Jackson vous enverra alors sûrement la cavalerie !

Leanna éclata de rire, songeant que la cuisinière avait probablement raison.

— Merci, Betty. Je vous dois une fière chandelle…

— Y a pas de quoi, répondit celle-ci avant de raccrocher.

Lorsque Leanna sortit de la station, la pluie avait cessé. Elle regagna la dépanneuse où Spence l'attendait, tapotant nerveusement son volant. Elle se hissa à grand-peine à bord sans qu'il fît mine de l'aider et lui donna le nom du garage.

Il parut être sur le point de lui répondre qu'il ignorait où il se trouvait mais elle lui décocha un regard si noir qu'il y renonça, désirant sans doute se débarrasser au plus vite de cette cliente contrariante.

Marmonnant dans sa barbe de trois jours, il redémarra et roula dix bonnes minutes avant d'atteindre une ancienne station-service dont les pompes avaient été enlevées. Le hangar dans lequel se trouvait le garage était dans un piteux état.

Mangé par la rouille, il avait perdu sa peinture d'origine et était à présent d'une couleur incertaine tirant sur le marron. Contrairement à ce que laissait supposer cette apparence miteuse, l'endroit paraissait très couru. Dans le grand parking étaient garées des dizaines de motos et presque autant de voitures dont une BMW, une Mercedes dernier modèle et même une Lotus Esprit à la forme agressive.

Spence était en train de détacher la voiture de Leanna lorsque Jackson arriva au volant de sa voiture. Il coupa le moteur et descendit pour se diriger à grands pas vers la jeune femme.

— Tout va bien ? demanda-t-il, visiblement inquiet.

La jeune femme sentit un soulagement si profond l'envahir brusquement qu'elle eut envie de se jeter dans ses bras. Mais elle était trempée des pieds à la tête et jugea préférable de s'en abstenir, se contentant de lui décocher un sourire radieux.

— Je vais bien, lui assura-t-elle. Tu n'avais pas besoin de venir... Même si je suis ravie que tu l'aies fait.

— Ce sera deux cent cinquante dollars, déclara alors Spence qui avait fini de détacher son véhicule.

Jackson s'apprêtait à dire quelque chose mais la jeune femme lui intima le silence d'un geste de la main.

— Cela me semble un peu excessif, monsieur Spence, déclara-t-elle.

Ils furent alors rejoints par un homme d'une cinquantaine d'années vêtu d'une combinaison de travail couverte de cambouis. Jackson et lui paraissaient très bien se connaître et échangèrent un signe de tête amical.

— Il y en a pour cinquante dollars de dépannage plus un dollar du kilomètre aller et retour.

— Ecoutez, monsieur Spence, lui dit posément la jeune femme, il y a soixante-quinze kilomètres entre Baton Rouge et La Nouvelle-Orléans. Vous m'avez donc remorquée sur moins de cinquante kilomètres. Quant aux cinquante dollars de dépannage, il s'agit d'un minimum garanti, ainsi qu'il est écrit sur l'autocollant collé dans votre cabine. Il ne s'ajoute pas au prix au kilomètre mais s'y substitue au cas où la course serait très courte. Je vous dois donc cent dollars et pas un cent de plus. Je vais vous faire un chèque…

— C'est deux cent cinquante dollars, insista Spence. Et je ne prends pas les chèques.

— Je n'ai pas de carte bleue et je me promène rarement avec cent dollars sur moi, répliqua-t-elle. Et j'ai bien dit cent dollars, sinon j'appelle la police.

— Je veux du liquide.

— Dans ce cas, il vous faudra attendre demain que ma banque ouvre ses portes. Qu'est-ce que vous préférez ?

— Je vais le régler, déclara Jackson en sortant son portefeuille.

— Il n'en est pas question, protesta la jeune femme. C'est mon problème. Alors, monsieur Spence ? Qu'en dites-vous ?

— Bon Dieu, donnez-moi votre maudit chèque. Mais je vous préviens : il vaudrait mieux pour vous qu'il ne soit pas en bois !

La jeune femme rédigea son chèque qu'elle tendit à Spence.

— S'il l'est, répondit-elle, vous n'aurez qu'à m'intenter un procès...

Spence fut sur le point de faire un geste obscène mais quelque chose dans le regard de Jackson l'en empêcha et il se détourna avec humeur vers son camion dans lequel il monta avant de démarrer en trombe.

— Vous êtes monsieur Luszte ? demanda alors Leanna au garagiste. Je me nomme Leanna Cargill. Betty m'a chaudement recommandé vos services.

— Appelez-moi Hal. Quel est votre problème, exactement ?

La jeune femme lui expliqua ce qui lui était arrivé et Hal commença à examiner le moteur tandis qu'elle se tenait un peu à l'écart, sentant la fatigue l'envahir tandis que l'adrénaline refluait lentement.

— C'est le tuyau du radiateur qui est crevé, conclut l'homme de l'art en se redressant.

Leanna sentit les battements de son cœur s'accélérer. Le lendemain de son divorce, elle s'était levée pour trouver une large flaque sous sa voiture. Richard était venu durant la nuit pour lacérer le tuyau du radiateur. Un de ses voisins l'avait vu faire et c'était ainsi qu'elle l'avait découvert.

Avait-il recommencé ? Ou bien s'agissait-il d'un simple accident ?

— Pendant combien de temps avez-vous roulé en surchauffe ? demanda Hal.

— Je ne sais pas exactement. Je ne faisais pas très attention au tableau de bord avant de voir de la fumée sortir du capot.

—Et il était déjà trop tard...

— Est-ce que vous pouvez réparer ?

— Le tuyau lui-même n'est pas un problème. Je pourrai même avoir les pièces dès demain... Mais la surchauffe risque d'avoir causé d'autres dégâts. Il va falloir que je regarde ça de près.

— Et combien cela me coûtera-t-il ?

— Tout dépend de l'étendue des dégâts...

Avisant l'expression désespérée de la jeune femme, Jackson songea qu'elle faisait peine à voir. Tremblante, trempée de la tête aux pieds, les cheveux emmêlés, elle paraissait terriblement vulnérable. Son maquillage avait coulé, accentuant encore cette impression.

Pourtant, même dans cet état, il la trouvait superbe et était terriblement tenté de la prendre dans ses bras pour la couvrir de baisers.

— Viens, dit-il finalement. C'est l'heure de l'apéritif. Je crois que tu as bien mérité une double rasade de jus d'orange, ce soir...

Elle sourit et posa doucement sa tête contre son épaule avant de s'écarter de lui.

— Je suis trempée, soupira-t-elle. Nous devrions demander à Hal une bâche pour protéger le siège de ta voiture.

— Ne t'en fais pas pour ça, la rassura-t-il.

Il trouvait amusant qu'après tout ce qui venait de lui arriver, elle puisse encore se préoccuper du revêtement de ses sièges.

D'ailleurs, sans tenir compte de sa remarque, elle alla trouver Hal et lui demanda un morceau de plastique. Ce dernier lui en trouva un et elle l'étala précautionneusement dans le fauteuil du côté passager avant de s'installer.

Jackson referma sa portière, contourna la voiture et démarra.

— Comment se fait-il que tu n'aies pas de carte de crédit ? demanda-t-il en s'efforçant vainement d'adopter un ton désinvolte.

— Richard a accumulé des dettes astronomiques en se servant de la sienne. Je suis bien décidée à ne pas tomber dans le même piège. Mais je ne vois pas en quoi cela te regarde, ajouta-t-elle, sur la défensive.

Jackson roula en silence sur quelques kilomètres, attendant patiemment que sa nervosité reflue.

— Ce que Richard a fait n'a vraiment rien à voir avec toi, déclara-t-il alors.

— Bien sûr que si, protesta-t-elle. D'ailleurs, c'est moi qui règle ses factures, aujourd'hui…

— Rien ne t'y oblige, objecta-t-il.

— Si. Je me suis engagée à le faire. Peut-être penses-tu comme Richard que l'on peut sans mal revenir sur sa parole mais ce n'est pas mon avis.

Jackson encaissa le coup sans broncher. Il détestait entendre la jeune femme le comparer à son ex-mari, sachant très bien le peu d'estime qu'elle portait à ce dernier.

— Ces gens méritent de toucher leur argent, ajouta Leanna. Et je le leur rembourserai jusqu'au dernier cent quel que soit le temps que cela prendra !

Jackson admira sa probité et sa ténacité. Mais ce n'était pas une raison pour se punir comme elle le faisait.

— Tu ne peux pas te permettre de vivre sans carte bleue, Lea, remarqua-t-il gravement.

— Ce que je peux ou ne peux pas me permettre ne regarde que moi, protesta-t-elle vivement.

— Au moins pour les situations d'urgence, insista-t-il.

— Je suis tout à fait capable de m'occuper de moi-même, répliqua-t-elle avec humeur.

Jackson tendit la main vers elle et la posa doucement sur son bras. Elle se tenait très raide mais il la sentait trembler sous ses doigts. C'était certainement en partie à cause du froid et il se promit de lui trouver une épaisse couverture dès qu'ils arriveraient à Bellefontaine.

Mais il y avait aussi de la colère et de l'humiliation en elle, il le lisait dans son regard.

— Je le sais parfaitement, Lea, répondit-il finalement en lui souriant gentiment. Tu l'as prouvé face à ce Spence.

Il vit Lea ébaucher un sourire qu'elle effaça aussitôt, tentant de se draper dans sa dignité offensée. Mais cela ne lui ressemblait guère et son combat fut de courte durée.

— C'est vrai que je lui ai rabattu son caquet, déclara-t-elle fièrement.

— Oui… Rappelle-moi de ne jamais chercher à te provoquer.

— Oh, je vous connais trop pour espérer que cela soit possible, monsieur le manipulateur, répondit-elle en lui décochant enfin l'un de ces sourires qu'il aimait tant.

10

— Je suis désolé de ne pas avoir pu aller au zoo avec les filles, déclara Jackson, le samedi suivant, lorsqu'il rejoignit Leanna à la garçonnière.

Il revenait tout juste d'une réunion avec Remy Bouchard. L'inspecteur l'avait appelé la veille au soir pour que tous discutent de l'accident à la raffinerie et de sa rencontre avec Chuck Riley. Jackson avait accepté avec reconnaissance, sachant que le policier avait travaillé sur leur dossier depuis l'incendie que Broderick avait allumé à la plantation.

— Comment s'est passé ton rendez-vous ? demanda Leanna, curieuse.

— Jusqu'à présent, Remy a toujours évité de lier les divers incidents qui se sont produits au cours de ces derniers mois, refusant de sombrer dans la théorie du complot. Mais au vu des derniers événements, il a décidé de changer de stratégie. Il trouve qu'il y a un peu trop de coïncidences dans le dossier. Il m'a donc promis de vérifier l'alibi de Riley pour le jour où j'ai eu cet accident à la raffinerie.

— Tu crois vraiment que Riley est impliqué là-dedans ?

— Je ne sais pas. Mais il agit de façon très bizarre. Il a commencé par prétendre que nous lui devions de l'argent, nous le réclamant à grands cris à plusieurs occasions. Puis, du jour au lendemain, voilà qu'il renonce à ses exigences. En plus, il ne cesse de boire, ce qui trahit probablement un certain malaise. C'est arrivé à un point tel qu'on lui a retiré sa licence de pilote...

Leanna hocha la tête d'un air absent et Jackson comprit qu'elle était préoccupée. S'approchant d'elle, il posa doucement ses mains sur les hanches de la jeune femme, la forçant à le regarder droit dans les yeux.

— Tu te fais du souci pour les filles ? demanda-t-il.

La jeune femme hocha la tête.

— Tu ne devrais pas. Je suis sûr qu'elles sont en train de s'amuser comme des folles. Est-ce que tu as eu des nouvelles de Hal ?

C'était pour attendre son coup de téléphone que la jeune femme avait, elle aussi, renoncé à aller au zoo.

— Non...

— S'il n'appelle pas trop tard, nous pourrons rejoindre Megan et Elise, déclara Jackson.

— Elles sont parties il y a plus d'une heure et nous aurons du mal à les retrouver.

Le téléphone retentit alors et Jackson lâcha à contrecœur la jeune femme qui alla répondre. Elle décrocha et lui murmura que c'était bien Hal avant d'écouter attentivement ce que lui disait ce dernier.

— Vous voulez dire qu'elle n'est pas fichue ? s'exclama-t-elle enfin en souriant joyeusement. C'est une excellente nouvelle ! Mais combien coûtera la réparation ?

Elle nota un chiffre sur le bloc-notes et son sourire s'évanouit aussi vite qu'il était apparu.

— D'accord, faites-le... Vous êtes toujours d'accord pour échelonner le paiement ? Merci beaucoup... Et quand sera-t-elle prête ?

La jeune femme raccrocha quelques minutes plus tard et Jackson jeta un coup d'œil à ce qu'elle avait écrit : 560 dollars.

— Comment est-ce que tu vas faire ? demanda-t-il d'un ton parfaitement neutre.

— Eh bien… je vais louer une autre voiture en attendant que la mienne soit prête. D'après Hall, il devrait avoir fini d'ici la fin de la semaine. Espérons qu'il ne découvre pas d'autres problèmes entre-temps.

— Tu sais que la voiture de mon père est au garage et que personne ne s'en sert. Tu ferais mieux de la prendre en attendant que la tienne soit réparée.

— Mais c'est une Lincoln ! s'exclama la jeune femme, sidérée. Je ne peux pas rouler dans une voiture aussi belle… Imagine la tête que feront mes clients quand ils me verront arriver là-dedans !

— Qu'est-ce que ça peut leur faire ? demanda Jackson, surpris.

— Que dirais-tu si tu venais de perdre tout ce que tu as et que tu voyais ton assureur débarquer en voiture de luxe ? Imagine ce que pensera Richard. Il sait déjà que je vis dans une propriété luxueuse. Si en plus je me promène en Lincoln, il risque vraiment de dénoncer sa pension alimentaire… Si ça se trouve, il obtiendra même que je lui en verse une à lui !

— Ne sois pas ridicule, protesta Jackson.

— Mais c'est toi qui es naïf. Je te rappelle qu'une pension alimentaire est calculée en fonction de ton train de vie, pas de tes revenus réels.

— Tu me traites de naïf ? s'exclama Jackson, amusé. Mais c'est toi qui l'es si tu t'imagines que ne pas avoir de carte de crédit suffit à ne pas s'endetter ou si tu penses faire acte de bonté en réglant les dettes de ton incapable de mari !

Jackson avait voulu se moquer gentiment d'elle mais, en voyant l'expression blessée et furieuse qui se peignait dans ses yeux, il réalisa brusquement qu'il venait de commettre une énorme erreur d'appréciation.

— Je ne savais pas que tu avais une si piètre idée de moi, déclara froidement la jeune femme. Puisque c'est ainsi, je crois que je ferais mieux de trouver un autre endroit pour vivre.

Elle tourna les talons et fit mine de quitter la pièce mais il la retint et la força à lui faire face. Pendant un instant, il aperçut une expression de terreur au fond de son regard, comme si elle avait peur qu'il ne la brutalise.

— Est-ce que tu es folle ? s'exclama-t-il sans savoir s'il était plus furieux contre elle ou contre lui-même. Comment pourrais-je avoir une piètre opinion de la femme que j'aime ?

Tous deux se figèrent, aussi stupéfait de l'un que l'autre par ce qu'il venait de dire.

Après sa rupture avec Paige, Jackson s'était pourtant jurer de ne plus jamais prononcer ces mots. Il avait été blessé bien trop profondément et ne tenait pas à revivre cette douloureuse expérience.

Mais à quoi aurait-il servi de continuer à se mentir plus longtemps ?

— Tu m'aimes ? articula la jeune femme d'une voix tremblante.

Il hocha la tête sans la quitter des yeux, caressant doucement son cou. Sous la peau soyeuse de la jeune femme, il sentait son pouls battre la chamade. Finalement, il se pencha lentement vers elle et posa ses lèvres sur les siennes, l'embrassant avec une tendresse infinie.

Elle commença par se raidir, cherchant à lui résister. Puis, brusquement, il la sentit se détendre et elle abandonna la

163

lutte, lui rendant son baiser. Cela ne fit qu'accroître l'envie dévorante qu'il avait d'elle.

Mais il s'était juré d'attendre qu'elle soit prête à franchir le pas et il rassembla toute sa volonté pour s'arracher à cette délicieuse étreinte.

Leanna baissa la tête. Ses joues étaient empourprées, sa respiration était haletante.

— Je suis incapable de te faire le moindre mal, murmura-t-il en lui prenant la main. Tu es bien trop précieuse à mes yeux...

Il la serra contre son cœur.

— Laisse-moi te faire l'amour, Leanna, reprit-il. Laisse-moi une chance de te prouver ce que je ressens pour toi.

Elle ne répondit pas immédiatement et il s'écarta légèrement, lui laissant l'initiative de ce qui allait se passer ensuite.

La jeune femme hésita quelques instants, comprenant qu'elle pouvait encore le repousser. Il respecterait son choix et s'effacerait, elle le savait.

Seulement, elle le désirait trop pour cela.

En fait, elle n'avait jamais désiré un homme à ce point...

Lentement, elle l'entraîna vers l'escalier qui menait à sa chambre, craignant à tout moment que ses jambes ne se dérobent sous elle. Mais elle était certaine que, si cela arrivait, il serait là pour la rattraper et cette certitude lui donna le courage qui lui manquait encore.

Jackson la laissa le guider jusqu'au grand lit où elle s'assit, paraissant brusquement incertaine. Il prit alors les devants, s'agenouillant devant elle pour lui ôter ses chaussures.

Il déboutonna ensuite son chemisier, la faisant frémir chaque fois qu'il effleurait la peau qu'il dénudait. Il la débarrassa alors du vêtement et entreprit de couvrir de petits baisers ses épaules, jusqu'à la ligne de démarcation formée par le haut de son soutien-gorge.

L'allongeant alors sur le dos, il laissa ses lèvres descendre jusqu'au ventre de la jeune femme qui frémissait sous sa bouche. Il respira son odeur enivrante, prenant le temps de la découvrir, de l'admirer.

Puis il lui retira son soutien-gorge, révélant sa poitrine que gonflait déjà le désir qu'elle avait de lui. Il posa doucement ses mains sur ses seins et la contempla, fasciné. Il commença alors à agacer du bout des doigts et de la langue ses mamelons, lui arrachant de petits soupirs de bien-être.

Elle frémissait sous ses caresses, perdant lentement sa retenue initiale à mesure qu'il découvrait les points les plus sensibles de sa chair. Lorsqu'il la sentit pleinement offerte, il lui retira ses derniers vêtements.

Son corps était plus parfait encore qu'il ne l'avait rêvé. Il n'était qu'harmonie de courbes qui mêlaient douceur et sensualité. Sa gorge se serra alors qu'il ne parvenait plus à détacher les yeux de la femme qu'il aimait.

Ce fut elle, alors, qui prit les devants. Elle lui ôta son T-shirt et laissa ses ongles effleurer sa poitrine, lui arrachant un tressaillement irrésistible. Elle défit alors son pantalon et ils furent nus l'un devant l'autre.

Leanna l'attira alors contre elle et lorsqu'il sentit son corps tout entier se presser contre le sien, il craignit un moment de perdre tout contrôle. Ils roulèrent sur le lit défait, se dévorant de baisers, échangeant des caresses toujours plus passionnées.

N'y tenant plus, Jackson s'écarta un instant, le temps d'enfiler le préservatif qui se trouvait dans la poche de son jean. Leanna tendit alors les mains vers lui et il la reprit dans ses bras, pénétrant cette fois en elle en un mouvement ample et délicieux.

Elle ne put réprimer un cri de bonheur en le sentant glisser lentement en elle et ses hanches se mirent à bouger contre les siennes tandis que ses jambes se nouaient autour de sa taille, l'attirant toujours plus loin en elle.

Elle se cambra pour mieux s'offrir à lui et il en profita pour poser sa bouche sur l'un de ses seins. Elle fut parcourue par une vague qui déferla en elle d'un seul coup, l'entraînant dans un maelström de sensations indescriptibles.

Mais Jackson continuait de l'emporter plus loin encore qu'elle n'avait jamais imaginé pouvoir aller. Tous deux escaladèrent ensemble les degrés vertigineux du plaisir pour basculer brusquement dans un gouffre sans fond où leurs corps et leurs âmes parurent fusionner dans un cri.

La pièce était plongée dans la pénombre et Leanna reprenait lentement le contrôle de ses sens. Jamais elle n'avait connu une telle intensité de sensations, réalisa-t-elle comme elle tentait vainement de comprendre ce qui lui était arrivé.

Son existence avait pris un tournant inattendu, se dit-elle alors. Depuis qu'elle avait rencontré Jackson, elle avait été attirée par lui. Cette attirance n'avait fait que croître depuis qu'il l'avait embrassée un soir dans le jardin de Bellefontaine.

Elle avait combattu son désir et aurait probablement réussi à ne pas y succomber s'il ne lui avait pas dit qu'il l'aimait. Elle avait encore du mal à croire à ces mots dont le souvenir suffisait à faire courir sur sa peau un frisson délicieux.

Mais cette déclaration l'effrayait au moins autant qu'elle l'enthousiasmait. Car elle comprenait instinctivement que les sentiments de Jackson allaient compliquer les choses entre eux.

Jusqu'à présent, ils s'étaient contentés de flirter sans songer au lendemain, sans même chercher à satisfaire l'envie qu'ils avaient l'un de l'autre. Mais, aujourd'hui, c'était devenu impossible...

Bien sûr, elle voulait être aimée. Elle était également prête à aimer cet homme qui, quelques semaines seulement auparavant, était encore un parfait inconnu.

Mais ils étaient si différents que cela lui faisait peur...

Quel espoir avaient-ils d'être heureux ensemble, eux qui venaient de mondes si diamétralement opposés ?

— Nous allons être en retard pour l'apéritif, murmura-t-elle.

— Crois-moi, je n'ai pas besoin d'alcool pour me sentir euphorique, répondit Jackson en souriant.

— Nous devrions quand même y aller, insista-t-elle sans faire mine de bouger.

Elle n'avait pas le courage de quitter le doux refuge de ses bras.

— Ou bien nous pourrions encore faire l'amour, suggéra-t-il d'un ton malicieux.

— Tu es insatiable !

— C'est à cause de toi, répondit-il. Embrasse-moi...

Leanna s'exécuta avec plaisir mais, sentant la main de Jackson se poser doucement sur son sein, elle s'écarta légèrement.

— Les filles vont bientôt rentrer, lui dit-elle d'une voix un peu rauque.

— Tu as raison, soupira Jackson. Allons prendre une douche.

— Non ! Si nous faisons ça, nous ne serons jamais prêts à temps. Utilise la douche de la chambre pendant que je prends la mienne en bas...

— Tu gâches tout le plaisir, protesta Jackson.

La jeune femme s'éclipsa en riant et alla se laver en vitesse. Le temps qu'elle s'habille, Jackson était déjà prêt. Main dans la main, ils sortirent de la garçonnière pour se retrouver nez à nez avec Richard.

— Plaisant après-midi, n'est-ce pas ? fit celui-ci d'un ton ironique en avisant leurs doigts enlacés et leurs cheveux mouillés.

Leanna sentit son cœur battre la chamade tandis qu'elle luttait désespérément pour retrouver son souffle.

— On dirait que j'ai gâché votre rendez-vous galant, ajouta Richard. Mais je comprends à présent pourquoi tu as envoyé Elise passer l'après-midi avec Tanya...

— Qu'est-ce que vous faites là ? articula Jackson, visiblement fou de rage.

— Je suis simplement passé pour voir ma fille mais votre tante Esme m'a dit qu'elle était au zoo avec Megan et sa nounou. Je me demandais pourquoi vous aviez chargé celle-ci de les emmener au lieu d'y aller avec elles mais je comprends mieux les raisons de ce choix, à présent...

— Richard..., commença Leanna.

Mais elle s'interrompit, comprenant qu'elle n'avait rien à dire pour sa défense. De toute façon, il était bien trop habile pour ne pas retourner contre elle tout ce qu'elle pourrait déclarer.

— Je ne pense pas que cette atmosphère de promiscuité soit idéale pour élever une petite fille, reprit Richard. Et je suis certain que le juge sera d'accord avec moi...

Leanna aurait voulu lui tenir tête comme elle avait tenu tête à Gilbert, au chauffeur du camion ou à Jackson. Mais

168

elle avait bien trop peur de Richard pour le faire. Car il détenait un pouvoir sur Elise auquel elle n'osait pas s'opposer de front.

— Veuillez quitter immédiatement ma propriété, monsieur Cargill, articula froidement Jackson. Et n'y remettez plus jamais les pieds. Sinon, je vous ferai arrêter pour violation de propriété privée.

— Je m'en vais, lui assura Richard en souriant. De toute façon, j'ai des papiers à remplir pour solliciter la garde d'Elise. Tu es une mère indigne, ajouta-t-il à l'intention de Leanna.

— Allez-vous-en avant que je ne porte plainte pour harcèlement ! lui intima Jackson.

Richard ricana, paraissant s'amuser beaucoup de la situation.

— Ne vous en faites pas, je pars. J'ai obtenu bien plus que je n'en espérais ici. Transmettez mes excuses à votre tante, ajouta-t-il, elle m'avait invité à prendre l'apéritif…

Sur ce, il se détourna et fit mine de se diriger vers sa voiture.

— Encore une chose, ajouta-t-il comme si une idée venait de lui traverser l'esprit, j'étais venu vous dire que je pensais venir voir Elise le week-end prochain, ainsi que j'en ai le droit. Mais puisque je ne suis plus le bienvenu ici, je te prie de la déposer à mon hôtel dimanche. Disons vers 13 heures. Et ne sois pas en retard, surtout…

Sur ce, il s'éloigna et Jackson dut déployer des trésors de volonté pour ne pas lui courir après et le corriger comme il le méritait.

Se tournant vers Leanna, il vit alors que de grosses larmes roulaient sur ses joues. Dans ses yeux se lisait une poignante expression de désespoir qui lui fendit le cœur, dissipant brusquement sa colère.

Ecartant les bras, il serra contre lui la femme qu'il aimait, sentant son corps trembler convulsivement alors qu'elle pleurait sans retenue. Il la berça doucement, craignant que des mots ne fassent qu'accroître sa souffrance.

— Je vais la perdre, articula enfin la jeune femme. Il va me voler Elise…

— Ecoute-moi, Leanna, déclara Jackson en prenant doucement son visage entre ses mains pour la regarder droit dans les yeux. Il ne te prendra pas Elise. Je te le promets. Je ferai tout ce qui est en mon pouvoir pour l'en empêcher.

— Mais tu ne peux rien y faire…, protesta-t-elle.

— Si tu crois cela, c'est que tu me connais mal, répondit-il d'un ton qui la fit frissonner malgré elle.

Lundi matin, Leanna prit son petit déjeuner avec Elise et Megan dans la cuisine de Bellefontaine. Il fallait absolument qu'elle trouve une voiture ce jour-là. Elle avait en effet de nombreux rendez-vous prévus pour la semaine aux quatre coins du comté.

— Dommage que vous n'ayez pas le permis moto, dit Betty. J'aurais pu vous prêter la mienne. Elle est un peu vieille mais c'est une valeur sûre…

— Merci pour votre offre, Betty. C'est vraiment très gentil mais je ne sais pas conduire ce genre d'engin.

— Tu sais, maman, Betty m'a dit qu'un jour elle m'emmènerait sur sa moto ! s'exclama Elise avec enthousiasme.

— Eh, dis donc, toi ! s'exclama la cuisinière en fronçant les sourcils. On ne t'a jamais dit qu'il ne fallait pas cafter ? Je pensais lui faire faire un petit tour dans la plantation, ajouta-t-elle à l'intention de Leanna.

— Je peux y aller, dis, maman ?

— Je serai très prudente, ajouta Betty, sentant l'hésitation de la jeune femme.

Celle-ci n'était pas particulièrement enthousiasmée par cette idée mais elle faisait confiance à Betty. C'était peut-être une anticonformiste douée d'un sacré caractère mais elle avait un cœur d'or et l'avait montré à maintes reprises.

— D'accord, acquiesça-t-elle enfin. Mais n'oubliez pas de lui mettre un casque…

— Pas de problème.

— Est-ce que Megan pourra venir, elle aussi ?

— Où ça ? demanda Jackson en pénétrant dans la cuisine.

Il huma la délicieuse odeur de gaufres qui flottait dans la pièce.

— Ça sent drôlement bon, commenta-t-il.

Leanna lui expliqua alors de quoi elles étaient en train de parler.

— Si Meg veut y aller, je n'y vois aucune objection, répondit-il. Je veux juste être là pour assister à cette aventure !

A ce moment Tanya entra à son tour dans la cuisine. Elle avait les traits tirés et paraissait abattue.

— Monsieur Fontaine ? fit-elle. Puis-je vous parler ?

— Quelque chose ne va pas ? demanda Jackson, étonné de la voir l'appeler par son nom de famille.

— Il faut que je vous parle… en privé.

Jackson reposa la tasse de café qu'il venait de se servir et se leva.

— Très bien, déclara-t-il, allons dans le salon.

Tandis qu'ils disparaissaient, Leanna se demanda ce qui avait bien pu se passer. Elise avait-elle fait une bêtise ? La fillette pêchait parfois par excès d'enthousiasme et il lui arrivait de dépasser les bornes. Mais, dans ce cas, pourquoi Tanya ne lui en parlait-elle pas personnellement ?

A moins que cela ne concerne Megan...

— Finis ton verre de lait, dit-elle à sa fille. Et va chercher ton cartable.

Quelques instants plus tard, Jackson était de retour. Il suffit à Leanna de regarder son visage pour comprendre que quelque chose n'allait pas.

— Que se passe-t-il ? demanda-t-elle, inquiète.

— Tanya vient de me donner sa démission, expliqua-t-il. Elle a dit qu'elle partait sur-le-champ.

— Mais pourquoi ? demanda Lea, perplexe.

— Elle ne m'a donné aucune explication. Elle a juste dit qu'elle avait des raisons personnelles d'agir de la sorte. Elle est déjà en train de mettre ses affaires dans sa voiture.

Leanna ne pouvait vraiment se désoler de cette nouvelle, ayant toujours considéré que la jeune fille n'avait pas un amour immodéré de son emploi qu'elle considérait plus comme une corvée qu'autre chose. Néanmoins, la nouvelle risquait d'avoir des conséquences problématiques...

— Qui s'occupera de Megan et d'Elise ? demanda-t-elle.

Même si elle-même pouvait aller chercher les deux fillettes à la maternelle et à l'école, elle ne pouvait les garder, ayant souvent des rendez-vous jusqu'à 7 heures du soir.

— Qu'allons-nous faire ? insista-t-elle.

Tante Esme les rejoignit alors, son fidèle Toodles trottant sur ses talons.

— Bonjour tout le monde, dit-elle. Vous avez fait des gaufres ? C'est une excellente idée, Betty.

Betty lui jeta un regard étonné : ce n'était pas le genre d'Esme de lui faire de tels compliments.

— Pourquoi est-ce que vous faites tous cette tête ? demanda la vieille dame en se servant une tasse de café. Quelqu'un est mort ?

— Tanya vient de démissionner, expliqua son neveu.

— Ça alors ! Est-ce qu'elle t'a dit quand elle comptait nous quitter ?

Ils entendirent alors la voiture de la jeune femme démarrer.

— Maintenant, répondit Jackson.

— C'est absolument inacceptable ! protesta Tante Esme, outrée. Est-ce qu'elle a une bonne excuse ? Un membre de sa famille est-il tombé malade ?

— Elle ne m'en a rien dit. Juste qu'elle nous quittait définitivement… La question, pour l'instant, est de savoir comment nous allons nous arranger le temps que je lui trouve une remplaçante.

— Je peux très bien m'occuper des filles en attendant, proposa Esme en haussant les épaules.

— Tu es sûre ? demanda Jackson, surpris. Cela ne te dérangerait pas ?

— M'as-tu déjà entendue faire une proposition que je ne me croyais pas apte à tenir ? répliqua sa tante en levant un sourcil. Prends tout le temps que tu veux pour trouver une remplaçante à Tanya. Et tâche de faire un choix plus éclairé, cette fois.

— Je n'en reviens pas, déclara Leanna à Jackson tandis qu'il accompagnait la jeune femme jusqu'à la garçonnière. Je n'aurais jamais cru ça de Tante Esme…

— A qui le dis-tu ! répondit-il. Il y a six mois, lorsque j'ai fait venir Megan, elle lui adressait à peine la parole. Et, lorsqu'elle le faisait, elle se contentait d'une politesse indifférente… Je n'aurais jamais pensé qu'elle changerait à ce point !

— Comment était-elle lorsque tu étais jeune ?

— Pas très affectueuse. Mais, d'une certaine façon, je savais qu'elle tenait beaucoup à Casey et à moi… En cas de crise, elle se serait saignée aux quatre veines pour nous. Evidemment, ni Casey ni moi ne sommes vraiment devenus les adultes dont elle rêvait mais je ne crois pas qu'elle nous en tienne vraiment rigueur. A sa façon, elle a fini par accepter nos petites faiblesses…

— Il est vraiment dommage qu'elle ne se soit jamais mariée, remarqua Leanna, pensive.

A 9 heures, Leanna avait fini de téléphoner aux loueurs de voitures de la région. Le meilleur prix qu'on lui avait proposé était de vingt-cinq dollars par jour, ce qui représentait un total de cent cinquante dollars pour la semaine. Bien plus que ce qu'elle pouvait se permettre…

Il y avait aussi un autre problème encore plus épineux : n'ayant pas de numéro de carte bleue à laisser en garantie, la jeune femme devait laisser une caution de trois cents dollars. Elle comprit alors que Jackson avait raison. Quoi qu'il lui en coûtât, il lui fallait une carte de crédit, ne serait-ce que pour faire face à de semblables situations.

Le problème, c'est que, même si elle en faisait la demande le jour même à sa banque, elle ne l'obtiendrait pas avant au moins une semaine, trop tard pour garantir sa location. Il semblait donc que la seule solution fût d'emprunter la voiture de Duke, comme Jackson le lui avait proposé.

Mais cette idée ne lui souriait guère. Outre la peur qu'elle éprouverait à l'idée d'abîmer une voiture dont elle ne pourrait jamais rembourser une éventuelle réparation, elle devait tenir compte du fait que Richard ne manquerait pas d'utiliser contre elle ce signe extérieur de richesse.

Il n'hésiterait pas à la présenter comme la maîtresse entretenue d'un riche planteur du Sud, vivant au crochet de son ex-mari aux revenus bien plus modestes.

Le téléphone retentit alors. D'ordinaire, la jeune femme ne décrochait jamais puisque la ligne était la même que celle du bâtiment principal. Mais, cette fois, Betty et Tante Esme étaient parties faire des courses.

La jeune femme se demanda brièvement si elles se disputaient aussi lorsqu'elles étaient toutes les deux ou si leurs incessantes querelles n'appartenaient pas à une sorte de folklore local uniquement destiné aux autres membres de la famille Fontaine.

— Plantation Bellefontaine, fit-elle en décrochant, Leanna Cargill à l'appareil.

— Mademoiselle Cargill ? C'est Hal. J'ai une bonne nouvelle à vous annoncer. Apparemment, le radiateur de votre voiture avait un défaut de série et le remplacement est pris en charge par la marque. Par contre, ils ne remboursent pas les dégâts induits…

Un profond soulagement envahit la jeune femme. Au moins, Richard n'était en rien responsable de son accident…

— Sinon, reprit Hal, j'ai cru comprendre que vous aviez besoin d'une voiture en attendant que la vôtre soit prête.

— C'est vrai, reconnut la jeune femme en songeant que Betty avait dû le mettre au courant.

— J'en ai une de disponible. Oh, elle n'a rien de terrible et elle est un peu cabossée mais c'est du solide et elle ronronne comme un petit chat.

— Merci beaucoup d'avoir pensé à moi, monsieur Luszte, fit Leanna, reconnaissante.

— Appelez-moi Hal.

— Et combien la louez-vous, Hal ?

— Je vous la prête. De toute façon, je n'en ai pas besoin…

— Il n'en est pas question, protesta la jeune femme. Je tiens à vous dédommager…

— Betty m'avait prévenu que vous diriez cela, reconnut Hal en riant de bon cœur. Bon, disons cinq dollars par jour. Ça vous va ?

— Parfaitement… Merci encore, Hal. Quand puis-je passer la chercher ?

— Sonny va vous l'amener. Vous le déposerez ici au retour. Il sera là… disons dans quinze minutes.

— Je ne sais pas quoi vous dire, fit-elle, touchée par sa gentillesse.

— Alors ne dites rien. Betty m'a dit que vous étiez quelqu'un de bien et je la crois sur parole.

Sur ce, il raccrocha et Leanna sourit, songeant qu'il existait encore des gens bien sur cette terre. Hal. L'homme qui lui avait donné son parapluie. Jackson… Tout le monde n'était pas comme Richard.

Et, s'il ne lui avait pas donné Elise, elle aurait amèrement regretté de l'avoir rencontré…

11.

Leanna ne cessait de se demander ce que Richard pourrait bien faire avec Elise, le dimanche suivant. L'emmènerait-il au cinéma ? Au parc d'attractions ? Lui offrirait-il des tonnes de bonbons comme il le faisait chaque fois ?

Pour en avoir le cœur net, elle essaya de l'appeler à plusieurs reprises le dimanche matin. Mais il n'était pas dans sa chambre et elle se résigna à lui laisser un message. Elle n'avait pas encore dit à Elise qu'elle devait passer l'après-midi avec Richard et hésitait encore à le faire.

Après tout, si elle emmenait la fillette à l'hôtel de son ex-mari et que celui-ci ne se montre pas, elle serait terriblement déçue. D'un autre côté, si elle ne le faisait pas, Richard aurait un nouvel argument à lui opposer devant le tribunal.

Finalement, ce fut Jackson qui régla la question en insistant pour que Megan et lui accompagnent Leanna et sa fille jusqu'à l'hôtel de Richard. C'était une excellente solution, réalisa la jeune femme emplie de reconnaissance.

D'une part, Jackson serait là pour la protéger de la méchanceté de Richard. D'autre part, Megan pourrait consoler Elise si ce dernier n'était pas là.

D'un autre côté, Richard les avait surpris, Jackson et elle, dans une situation compromettante. Le fait d'arriver ensemble à son hôtel ne ferait que confirmer l'existence d'une liaison qu'il soupçonnait à juste titre. Et lui donnerait d'autant plus d'armes lorsqu'il demanderait la garde de sa fille et la levée de sa pension alimentaire…

— Tu sais où papa va m'emmener ? demanda Elise lorsqu'ils furent installés tous les quatre dans la voiture de Jackson.

— Non, ma chérie, il ne me l'a pas dit…

— Peut-être au parc d'attractions de Blue Bayou, suggéra Megan. Mon papa et moi y sommes allés, l'été dernier…

— Il n'est pas ouvert à cette époque de l'année, ma chérie, objecta ce dernier en souriant.

— Ah bon ? fit tristement Elise.

Leanna se demanda si sa fille envisageait la possibilité que Richard ne soit pas là. Combien de fois pouvait-on décevoir un enfant avant qu'il ne perde son innocence et sa confiance dans la parole des adultes ?

— Mais il y a beaucoup d'autres endroits où aller, reprit Jackson.

— Lesquels ? demanda la fillette comme si elle doutait que quoi que ce soit puisse égaler un parc d'attractions.

— Eh bien, le manoir enchanté, par exemple. C'est une maison habitée par des poupées. Megan l'a adorée, n'est-ce pas ?

— Oh oui ! s'exclama sa fille avec enthousiasme. C'était génial !

— Vraiment ? fit Elise avec espoir.

— Peut-être que ton papa t'emmènera voir les alligators, suggéra alors Megan.

— Désolé, ma chérie, soupira Jackson, mais la ferme n'est pas ouverte en hiver.

Ils parvinrent bientôt à Beauregard Court. C'était un hôtel imposant, haut de plusieurs étages et au toit recouvert de tuiles de style espagnol. Une fois de plus Leanna pesta intérieurement contre le luxe dans lequel vivait son ex-mari tandis qu'elle-même devait éponger ses dettes passées.

Mais la vie était parfois injuste et il ne servait probablement à rien de ressasser de vieilles rancœurs.

Jackson gara sa Jaguar dans le parking réservé aux visiteurs et tous quatre gagnèrent le hall d'entrée. Il n'y avait pas trace de Richard et Leanna se prit à espérer qu'il ne viendrait pas. Elle demanda néanmoins à la réception d'appeler sa chambre. Au bout de trois sonneries, il décrocha et, au son de sa voix, la jeune femme comprit qu'elle venait de le réveiller.

Il était 1 heure de l'après-midi. Elle réalisa alors qu'en tant que chef cuisinier, il devait travailler tard dans la nuit. Qui sait ? Peut-être n'était-il d'ailleurs pas seul…

— Je descends tout de suite, dit-il dès que Leanna lui eut fait part de sa présence.

— Il sera là dans une minute, dit-elle à Elise que cette nouvelle emplit de joie.

Jackson jeta à la jeune femme un regard compatissant et elle fut touchée qu'il prenne à cœur le destin de sa fille. Trop longtemps, elle s'était battue seule pour s'en sortir et le soutien qu'il lui accordait était une véritable bénédiction. Brusquement, elle se sentait plus confiante et plus forte qu'elle ne l'avait été depuis très longtemps.

Ils s'installèrent dans les profonds canapés qui étaient disposés dans le hall et attendirent l'arrivée de Richard.

— Est-ce que tes sœurs et toi avez commencé à discuter des plans de votre fontaine ? demanda-t-elle pour chasser l'appréhension qui menaçait de l'envahir.

— Non… J'ai trouvé des croquis que nous avions réalisés avec maman. Mais c'était avant d'apprendre que nous avions une demi-sœur. Noelani a le droit de prendre part à l'ensemble de la construction.

C'était une preuve de plus de la générosité de Jackson, songea Leanna. Après tout, seuls Casey et lui avaient grandi à Bellefontaine assez longtemps pour être vraiment attachés aux traditions de la plantation. Noelani n'était arrivée que très récemment et elle vivait à Magnolia Manor. Malgré cela, Jackson n'avait pas hésité un seul instant à l'associer au projet.

Les portes de l'ascenseur s'ouvrirent alors et Richard en sortit. Il était vêtu avec autant d'élégance que lorsqu'il était venu à Bellefontaine mais avait remonté ses manches. En voyant Jackson, il hésita un bref instant puis les rejoignit, une lueur de défi dans les yeux.

— Salut, ma chérie, fit-il en soulevant sa fille pour déposer deux baisers sonores sur ses joues. Tu as une mine superbe. Es-tu prête pour cette journée avec ton vieux père ?

— Où est-ce qu'on va ? demanda la fillette.

— C'est un secret, répondit-il en lui décochant un clin d'œil complice.

Leanna comprit qu'il n'avait rien prévu, ayant probablement oublié qu'il devait voir sa fille ce jour-là. Elle espéra qu'il n'opterait pas pour un après-midi passé à manger des glaces devant la télévision.

— Qu'est-ce que vous faites ici ? demanda alors Richard à Jackson.

Son ton était poli mais l'animosité qu'il éprouvait se lisait clairement dans son regard.

— Je joue les chauffeurs, répondit Jackson sur le même ton. C'est une journée idéale pour une petite promenade en voiture...

— Peux-tu la ramener à 8 heures ? demanda Leanna pour interrompre le duel verbal qu'elle sentait se préparer.

Il y a école demain et Elise a toujours du mal à s'endormir lorsqu'elle passe la journée avec toi.

— Ça alors ! Est-ce que cela veut dire que je suis de nouveau admis à Bellefontaine ? demanda Richard, goguenard.

— Dans ce cas, oui. Mais que cela ne devienne pas une habitude.

— Vous pouvez rentrer quand vous voudrez, ajouta Leanna. Je serai à la plantation durant toute la journée, aujourd'hui.

— Je n'en doutais pas, répondit Richard avec un sourire salace.

Leanna se raidit mais jugea préférable de ne pas céder à ses provocations.

— Allons-y, ma chérie, dit Richard en reposant Elise à terre. Dis au revoir à maman et à ton amie…

— Au revoir, maman. Au revoir, Megan, fit la petite fille.

— Au revoir, ma puce. Passe une bonne journée, lui dit tristement Leanna. A ce soir…

Sur le chemin du retour, ils chantèrent à tue-tête pour la plus grande joie de Megan. En arrivant à Bellefontaine, Jackson alla la coucher pour qu'elle puisse faire la sieste. La fillette insista cependant pour que Leanna reste avec eux pendant que son père lui lisait une histoire.

Il fallut moins de trois minutes pour qu'elle s'endorme et les deux adultes quittèrent la chambre à pas de loup.

— Tu as peur qu'il ne la ramène pas, n'est-ce pas ? fit Jackson qui avait percé à jour la bonne humeur un peu forcée que la jeune femme avait affichée en présence de Megan.

Elle hocha la tête en écrasant une larme qui coulait déjà au coin de son œil.

— Chaque fois que je la lui confie, c'est ce que je crains, avoua-t-elle d'une voix tremblante.

C'était pour elle un véritable cauchemar. Et, s'il se réalisait un jour, elle n'était pas certaine d'y survivre.

— Il n'ira pas très loin s'il essaie de filer en douce, remarqua Jackson avec un sourire rusé.

La jeune femme le regarda avec de grands yeux, se demandant ce qu'il pouvait vouloir dire.

— J'ai chargé un de mes amis de le tenir à l'œil, expliqua-t-il.

— Tu le fais suivre ? s'exclama-t-elle, sidérée.

— Oui. Par un policier à la retraite qui a monté une agence de détective privé.

— Pourquoi est-ce que tu ne me l'as pas dit plus tôt ?

— Parce que j'avais peur que tu ne veuilles régler la note, répondit-il d'un ton léger.

Mais la jeune femme n'avait pas le cœur à rire.

— J'aurais aimé que tu m'en parles avant, protesta-t-elle.

Cette fois, ce fut au tour de Jackson de la regarder avec stupeur. Il avait pourtant cru que cette nouvelle la rassurerait...

— Je me sens beaucoup mieux en sachant que quelqu'un protège ma fille, reprit-elle d'un ton radouci. Mais j'aurais quand même souhaité que tu me fasses part de ton projet avant de le mettre en œuvre.

— Est-ce que tu t'y serais opposée ? demanda Jackson en haussant les épaules.

Il commençait à se demander s'il n'aurait pas mieux fait de garder cette information pour lui. Mais cela avait été plus fort que lui : en voyant la jeune femme aussi affectée, il avait cherché à la réconforter.

— Non, soupira-t-elle. Bien sûr que non… Mais j'ai l'impression que tu veilles sur ma fille alors que ce serait plutôt à moi de le faire.

— Ecoute, l'idée ne m'est venue qu'hier après-midi. Et j'espère qu'elle t'aidera à te sentir mieux.

— C'est le cas, répondit la jeune femme en déposant un petit baiser sur ses lèvres. Merci, Jackson…

Durant toute la journée de dimanche, la famille au grand complet se trouvait à Bellefontaine. C'était l'une des rares occasions qu'ils avaient de se retrouver tous ensemble en dehors des repas du soir.

Jackson décida donc d'en profiter pour discuter une fois pour toutes de ce projet de fontaine. Il alla chercher les plans dont il avait parlé à Leanna et rassembla tout le monde dans le salon pour les leur montrer.

Bien sûr, seuls Casey, Noelani et lui prendraient la décision finale mais les avis de leurs maris et de Leanna seraient les bienvenus.

La jeune femme était heureuse de la diversion que constituait cette réunion et elle écouta avec intérêt les discussions animées, participant parfois au débat en suggérant quelques modifications.

Elle joua ensuite avec Megan qui regrettait presque autant qu'elle l'absence d'Elise. Leanna, quant à elle, ne parvenait pas vraiment à détacher ses pensées de sa fille.

Elle repensait à sa joie en découvrant que son père ne l'avait pas oubliée, à l'amour qu'elle lui portait et qui la rendait aveugle. Elle pensait à l'influence néfaste que Richard pouvait avoir sur elle et au mal qu'il ne manquerait pas de lui dire à demi-mot sur elle…

Elle y pensa en jouant avec Megan. Puis durant l'apéritif qui lui parut durer une éternité. Et de nouveau tandis qu'elle aidait Tante Esme à réchauffer les plats qu'avait préparés Betty avant de partir en week-end. Elle y pensait encore en débarrassant et en aidant à faire la vaisselle.

Puis commença l'attente proprement dite. Toute la famille s'installa dans le salon. Nick défia Adam aux échecs tandis que tous deux sirotaient un cognac. Casey et Noelani feuilletaient des magazines d'architecture empruntés à l'époux de cette dernière, cherchant toujours la fontaine idéale. Esme lisait à Megan un livre en français, langue que la fillette maîtrisait déjà presque aussi bien que l'anglais grâce à l'enseignement assidu de sa grand-tante.

Jackson proposa alors à la jeune femme d'aller faire un tour au jardin.

— J'aimerais rester près du téléphone, objecta-t-elle.

— Il y a cinq personnes qui peuvent répondre s'il sonne, lui dit-il avec un sourire rassurant. Tu as besoin de prendre l'air…

Jackson avait raison : il ne servait à rien de sombrer dans la neurasthénie juste parce que sa fille n'était pas là. Dès qu'ils furent sortis, il lui prit la main et elle se sentit tout de suite un peu mieux.

Lorsqu'ils atteignirent leur banc, ils s'assirent et Jackson se pencha vers elle pour l'embrasser tendrement. Mais, soudain, elle se mit à pleurer, incapable de retenir les sanglots qui l'étouffaient depuis qu'Elise était partie avec son père.

Jackson ne dit pas un mot, se contentant de la serrer longuement contre lui, la berçant doucement comme une enfant.

— Tout se passera bien, lui assura-t-il enfin. Elle va revenir à la maison dans peu de temps.

— S'il lui arrive quelque chose…

— Il ne lui arrivera rien, l'interrompit-il. Je ne laisserai jamais quoi que ce soit vous arriver, à elle ou à toi.

Il l'embrassa de nouveau mais, cette fois, il y avait quelque chose de sauvage dans son baiser. Quelque chose de terriblement possessif. Elle s'abandonna à cette étreinte qui lui amenait un peu d'oubli. Le désir que Jackson éprouvait pour elle éveillait le sien.

— Je veux faire l'amour avec toi, murmura-t-il à son oreille.

Elle aurait voulu lui dire oui et le laisser l'aimer jusqu'à ce que disparaisse tout ce qui n'était pas leur joie d'être ensemble. Mais Elise n'allait pas tarder à revenir et, avec elle, Richard…

Elle frissonna brusquement.

— Tu as froid ? demanda Jackson, empli de sollicitude.

— Oui, mentit-elle. Pas toi ?

— Jamais lorsque je suis avec toi, répondit-il d'un ton malicieux.

— Ma mère m'avait bien dit que tous les hommes du Sud étaient des beaux parleurs, lui dit-elle avec un pâle sourire.

Le cœur déchiré, Jackson comprit qu'elle était toujours aussi désemparée et il l'aida à se relever.

— Il est temps d'aller coucher Megan, déclara-t-il.

Ils rentrèrent donc et allèrent border la petite fille.

— Pourquoi Elise ne revient-elle pas ? demanda celle-ci, naïvement. Est-ce qu'elle aussi, elle va disparaître comme maman et ne plus jamais revenir ?

— Bien sûr qu'elle va revenir, lui promit Leanna en luttant contre les larmes qui l'étranglaient.

Elle serra la petite fille contre son cœur.

— Elle sera là quand tu te réveilleras demain matin, ajouta-t-elle.

Jackson hocha la tête et, dans ses yeux, elle lut une tristesse immense.

— Ton papa va te lire une histoire, d'accord ?

— Lea, je veux que ce soit toi qui me la lises…

Une fois de plus, Jackson acquiesça. La jeune femme alla choisir un des livres de Megan et s'assit sur le lit dans lequel avait dormi Tanya. Tandis qu'elle commençait à lire, Jackson vint prendre place à son côté, lui apportant son soutien.

La scène avait quelque chose de poignant et, à plusieurs reprises, la voix de Leanna dérapa. Heureusement, Megan, trop absorbée par l'histoire, ne parut pas s'en rendre compte.

— Elle s'est endormie, murmura enfin Jackson. Merci pour elle, Lea…

Il déposa un léger baiser sur les lèvres de la jeune femme et alla embrasser doucement sa fille tandis qu'elle reposait le livre.

Puis ils allèrent s'asseoir sous la véranda et attendirent.

Les minutes s'étiraient comme des heures mais ni l'un ni l'autre ne parlait.

A 20 h 45, Leanna se leva et se mit à faire les cent pas, incapable de rester en place.

A 21 heures, elle se rassit. Elle tremblait trop pour rester debout.

— Peut-être que tu devrais appeler ton ami, suggéra-t-elle d'une petite voix.

— Si quelque chose n'allait pas, c'est lui qui m'aurait appelé, la rassura-t-il gentiment. Ne t'en fais pas…

9 heures et quart.

186

— Je vais quand même l'appeler, déclara Jackson que la nervosité de la jeune femme commençait à gagner à son tour.

Mais, comme il composait le numéro sur son portable, ils virent les phares d'une voiture trouer la nuit.

Jackson se leva et aida Leanna à se redresser. Elle tremblait de la tête aux pieds.

Richard se gara juste devant la maison. Avant même que la voiture ne se soit immobilisée, la jeune femme s'élança vers elle. Elle ouvrit la portière et trouva Elise à moitié endormie.

— Salut, ma puce, dit-elle en détachant sa ceinture de sécurité. Tu t'es bien amusée ?

— Maman ! s'exclama la fillette, complètement réveillée à présent. Est-ce que je pourrais avoir un poney ?

Leanna la regarda avec stupeur, se demandant ce que Richard avait bien pu lui promettre. Elle avait à peine de quoi payer les vêtements de sa fille et voilà qu'il lui parlait de poney.

Elle ravala à grand-peine sa colère, refusant de la laisser éclater devant sa fille. Soulevant Elise, elle la prit dans ses bras et cette simple sensation eut sur elle un effet magique.

— C'est toi qui lui as parlé de poney ? demanda-t-elle à Richard.

— Nous sommes allés aux champs de courses, à La Nouvelle-Orléans, expliqua-t-il. Elle a même caressé les chevaux avant le départ.

Leanna se demanda s'il avait parié et combien il avait pu perdre. Mais cela ne la regardait plus, désormais. La seule chose qui comptait, c'est qu'il ait ramené Elise...

— Nous sommes aussi allés au Café du Monde pour manger des beignets.

Le cœur de Leanna se serra. C'était quelque chose qu'elle avait rêvé de faire avec Elise et Richard le lui avait volé. Le savait-il seulement ? L'avait-il fait délibérément ?

— Nous avons aussi trouvé un petit magasin qui vendait de délicieuses glaces au beurre de cacahuète…

— Maman, gémit Elise, j'ai mal au ventre.

Une fois de plus, son père l'avait gavée de sucreries sans se soucier des conséquences. Pourquoi l'aurait-il fait, d'ailleurs ? Ce n'était pas lui qui soutiendrait leur fille lorsqu'elle se réveillerait en pleine nuit pour vomir, comme c'était déjà arrivé en de telles circonstances.

— Je t'avais demandé de la ramener à 8 heures, dit-elle d'une voix étonnamment maîtrisée.

— Nous sommes dimanche. Il y avait du monde sur la route, expliqua-t-il.

Il ne paraissait pas le moins du monde désolé. Savait-il seulement ce qu'elle avait enduré ? Comprenait-il combien elle s'était inquiétée ? Le pire, réalisa-t-elle, c'est que la réponse à ces deux questions était probablement affirmative…

— Bonne nuit, dit-elle sèchement avant de se diriger vers la garçonnière.

— Je te verrai la semaine prochaine, papa ? demanda Elise d'une voix faible.

— Bien sûr, mon lapin, répondit-il. Samedi prochain. Nous irons visiter cette maison de poupées dont tu m'as parlé.

Ravie, Elise lui fit un petit signe de la main tandis que sa mère l'emmenait.

— Soyez prudent sur la route, conseilla Jackson à Richard d'une voix glaciale.

Ils s'affrontèrent du regard pendant quelques instants puis ce dernier remonta dans sa voiture et démarra.

Lorsque Jackson rejoignit Leanna dans la garçonnière, elle était à l'étage, en train de coucher sa fille. Il l'écouta chanter une berceuse et, quelques minutes plus tard, elle ferma la lumière et redescendit.

Son visage était pâle et ses traits tirés et il traversa la pièce pour aller la prendre dans ses bras. Elle se nicha contre lui, trop épuisée nerveusement pour pleurer.

— J'ai cru que je l'avais perdue, articula-t-elle d'une voix blanche.

— Chut, murmura-t-il. Tout va bien, à présent. Vous êtes en sécurité toutes les deux…

Jackson se jura alors qu'il ne laisserait pas à Richard une nouvelle chance de leur faire du mal. La question était maintenant de savoir comment il allait s'y prendre.

Il y réfléchit durant une bonne partie de la nuit, incapable de trouver le sommeil. Il ne servirait à rien de proposer de l'argent à Richard. Connaissant la nature du personnage, il reviendrait dès qu'il aurait épuisé la somme et les ferait chanter.

Il fallait trouver quelque chose de plus subtil et de plus définitif.

Jackson observa attentivement le plafond, se rappelant ce que son père lui avait toujours dit : il n'existait que deux façons de manipuler les gens. En se servant de leurs forces ou bien de leurs faiblesses.

Quelles étaient donc les forces de Richard ? Il était d'un naturel agréable, beau-parleur, très à l'aise en société et semblait être un excellent cuisinier. Il avait bon goût.

Quelles étaient ses faiblesses ? Il était manipulateur, vindicatif et était incapable de gérer son argent. Il avait des goûts de luxe et dépensait plus qu'il ne gagnait.

Il était joueur.

Jackson sourit presque vicieusement. Le jeu... Il tenait peut-être là ce qui causerait sa perte...

12.

Dès le lundi matin, Jackson se rendit au tribunal. Le juge Sarratt avait l'habitude d'y arriver à 8 heures précises pour traiter les montagnes de dossiers qui étaient soumis à sa sagacité.

Le bâtiment bourdonnait déjà d'activité. Les procureurs, les juges et les avocats profitaient des heures précédant l'ouverture de la cour pour régler les différents problèmes d'ordre administratif.

Bien sûr, Jackson aurait pu aller voir Shelburne Prescott pour lui demander conseil mais il versait suffisamment d'honoraires à l'avocat pour ne pas y ajouter ces questions d'ordre privé. De toute façon, songeait-il, il valait mieux aller directement au sommet.

Le bureau d'Harlan Sarratt se trouvait au deuxième étage de l'aile est du tribunal de style art-déco qui était situé à quelques pas du Capitole. Le sol de marbre et les murs lambrissés conféraient au bâtiment une majesté légèrement compassée qui cadrait bien avec l'idée que Jackson se faisait de la Justice.

Lorsqu'il était à l'université, il avait envisagé durant un moment de devenir magistrat. Mais les longues années d'études nécessaires pour y parvenir l'en avaient dissuadé. Il le regrettait amèrement aujourd'hui...

Remontant le long couloir qui menait au bureau de Sarratt, il alla frapper à la porte de ce dernier.

— Entrez ! lui cria le juge.

La pièce dans laquelle il pénétra était un véritable capharnaüm. Les dossiers s'entassaient en tous sens, formant d'improbables pyramides qui menaçaient de s'effondrer à tout moment. Le bureau lui-même était recouvert de liasses de feuillets manuscrits et dactylographiés. Derrière, se tenait le juge, un homme de petite taille et de grande autorité.

En avisant Jackson, il se leva et s'avança à sa rencontre pour lui serrer la main.

— Jackson ! Je ne vous avais pas revu depuis l'enterrement de vos parents. Je tenais d'ailleurs à vous féliciter : c'était à la fois très digne et très émouvant. Exactement ce qu'aurait voulu votre père… Comment est-ce que la famille se remet de ce deuil ?

— Nous essayons d'aller de l'avant, répondit sobrement Jackson en serrant la main du petit homme.

— Bien, très bien… Puis-je vous offrir quelque chose ?

Jackson déclina la proposition et le juge dégagea l'un des fauteuils pour qu'il puisse y prendre place. Lui-même se rassit derrière son imposant bureau.

— Alors ? fit-il, rentrant dans le vif du sujet comme à son habitude. Je doute que vous soyez venu ici pour entendre mes condoléances… Que puis-je faire pour vous ? Ne me dites pas que Janis vous pose de nouveaux problèmes. Est-ce qu'elle a demandé à voir Megan ?

Jackson était allé rendre visite à son ex-petite amie en prison et elle lui avait effectivement demandé de lui amener Megan. Mais il avait refusé, lui expliquant que la

192

fillette ne pourrait qu'être traumatisée de voir où sa mère se trouvait réellement.

Jusqu'à présent, il s'était contenté de rester dans le vague à ce sujet, la laissant croire que Janis était en voyage pour plusieurs années. Il avait cependant promis à la jeune femme qu'elle pourrait revoir son enfant dès qu'elle sortirait de prison. Janis s'était rendue à ses arguments, comprenant que cela valait effectivement mieux pour Megan.

— Ce n'est pas d'elle qu'il s'agit, déclara Jackson.

Sarratt avala une gorgée de café, attendant qu'il poursuive.

— Une de mes amies d'Ithaca, près de New York, est venue s'établir ici, voici quelques mois. Elle est divorcée et a la garde de sa fille de six ans. Son ex-mari lui verse une pension alimentaire et bénéficie du droit de visite.

Le juge hocha la tête : jusqu'à présent, il n'y avait là rien que de très classique.

— Récemment, cet ex-mari s'est installé dans la région. Mon amie a peur qu'il ne saisisse une cour pour demander un abaissement de sa pension alimentaire sous prétexte qu'elle serait très à l'aise sur le plan financier…

— Est-ce le cas ?

— Loin de là. Son mari s'est déclaré en cessation de paiement à la suite de leur divorce mais elle a refusé de faire de même. Du coup, elle se retrouve avec toutes les dettes de leur couple sur le dos. Elle est dans une situation très précaire…

— Dans ce cas, comment son mari compte-t-il démontrer qu'elle n'a plus besoin de sa pension alimentaire ? s'étonna le juge.

— Elle vit à Bellefontaine, expliqua Jackson.

Le juge leva un sourcil interrogatif.

— Elle loue une de nos garçonnières, précisa-t-il.

Le juge acquiesça.

— Leanna craint également que le droit de visite de Richard n'ait un effet néfaste sur sa fille. Son mode de vie risque de porter préjudice à l'équilibre de l'enfant.

— Hélas, c'est un cas très classique, soupira le juge. Nombre de parents se servent de leurs enfants pour se venger l'un de l'autre. C'est cruel et immoral mais, tant qu'il n'y a pas de preuve de violences physiques ou morales sur l'enfant, on ne peut pas faire grand-chose. Et l'intime conviction de l'autre parent ne saurait en aucun cas constituer un motif de suspension du droit de visite.

— Je croyais que le bien-être de l'enfant était le premier souci de la cour, protesta Jackson.

— Bien sûr que ça l'est, approuva le juge avec un sourire douloureux. Mais il est très difficile à évaluer. Pour ce faire, il n'y a que deux possibilités : les preuves directes — marques de coups ou séquelles psychologiques attestées par un psychiatre — et les témoignages. Evidemment, les témoignages sont très incertains. La plupart du temps, ils se résument à des on-dit et de vagues suspicions... Souvent, les deux parents accumulent les dénonciations jusqu'à ce que l'on ne sache plus très bien qui on est censé croire... Et le pire, c'est que tous deux sont convaincus de dire la vérité.

Jackson réfléchit en silence à ce que Sarratt venait de dire. Il ne faisait aucun doute que Leanna était dévouée corps et âme à sa fille. D'autre part, Richard avait fait montre à plusieurs reprises de son caractère mesquin, vindicatif et revanchard.

Mais le plus révélateur à ses yeux était la peur que Jackson avait lue à plusieurs reprises dans le regard de la jeune femme.

— Vous me dites qu'ils ont divorcé dans l'Etat de New York. Cela signifie que toute modification de leur statut doit être avalisée là-bas, qu'il s'agisse de la pension alimentaire ou du droit de visite.

— Mais le fait que tous deux vivent ici à présent ne change-t-il pas la juridiction compétente ? demanda Jackson, étonné.

— C'est possible. Mais il faut que les parents demandent le transfert de leur dossier et que la cour de New York accepte.

— Alors c'est possible ? insista Jackson.

Il tenait absolument à dissiper l'expression d'angoisse et d'incertitude qui se peignait trop souvent sur le visage de la jeune femme depuis que Richard était venu s'installer à Baton Rouge.

S'il parvenait à rapatrier son dossier dans le comté, elle aurait au moins le bénéfice d'être en terrain ami. Elle serait alors plus sûre d'elle lorsque le moment viendrait de se confronter à son ex-mari.

— C'est possible, confirma le juge.

— Pourrait-il vous être confié ?

— Oui.

— Vous avez dit que les parents devaient faire la demande. Cela signifie-t-il que les deux doivent être d'accord ?

Jackson était certain de pouvoir convaincre Leanna mais il était peu probable que Richard se montre aussi coopératif. Après tout, il était célibataire et n'avait apparemment aucun problème d'argent en ce moment.

Il avait donc tout intérêt à ce que la cour de New York reste compétente. Si tel était le cas, Leanna devrait dépenser plus d'argent qu'elle n'en avait pour se rendre à chaque séance. Il aurait donc l'avantage d'être sur place et de pouvoir jouer sur le pathos alors qu'elle ne serait représentée que par son avocat.

— Il suffit que l'une des deux parties initie la procédure, répondit le juge à son grand soulagement. Dans ce cas précis, puisque les deux résident en Louisiane, cela ne devrait pas poser de problème. Après tout, comme vous l'avez souligné, c'est l'intérêt de l'enfant qui passe en premier...

— Combien de temps cela prendrait-il ?

— Un mois, peut-être deux. A moins que je n'aie une bonne raison d'accélérer le processus. Dans ce cas, ce pourrait être beaucoup plus rapide...

— Quels documents doit-on remplir ? demanda Jackson.

— Le secrétariat qui se trouve au rez-de-chaussée vous les donnera. Dès que vous les lui rendrez dûment remplis, il amorcera la procédure et enverra une notification à l'autre parent. Ce dernier aura dix jours pour s'opposer à la procédure.

— Merci beaucoup, Votre Honneur, fit Jackson en se levant. Vous m'avez été d'une aide précieuse.

Il serra la main de Sarratt.

— Heureux d'avoir pu vous rendre service. Saluez votre famille de ma part... A ce propos, comment va Esme ?

— Elle se bonifie avec l'âge, répondit Jackson en songeant à la façon dont elle s'occupait des deux fillettes.

— Ravi de l'apprendre. Transmettez-lui mes hommages. Est-ce qu'elle compte toujours organiser le bal de Noël ?

— Elle ne l'annulerait pour rien au monde !

— Je suppose qu'elle a raison. Certaines traditions restent sacrées dans ce pays...

*
* *

— Betty, vous devriez commencer à préparer les gâteaux pour le bal, déclara Tante Esme le soir même.

La cuisinière venait de mettre la table et s'apprêtait à partir.

— Cela fait plus de vingt ans que je commence à préparer les gâteaux à la même date, répondit-elle posément. Et je n'ai jamais été en retard. Alors concentrez-vous sur la décoration et laissez-moi agir comme je l'entends, d'accord ?

Tante Esme lui jeta un regard noir.

— C'est quoi ce bal ? demanda Elise, curieuse.

— Ah, mes enfants ! s'exclama Tante Esme avec des étoiles dans les yeux. C'est l'une des plus vieilles traditions de Bellefontaine. Elle remonte à plus de cent cinquante ans… Chaque année, vers Noël, nous organisons un grand bal.

— Comme dans *Cendrillon* ? demanda Megan, réjouie.

— Exactement, approuva Tante Esme.

— Est-ce qu'il y aura des ballons et des clowns comme à la fête qu'avait organisée mon papa pour mes cinq ans ? demanda Elise.

— Non, ma chérie. Mais il y aura un quatuor à cordes qui jouera de la musique pendant le dîner, et ensuite un orchestre pour faire danser les gens.

— Pas besoin de clowns quand tout le monde se déguise pour le bal, commenta Betty avec un sourire moqueur.

— Des déguisements ? s'exclama Elise, ravie. Quel genre de déguisements ?

— Des robes d'époque, répondit Tante Esme.

— Qu'est-ce que c'est ? demanda la fillette, suspicieuse.

— Des robes comme en portent les femmes dans les films historiques, expliqua sa mère.

— Comme celles des dames sur les tableaux à l'étage ?

— Précisément, acquiesça Tante Esme.

— Noël dans une grande plantation, soupira Noelani en reposant son mint-julep. Comme c'est romantique !

— A ce propos, Noelani, tu as fait un travail formidable pour le cochon de lait. Crois-tu que tu pourrais demander à Luc Renault de venir jouer ? Je sais que je m'y prends un peu tard, ajouta Tante Esme, mais ce serait vraiment formidable s'il pouvait venir.

— Je lui demanderai.

— J'ai déjà appelé Marc Antoine pour réserver son quatuor. Ils étaient extraordinaires, l'an dernier.

— Est-ce que tout le monde sera en costume ? demanda Noelani.

— Bien sûr !

— Tu as déjà une idée ? demanda Casey.

— Je pensais venir en vahiné hawaïenne, répondit Noelani.

Avisant l'expression atterrée de Tante Esme, elle éclata de rire.

— Je plaisantais, assura-t-elle. En fait, je n'ai pas encore réfléchi à la question.

— Lea, est-ce que Jackson vous avait mise au courant ? demanda alors Tante Esme.

— Il n'en a pas dit un mot, répondit la jeune femme.

— Aucune importance. J'ai exactement ce qu'il vous faut au grenier… Oh, il faudra peut-être faire une ou deux retouches mais je suis certaine que la robe à laquelle je pense vous ira à merveille.

— C'est très gentil mais…

— Si vous préférez porter quelque chose d'autre, n'hésitez surtout pas, l'interrompit Tante Esme, se méprenant sur son hésitation.

— Ce n'est pas cela. Mais je ne voudrais pas m'imposer...

— Ce n'est pas le cas, lui assura Tante Esme d'un ton qui n'admettait pas de réplique.

— Et Megan et moi ? Est-ce qu'on aura des belles robes, nous aussi ? demanda Elise.

— Nous irons jeter un coup d'œil au grenier après le dîner. Comme cela, vous pourrez faire votre choix...

Un peu plus tard ce soir-là, tandis que les femmes discutaient de leurs robes, Jackson entraîna Nick à l'écart. Tous deux gagnèrent le bureau et se servirent un verre de cognac avant de s'installer confortablement dans les fauteuils qui entouraient la table basse.

— J'ai besoin de ton aide, déclara Jackson.

— Je t'écoute.

— Est-ce que Richard Cargill fréquente ton casino ?

— Oui. Il y vient tous les soirs après son service, vers 11 heures.

— A quoi joue-t-il ?

— Au black-jack, surtout. Un peu de poker parfois...

— Il est doué ?

— Il a de la chance mais il n'est pas assez malin pour s'arrêter au bon moment.

— Sais-tu combien il a perdu ?

— Quelques centaines de dollars, jusqu'à présent.

C'était loin d'être assez pour que le plan de Jackson ait une chance de fonctionner.

— Comment le sais-tu ?

199

— Ce n'est pas difficile. Avec le nouveau système de sécurité que j'ai fait installer, nous pouvons contrôler tout le monde. Quand j'ai vu l'effet que ce type avait sur Lea, j'ai décidé de le tenir à l'œil, au cas où…

Ainsi, Jackson n'était pas le seul à avoir remarqué la peur qu'inspirait Richard à son ex-femme.

— Est-ce qu'il a un compte chez toi ?

— Non. Il paie en liquide. Nous n'acceptons ni les chèques ni les cartes de crédit. J'ai fait installer des distributeurs automatiques au rez-de-chaussée. De cette façon, les gens ont un peu plus conscience de ce qu'ils misent et nous évitons les dérapages.

— J'aimerais que tu lui ouvres une ligne de crédit, déclara Jackson.

— Je peux le faire si c'est vraiment ce que tu veux, déclara Nick en fronçant les sourcils. Mais je ne comprends pas ce que cela pourrait t'apporter. Nous accordons des ardoises aux gens dont nous sommes sûrs qu'ils paieront leurs dettes. Or, d'après ce que je sais de ce type, il ne croule pas sous l'or et il a le chic pour esquiver ses créanciers. Lea n'a-t-elle pas dit qu'il s'était mis en faillite personnelle, l'année dernière ?

— Si. Et cela signifie qu'il ne pourra pas recommencer avant au moins six ans. De toute façon, je couvrirai ses pertes.

— Qu'est-ce que tu manigances, Jackson ? Ce type est un salaud et ce n'est pas un de tes amis.

— Disons que j'ai mes raisons…

— J'en suis bien convaincu, acquiesça Nick en riant doucement. Peut-être vaut-il mieux que je ne te les demande pas, d'ailleurs… Du moins, pas tant que la fameuse ligne de crédit ne sera pas dépassée. Mais je dois juste être certain que c'est bien ce que tu veux.

— Oui, répondit Jackson avec assurance.

— Très bien. Disons que je suis prêt à perdre quelques milliers de dollars pour voir ce que tu as derrière la tête.

— Je t'ai dit que je couvrirais ses dettes.

— Pas question, décréta Nick. Je ne sais pas ce que tu prépares mais je suis convaincu que c'est important pour toi et que ça l'est tout autant pour Leanna. Tu es amoureux d'elle, n'est-ce pas ?

Jackson hocha la tête, se demandant si c'était aussi évident pour tous ceux qui l'entouraient.

— Bien. Cela me suffit. Je l'aime bien, cette fille. Elle a du chien et je comprends ce qui t'attire chez elle. Si j'en crois mon instinct, elle fera bientôt partie de la famille à part entière. Alors considère cela comme un cadeau de mariage avec un peu d'avance...

— Merci, Nick, lui dit Jackson, la gorge nouée par l'émotion. J'apprécie ce geste plus que tu ne peux l'imaginer...

— Eh ! Il faut bien que les beaux-frères servent à quelque chose, non ?

Lorsque Elise et Megan furent enfin couchées, Jackson et Leanna allèrent se promener dans le jardin.

— J'ai parlé de ton cas à un juge ce matin, déclara-t-il à la jeune femme.

— Tu as fait ça sans me consulter ? protesta-t-elle. Sans même savoir ce que je voulais ?

— Tu m'as déjà dit ce que tu voulais, Lea... D'ailleurs, je n'ai posé que des questions d'ordre général sans entrer précisément dans les détails. Je voulais connaître toutes les options envisageables.

— Tu as parlé de moi et d'Elisa sans me demander mon avis ! protesta la jeune femme, blessée.

— Lea, je t'en prie, écoute-moi.

Mais elle se détourna brusquement de lui. Jackson comprit qu'il ne servait à rien de la raisonner. Mais peut-être accepterait-elle de lui pardonner s'il lui expliquait ce qu'il avait découvert…

— Voici les faits tels que je les vois, commença-t-il. Si Richard décide de saisir la cour de New York, tu auras trois options : perdre le procès, engager un avocat pour te représenter ou y aller en personne. La première solution est bien évidemment hors de question. La deuxième te coûterait plus d'argent que tu ne peux te le permettre. La troisième te forcerait à prendre un congé sans solde, ce qui est impossible en raison des dettes que tu dois régler. D'autre part, elle t'obligerait à emmener Elise, la déracinant encore un peu plus ou à la laisser ici au risque de la faire se sentir délaissée.

Les épaules de Leanna s'affaissèrent et Jackson fut tenté de la prendre dans ses bras pour la réconforter. Mais le moment aurait été très mal choisi pour le faire et il préféra poursuivre.

— La seule possibilité, c'est de faire transférer le dossier ici. Non seulement cela te coûterait moins cher et te permettrait de rester auprès d'Elise mais, en plus, tu bénéficierais d'un environnement favorable. J'ai des amis dans la région, des gens qui témoigneront de ta moralité et désamorceront les accusations que Richard ne manquera pas de porter contre toi.

La jeune femme ne répondit pas mais il sentit qu'elle était très attentive à présent.

— Le juge Sarratt m'a dit que tout ce que tu avais à faire, c'était de solliciter le transfert. Il a insisté sur le fait que, si c'était dans l'intérêt de l'enfant, il ferait tout son possible pour accélérer le changement de juridiction.

Leanna se tourna vers lui et il vit que ses joues étaient trempées de larmes. Une fois de plus, il lutta contre l'envie qu'il avait de la serrer contre lui.

— Richard n'est pas idiot, Jackson, objecta-t-elle. Il n'acceptera jamais ce transfert, précisément pour les raisons que tu viens de me citer. Il n'a aucun intérêt à me laisser l'avantage.

— Il n'aura pas le choix. Le juge est un de mes amis.

— Encore des manipulations, commenta-t-elle.

— Non. Je n'enfreins pas la loi. Je m'en sers juste à notre avantage. D'ailleurs, c'est exactement ce que fait Richard.

Il s'approcha et prit doucement le menton de la jeune femme pour la forcer à le regarder.

— Je t'ai dit que je ne ferais jamais rien qui puisse te blesser, murmura-t-il. Je te le répète aujourd'hui et j'ajoute que je ferai tout ce qui sera en mon pouvoir pour protéger Elise.

Leanna le regarda gravement et il se pencha vers elle pour l'embrasser tendrement. Elle noua alors ses bras autour de sa taille et nicha sa tête contre son épaule.

— Est-ce que tu me fais confiance, Lea ? demanda-t-il doucement.

— Oui. Mais j'ai si peur...

— Je sais, acquiesça Jackson en raffermissant son étreinte. Mais tout se passera bien, je te le promets...

En silence, il pria pour que Dieu l'entende et lui donne la force de tenir parole.

*
**

Lorsqu'elle se leva le lendemain matin, Leanna avait pris sa décision. Jackson lui avait offert une chance de mener le combat contre Richard sur ce qu'elle commençait à considérer comme son territoire. Ne pas saisir cette chance aurait été stupide.

En la poursuivant à travers le pays, son ex-mari avait commis une erreur qu'elle était décidée à lui faire amèrement regretter. S'il était resté à New York, il aurait été en bien meilleure position pour assurer un procès sur place.

Elle avait injustement accusé Jackson de manipulation. Peut-être était-ce bien ce qu'il avait fait mais il n'avait agi que dans son intérêt et celui de sa fille. Alors qu'elle se contentait de se lamenter, il avait fait preuve d'initiative et lui avait trouvé une arme.

C'était à elle maintenant de l'utiliser...

Lorsqu'elle arriva au tribunal, elle fut reçue par l'assistant du juge Sarratt, un homme rondouillard et sympathique qui portait le nom de Stanislas Wyclowski.

— Vous pouvez m'appeler Stan, dit-il aussitôt à la jeune femme. Etant donné le nom compliqué dont je suis affublé, c'est plus simple.

— Bonjour, Stan. Je suis Leanna Cargill... Je voudrais remplir une demande de transfert de juridiction pour un dossier de divorce d'Ithaca, New York, à Baton Rouge.

Stan hocha la tête et alla chercher une série de formulaires qu'il l'aida à remplir.

— Savez-vous combien de temps prendra le transfert ? demanda la jeune femme lorsqu'elle eut terminé.

— Monsieur Fontaine m'a appelé pour me parler de votre cas, déclara Stan.

Bizarrement, cela ne surprit pas Leanna outre mesure.

— Je ferai signer les papiers ce matin même au juge Sarratt et je les enverrai à New York cet après-midi. Le juge appellera ses confrères là-bas pour s'assurer que votre dossier sera traité en priorité. Cela devrait les convaincre d'accélérer un peu les choses...

Leanna était partagée entre la gêne de voir tant de gens au courant de ses problèmes personnels et le soulagement de constater que tous essayaient de lui faciliter les choses. Finalement, elle décida de profiter de cette chance inespérée. Après tout, elle n'en avait pas eu beaucoup ces derniers temps...

— J'aurai besoin de certains documents...

Il commença à en égrener la liste et elle les lui transmit les uns après les autres, bénissant une fois de plus Jackson qui avait eu la prévoyance de les recenser à l'avance.

— Je vois que vous êtes très organisée, mademoiselle Cargill, déclara Stan d'un ton approbateur. Il faut trois ou quatre allers-retours à la plupart des gens pour réunir l'ensemble des pièces...

— Si je vous appelle Stan, appelez-moi Leanna ou Lea.

Ils terminèrent la composition du dossier que Stan passa méticuleusement en revue.

— Je vais porter ceci au juge dès que possible et je le mettrai au courrier lorsqu'il aura tout contresigné, répéta-t-il. Ensuite, je notifierai votre demande à M. Cargill.

— Peut-il s'opposer à ce transfert ?

— En fait, puisque vous vivez tous deux dans notre juridiction, ce sera au juge d'en décider. Mais ne vous en faites pas trop, Lea : M. Fontaine a déjà parlé au juge et je suis certain que ce ne sera qu'une formalité. Je vous téléphonerai dès que nous aurons la confirmation. Probablement dans deux ou trois semaines.

Leanna le remercia avec effusion et quitta le tribunal avec un optimisme qui ne lui était pas familier. Elle se rendit ensuite à sa banque et sollicita une carte de crédit. Elle était bien décidée à ne pas s'en servir mais, de cette façon au moins, elle serait couverte en cas d'urgence.

Pour la première fois depuis de longs mois, la jeune femme se sentait presque confiante.

13.

Le jeudi suivant, Jackson était dans son bureau en train de passer en revue ses comptes dont le solde était en chute libre lorsqu'il reçut un coup de téléphone de Stanislas Wyclowski.

— Monsieur Fontaine ? Vous m'aviez demandé de vous appeler dès que M. Cargill serait passé.

— Et c'est le cas ?

— Oui. Il sort à l'instant.

— Que voulait-il ?

— Il a reçu la lettre l'informant de la démarche de son ex-épouse. Il ne semblait pas particulièrement heureux de l'apprendre mais il n'a pas formulé d'objection.

Richard était donc assez malin pour réaliser que, cette fois, les cartes n'étaient pas dans sa main, songea Jackson, satisfait.

— Par contre, il a déposé une plainte auprès du tribunal, demandant à ce que la garde de sa fille lui soit transférée. Il prétend qu'elle vit dans un environnement néfaste à son développement…

Jackson étouffa un juron. Il avait vaguement espéré que le changement de juridiction dissuaderait Richard de lancer la procédure.

— Est-il venu seul ?

— Je lui ai conseillé de prendre un avocat, comme c'est l'usage dans ce genre de situation. Mais il m'a répondu que tout ce qu'il voulait pour le moment, c'était remplir les papiers nécessaires.

Jackson se félicita de cette décision : en prenant un avocat, Richard aurait en partie annulé l'avantage qu'ils avaient pris en rapatriant le dossier de Leanna à Baton Rouge.

D'autre part, cela signifiait que Richard n'était pas aussi à l'aise sur le plan financier qu'il voulait bien le faire croire. Cela prouvait peut-être aussi que Prescott avait tenu parole et répandu la rumeur concernant l'insolvabilité chronique de ce client…

— Vous les lui avez donnés ? demanda Jackson.

— Bien sûr ! Je n'avais aucune raison valable de ne pas le faire. Mais je n'ai pas encore enregistré sa plainte. D'après la loi, j'ai vingt-quatre heures pour le faire et j'ai pensé que je ferais mieux de vous contacter d'abord…

— Merci beaucoup, Stan. Je vous suis très reconnaissant… Mais pourriez-vous m'accorder une faveur en retardant l'enregistrement d'une journée ou deux pour un prétexte juridique quelconque ?

Stan hésita quelques instants avant de répondre :

— Ce ne serait pas impossible…

— Je sais que mon père avait la plus grande considération pour vous, ajouta Jackson. Il m'a souvent répété que l'on pouvait compter sur vous en toute circonstance. Je vous promets que, si vous faites cela pour moi, je vous renverrai l'ascenseur…

Stan hésita encore, mettant en balance cette petite entorse à la loi contre l'amitié d'un homme aussi puissant que le chef du clan Fontaine.

— Il y a bien un champ que M. Cargill aurait dû remplir en majuscules et qu'il a écrit en minuscules, déclara-t-il. En temps normal, nous n'en tenons pas compte mais je suppose que je pourrais me montrer un peu plus pointilleux…

— Vous avez raison, Stan. Cargill n'est pas des nôtres. Il est du Nord… J'ai entendu dire qu'à New York, il avait engagé un avocat très procédurier et je ne serais pas surpris qu'il ait volontairement commis une erreur en remplissant ce dossier pour pouvoir le dénoncer si le jugement rendu n'était pas en sa faveur. Vous connaissez ce genre de personnes, Stan. Ils adorent pinailler sur les petits détails…

— Vous avez parfaitement raison, monsieur Fontaine, déclara Stan, ravi d'avoir une raison objective d'agir comme Jackson le lui suggérait. Il est justement de mon devoir de veiller à ces détails. Je mettrai le document de côté jusqu'à ce que M. Cargill vienne s'enquérir de l'avancement de son dossier. Je lui demanderai alors de réécrire cette entrée en majuscules comme il aurait dû le faire dès le début…

— Vous êtes un type bien, Stan. Je m'en souviendrai… A ce propos, saluez Lainey de ma part. Est-ce qu'elle prépare toujours ce délicieux fondant aux noix de pécan ?

— Bien sûr.

— Dites-lui que Tante Esme voudrait lui en acheter cinq kilos pour le bal de Noël. Elle sait qu'il n'en existe pas de meilleur…

— Elle sera heureuse de l'entendre, monsieur Fontaine.

Jackson raccrocha et sourit d'un air carnassier que ceux qui avaient connu son père auraient immédiatement reconnu. Cargill avait déclenché les hostilités mais il ne savait pas encore à qui il avait affaire…

Décrochant de nouveau le téléphone, Jackson composa le numéro du White Gold et demanda à parler à Nick.

— Alors ? lui demanda-t-il après les salutations d'usage. Où en est ce bon vieux Richard ?

— Eh bien, il a accepté sans hésiter la ligne de crédit que je lui ai offerte en tant qu'ami de la famille... Il en fait d'ailleurs bon usage : pas plus tard qu'hier, il a perdu près de mille dollars...

— A combien s'élèvent ses dettes, en tout ? demanda Jackson en se frottant les mains.

— Plus de vingt mille dollars..., répondit Nick.

Son beau-frère poussa un sifflement admiratif.

— Je n'avais pas imaginé qu'il irait aussi vite, remarqua-t-il en effectuant rapidement quelques calculs.

— A ce propos, Jackson, je crois que je vais devoir lui couper les vivres. Faire passer une perte de dix mille dollars dans mes comptes ne pose pas de réel problème. Mais vingt mille...

— Je ne veux pas que tu fasses cela !

— Que j'interrompe sa ligne de crédit ? Mais il n'y a aucune limite à ce que ce type peut continuer à perdre si je ne l'arrête pas. Même en doublant la mise comme il le fait, il ne pourra jamais récupérer ses pertes à une table de jeu. Il n'est pas assez doué pour ça...

— Ce n'est pas ce que je voulais dire : je ne te demande pas de trafiquer tes livres de comptes pour cette ordure. Je te rembourserai ce qu'il te doit, je te le promets.

— Il n'en est pas question. Je sais que tu n'as pas cette somme et que, si c'était le cas, tu l'investirais dans la raffinerie.

— Ne t'en fais pas, j'ai une idée pour me la procurer.

— Comment ? demanda Nick, dubitatif.

— Fais-moi confiance...

— Alors tu veux que je le laisse continuer à perdre ?

Jackson réfléchit quelques instants. Sa Jaguar avait moins d'un an. Il devrait pouvoir en tirer au moins soixante mille dollars. C'était un prix très en dessous de sa valeur mais il avait besoin de l'argent rapidement.

— Donne-lui une nuit de plus. Jusqu'à vingt-cinq mille dollars...

— Tu es sûr ?

— Absolument, répondit-il, certain qu'il prenait la bonne décision.

— Mais qu'est-ce que tu manigances ? s'exclama Nick, incapable de refréner sa curiosité.

— Je te le dirai ce soir à l'apéritif. Merci pour ton aide, Nick. Je te revaudrai ça...

Jackson appela ensuite le garage de Luszte.

— Hal ? C'est Jackson. Je dois absolument vendre rapidement ma voiture. Je serai chez vous dans vingt minutes.

Il composa ensuite le numéro de Shelburne Prescott.

— Shel ? J'ai une nouvelle importante... Est-ce que je peux passer ce matin ?

— Attends une minute, lui demanda l'avocat avant de le mettre en attente.

Quelques instants plus tard, il reprit la ligne.

— Ça y est, j'ai transféré mes rendez-vous de la matinée à un de mes collaborateurs. Quand comptes-tu passer ?

— Dans moins d'une heure.

Il rappela enfin Stan au palais de justice pour lui demander une nouvelle faveur.

Trois minutes plus tard, il alla trouver Tante Esme pour lui demander de passer chercher au moins cinq kilos de fondant aux noix de pécan chez Lainey. Il espéra que ce genre de pâtisserie pouvait être congelé, étant donné qu'ils en auraient au moins trois fois plus que nécessaire pour le bal.

211

Le vendredi matin suivant, en revenant à Bellefontaine après un rendez-vous, Leanna trouva la maison déserte. Betty était partie faire des courses, Tante Esme était chez le coiffeur et les filles à l'école.

Deux semaines s'étaient écoulées depuis le départ précipité de Tanya. Tante Esme s'occupait des filles et cela n'avait donc pas changé le rythme de vie de la maisonnée. Mais Leanna se demandait toujours ce qui avait poussé la jeune fille à les quitter de façon aussi inattendue.

Si elle avait vraiment un problème familial, par exemple, pourquoi n'en avait-elle rien dit ? Pourquoi tout ce mystère ?

Tanya était arrivée à Bellefontaine peu de temps après que Jackson eut ramené sa fille à la plantation. Quelques semaines plus tard, une mystérieuse série de malheurs s'était abattue sur la famille Fontaine.

Harold Borderick avait certes reconnu sa culpabilité concernant l'incendie et le vol de la moissonneuse. Mais il avait affirmé à plusieurs reprises qu'il avait été engagé par un mystérieux commanditaire. Denise Rochelle avait agi par rancœur envers Duke Fontaine mais cela ne signifiait pas qu'elle n'y avait pas été poussée par quelqu'un.

Pourquoi cette même personne n'aurait-elle pas profité du recrutement de la nounou de Megan pour introduire un autre serpent au cœur même de la plantation ? Bien sûr, c'était un peu tiré par les cheveux mais le départ de Tanya avait été bien trop brutal pour ne pas se poser ce genre de question.

Qui sait ? Elle tenait peut-être là le moyen de remonter jusqu'au véritable instigateur de ces incidents successifs.

Celui-ci, aux yeux de Leanna, était probablement Murray Dewalt. Après tout, il avait de solides raisons d'en vouloir à la famille Fontaine. Duke avait racheté la raffinerie de

212

son père à prix sacrifié, usant pour cela de méthodes pour le moins douteuses. Casey avait repoussé ses avances, l'éconduisant au profit d'un ami de son frère.

Et Murray était le mieux placé pour saboter la raffinerie et la passerelle qui s'était effondrée sous les pieds de Jackson.

Quel pouvait être le lien entre Murray et Tanya ? Avaient-ils été amants ? Elle ne les avait jamais vus ensemble, cependant. Tanya pouvait aussi n'être qu'une espionne payée par Dewalt pour lui rapporter les décisions des Fontaine. Son départ signifiait-il qu'il avait renoncé à ses attaques ou qu'au contraire, il s'apprêtait à leur porter un coup plus violent encore ?

Leanna décida de consulter le dossier que Jackson avait constitué sur Tanya. Profitant du fait qu'elle était seule dans la maison, la jeune femme se rendit dans son bureau dans l'espoir de le trouver.

Le cœur battant, elle entra dans ce sanctuaire, songeant qu'elle n'était vraiment pas faite pour ce genre de mission. D'autant que l'homme dont elle s'apprêtait à fouiller les tiroirs l'aimait et avait en elle une foi absolue.

Mais il avait dit lui-même qu'il avait besoin de son aide pour protéger sa famille et elle était décidée à la lui apporter.

Se dirigeant vers le secrétaire qui se trouvait derrière le bureau, la jeune femme ouvrit le tiroir du haut dont elle savait qu'il contenait la clé. Un signe de plus de la confiance peut-être excessive que Jackson avait dans les membres de la maisonnée.

Elle s'arrêta un instant, prêtant l'oreille aux bruits qui l'entouraient. Mais le seul qu'elle remarqua était le ronronnement rassurant de la tondeuse du jardinier qui s'activait dans le parc.

Elle commença alors à parcourir les dossiers et découvrit rapidement celui de Tanya. Il y avait à l'intérieur sa lettre de recommandation et son CV, ainsi que les coordonnées de la personne à contacter en cas d'urgence : sa grand-mère, Hazel Carson.

Leanna nota l'adresse de celle-ci et remit le dossier en place avant de refermer le secrétaire. Le cœur battant à tout rompre, elle quitta le bureau et sortit de la maison pour se diriger vers sa voiture qu'elle avait récupérée le matin même au garage.

Extérieurement, elle était toujours aussi cabossée. Mais le garagiste avait fait un prodigieux travail et le moteur ronronnait désormais comme un chat satisfait, ce qui constituait un vrai plaisir aux oreilles de la jeune femme habituée à ses ratées et ses toussotements.

L'adresse de Mme Carson se révéla être une maison d'un étage qui paraissait avoir grand besoin d'une réfection en profondeur. Au moins était-elle assortie à celles qui l'entouraient et qui étaient toutes en aussi piteux état.

Leanna sonna et attendit vainement une réponse. Mais, comme elle s'apprêtait à partir, la porte s'entrouvrit, révélant une petite femme aux cheveux blancs.

— Bonjour, dit Leanna en décochant son plus chaleureux sourire. Est-ce que je suis bien chez Tanya Carson ?

— Elle a fait quelque chose de mal ? demanda aussitôt la vieille dame, inquiète.

— Non, madame. Je voulais juste lui parler…

— Elle n'est pas là.

— Pouvez-vous me dire où je pourrais la trouver ?

— Je ne sais pas… Probablement à Las Vegas, à l'heure qu'il est. Elle est partie il y a deux semaines…

— Elle a quitté l'université ?

— Ce sont les vacances de Noël, expliqua Hazel Carson.

Leanna hocha la tête, songeant qu'effectivement, il ne restait plus à Elise que quelques jours de cours avant les vacances.

— Cela faisait longtemps qu'elle avait prévu ce voyage ?

— Qui êtes-vous, au juste ?

— Je suis désolée… Mon nom est Leanna Cargill. J'ai rencontré Tanya à Bellefontaine mais elle est partie de là-bas très brusquement et je m'inquiétais. Je me demandais si elle allait bien. Elle ne m'avait pas parlé de ce voyage…

— Elle est partie sur un coup de tête, expliqua Hazel que cette décision ne paraissait pas enchanter. Elle avait trouvé ce poste pour se faire un peu d'argent et voilà que brusquement, elle revient à la maison, emballe ses affaires et part pour cette ville. Je ne comprendrai jamais cette fille…

— Savez-vous quand elle doit revenir ?

— Non… Elle a presque tout emporté. Elle a déclaré qu'elle allait trouver du travail là-bas. A mon avis, elle se met le doigt dans l'œil…

— Sans doute, en convint Leanna qui trouvait l'attitude de la jeune fille de plus en plus suspecte.

Elle remercia la vieille dame et se dirigea vers sa voiture en retournant dans sa tête ce qu'elle venait d'apprendre. Pourquoi diable Tanya aurait-elle abandonné ses études alors qu'elle n'était qu'à un semestre du diplôme ?

La réponse la plus probable était qu'elle avait brusquement touché assez d'argent pour se croire au-dessus de tout cela. La question était de savoir qui le lui avait donné et pourquoi…

Cet après-midi-là, Jackson passa au bureau de Stan avec lequel il échangea quelques plaisanteries. L'assistant du juge téléphona à Richard pour lui signaler qu'il avait relevé dans son dossier quelques irrégularités mineures qu'il convenait de corriger.

— Je suis désolé de ce contretemps, monsieur Cargill, mais j'ai peur de ne pouvoir soumettre votre demande à la cour si vous ne régularisez pas ces formulaires, ajouta-t-il d'un ton navré.

Jackson pouvait imaginer la frustration de Richard à l'autre bout du fil. Quand Stan raccrocha, il paraissait un peu honteux de l'artifice auquel il venait de recourir et qui n'était guère conforme à ses principes.

— Il m'a remercié de ma diligence, soupira-t-il. Et il m'a promis de passer dans moins d'une heure.

Pour une fois, Richard fut ponctuel. Dès qu'il pénétra dans le bureau de Stan, il avisa la présence de Jackson et fronça les sourcils.

— Mais qu'est-ce que vous fichez ici ? demanda-t-il sans chercher à dissimuler son agressivité.

— J'ai appris que vous deviez passer dans le coin et j'ai décidé d'en profiter pour avoir une petite conversation avec vous.

Richard jeta un regard accusateur à Stan qui faisait mine de ranger consciencieusement ses dossiers.

— Nous n'avons rien à nous dire, déclara Richard.

— Je crois au contraire que nous avons beaucoup de choses à nous dire, protesta Jackson avec un sourire inquiétant. Stan, pouvons-nous utiliser votre bureau pour discuter en privé ? Cela ne prendra que quelques minutes…

— Certainement, monsieur Fontaine. Si le téléphone sonne, ne répondez pas, je le prendrai du bureau d'à côté.

Sur ce, il quitta la pièce, les laissant seuls.

— Dites-moi ce que vous aviez à me dire de si important pour en venir à corrompre ce pauvre type ? demanda Richard lorsque la porte de verre dépoli se fut refermée derrière lui.

Jackson leva un sourcil, mesurant l'intelligence de son adversaire. Il avait rapidement deviné le piège qui lui était tendu. Mais il n'avait pas idée de ce que serait le coup suivant cette ouverture somme toute très classique.

— J'ai cru comprendre que vous vouliez demander la garde de votre fille…

— C'est exact. Mais je ne vois pas en quoi cela vous regarde.

— Oh, je suis bien plus concerné que vous ne l'imaginez, lui répondit Jackson avec une cordialité feinte. Si j'ai bien compris, vous m'accusez d'avoir une mauvaise influence sur Elise…

— Vous couchez avec sa mère dans la chambre même où elle dort, souligna Richard avec un sourire mauvais. Cela me paraît effectivement assez malsain et je suis certain que la cour sera sensible à cet argument…

Richard confirmait ce que lui avait dit Leanna : il avait le chic pour déformer les faits. Car au fond, il n'avait aucune preuve du fait que Leanna et lui avaient eu une relation sexuelle. De plus, il savait pertinemment qu'Elise ne s'était pas trouvée là à ce moment.

Durant un instant, Jackson fut tenté de lever la main sur ce personnage répugnant mais il savait que l'autre n'attendait que cela : cela donnerait plus de poids encore à son accusation.

— Je ne suis pas ici pour parler de mes relations sexuelles avec votre ex-femme, déclara posément Jackson, prenant un malin plaisir à voir l'autre tiquer. En fait, je voulais vous parler de vos dettes de jeu…

— Comment savez-vous… ? commença Richard avant de serrer les dents. Nick Devlin, bien sûr… C'est votre beau-frère qui tient le White Gold.

— Si mes informations sont correctes, reprit Jackson, vous devez à son casino la bagatelle de vingt-quatre mille six cent cinquante-huit dollars à quelques cents près… Est-ce exact ?

— Oui. Mais je rembourserai… J'ai juste eu quelques mauvais jeux.

Jackson réalisa que l'autre en était vraiment convaincu, ne comprenant pas à quel point il s'était endetté. Mais c'était sans doute pour cela qu'il continuait à jouer en dépit de ses expériences passées…

— Malheureusement, dit-il, il y a un léger problème…

— Lequel ? demanda Richard en recouvrant son assurance et, du même coup, son agressivité naturelle.

— Nick veut fermer votre ligne de crédit.

— Il n'a pas le droit ! protesta Richard. Il doit me laisser une chance de me refaire…

— C'est exactement ce qu'il a fait, à partir du moment où vous avez accumulé mille dollars de dette. Mais, visiblement, vous n'y êtes pas parvenu.

Richard se détourna brusquement pour cacher à son interlocuteur la panique qui se lisait dans son regard. Il feignit d'observer les diplômes de Stan qui étaient accrochés au mur.

Jackson en profita pour aller s'asseoir derrière le bureau de ce dernier et posa les pieds sur la table de travail.

— Qu'est-ce que vous voulez ? articula alors Richard.

— Vous proposer un marché, répondit Jackson qui en était arrivé exactement là où il le voulait.

— Quel genre de marché ? demanda l'autre d'une voix inquiète.

Il devait craindre que Nick ne charge deux gorilles de lui casser les jambes.

— Je veux que vous quittiez Baton Rouge.

— Je…

— Attendez, ce n'est pas tout, l'interrompit Jackson. Asseyez-vous et écoutez-moi attentivement.

Richard s'exécuta à contrecœur.

— Je réglerai vos dettes de jeu et vous remettrai vingt-cinq mille dollars supplémentaires en liquide à condition que vous acceptiez de quitter la Louisiane et de ne plus jamais y revenir tant que Leanna et Elise y vivront. De plus, je veux que vous renonciez par écrit à tout contact avec Elise jusqu'à ce qu'elle atteigne son dix-huitième anniversaire. Et vous ne le ferez alors que si c'est elle qui le désire. Cela ne vous libère pas pour autant du versement de la pension alimentaire à laquelle vous êtes tenu. Si vous deviez manquer ne serait-ce qu'un paiement, je vous promets que ce tribunal vous poursuivra jusqu'en enfer pour vous le faire payer…

Jackson avait passé la nuit entière à réfléchir à cette proposition, hésitant longuement à s'interposer entre un père et sa fille. Elise aimait Richard, c'était évident. Mais elle méritait une chance d'échapper aux dégâts qu'un tel homme ne manquerait pas de causer dans le développement de sa personnalité.

Elle serait libre ensuite, lorsqu'elle aurait assez de recul pour le juger à l'aune de sa véritable valeur, de reprendre contact avec lui.

Ce n'était pas de gaieté de cœur qu'il était parvenu à cette conclusion. Lui-même avait trop souffert de la pression de Duke, lorsque ce dernier avait tenté de le forcer à renoncer à Megan. Il lui en avait également beaucoup voulu lorsqu'il avait découvert que lui-même avait agi exactement de cette façon vis-à-vis de Noelani.

Maintenant, c'était lui qui s'arrogeait ce droit. Et cela lui déchirait le cœur. Mais il était convaincu d'agir pour le bien de la femme qu'il aimait et pour celui de l'enfant qui serait peut-être un jour la sienne.

— Vous ne pouvez pas me forcer à renoncer à mon droit de visite, protesta Richard.

Mais son ton contredisait la véhémence de ses paroles. Visiblement, il était en train de peser le pour et le contre.

— Légalement, vous avez raison. Alors voici comment nous allons procéder…

Il récupéra son attaché-case et l'ouvrit devant lui, révélant une impressionnante liasse de billets qui éveilla dans le regard de Richard une lueur concupiscente. Sortant une chemise de la mallette, Jackson la posa sur le bureau.

— Voici un accord établi par mon avocat dans lequel vous vous engagez à respecter les conditions que je vous ai énumérées en échange de vingt-cinq mille dollars et du règlement de vos dettes envers le White Gold. Vous n'avez qu'à le signer en présence de témoins pour remporter cette valise et son contenu. Vous aurez alors vingt-quatre heures pour quitter la ville.

— Ce document n'a aucune valeur légale, remarqua Richard.

— C'est possible, acquiesça Jackson auquel Shelburne avait dit la même chose. Mais imaginez l'effet qu'il fera si vous ne tenez pas votre promesse et que nous le produisons devant une cour. Je doute fort que le tribunal ne vous retire pas votre droit de visite lorsqu'il en prendra connaissance… De toute façon, vous n'avez pas le choix. Vous n'avez pas les moyens de rembourser Nick, surtout avec les intérêts qu'il serait légalement en droit d'exiger de vous. De plus, vous vous êtes mis en faillite personnelle, ce qui signifie que vous ne pouvez pas recommencer ce petit tour de passe-passe avant six ans. Cela fait beaucoup de vaches maigres pour un homme comme vous... Adieu, vêtements chics et voiture de luxe ! En plus, Nick fera passer le mot et vous serez interdit à toutes les tables de jeu d'ici à Las Vegas. C'est qu'il a beaucoup d'amis, vous savez...

Richard parut abattu par ce petit discours.

— Il faut que j'y réfléchisse, murmura-t-il.

— Prenez tout votre temps. Le tribunal reste ouvert pendant encore une heure et demie. Mais nous sommes vendredi et les banques auront fermé d'ici là. Je ne vous conseille pas de vous promener avec une telle somme d'argent liquide sur vous durant tout le week-end...

Jackson se renversa dans son fauteuil et croisa les mains derrière sa tête, attendant que l'autre se décide. Il avait laissé la mallette ouverte et Richard ne cessait d'y jeter des coups d'œil, comme fasciné par son contenu. A sa décharge, pourtant, il ne sauta pas immédiatement sur cette occasion de s'enrichir.

En fait, il s'écoula plus de dix minutes durant lesquelles il resta parfaitement immobile, tournant et retournant le problème dans sa tête.

— Où dois-je signer ? demanda-t-il enfin d'une voix blanche.

Jackson s'efforça de ne pas trahir la peur qu'il avait éprouvée tandis que l'autre tergiversait. Lentement, il se leva et se dirigea vers la porte du bureau.

— Stan ? J'ai besoin de deux témoins pour contresigner un document. Avez-vous quelqu'un sous la main ?

— Bien sûr, acquiesça ce dernier.

Quelques minutes plus tard, Stan, un jeune homme et une femme d'une cinquantaine d'années les rejoignirent. Ils déclinèrent leur identité, vérifièrent celle de Richard grâce à son permis de conduire. Puis tous signèrent le document qui fut estampillé par Stan, devenant par là même un acte notarié en bonne et due forme.

De cette façon, songea Jackson, Richard aurait le plus grand mal du monde à prétendre qu'il n'avait pas paraphé ce document. Lorsque tout fut terminé, il remercia les témoins pour leur collaboration et demanda à Richard s'il voulait compter l'argent.

Sans surprise, celui-ci fit signe que oui et entreprit de dénombrer les coupures de cinquante dollars qui étaient entassées dans l'attaché-case. Une fois le total vérifié, il le referma et se leva.

— Bonne chance, lui dit Jackson qui, curieusement, le pensait vraiment.

A présent, il plaignait Richard qui allait devoir refaire sa vie. Il espéra sans trop y croire que l'autre profiterait de ce nouveau départ pour ne pas réitérer ses erreurs passées.

— Prenez soin d'elles, fit Richard d'un air sombre.

C'était la première fois depuis le début de leur entretien qu'il trahissait un quelconque sentiment à l'égard de son ex-femme et de sa fille.

— Stan, pouvez-vous archiver ce document ? demanda Jackson lorsque Richard atteignit le seuil du bureau.

Ce dernier se retourna, regarda attentivement Jackson avec dans les yeux comme une pointe de regret puis, brusquement, il se détourna et sortit sans ajouter un mot.

14.

— Mais où sont-ils tous passés ? demanda Leanna à Betty lorsqu'elle rentra à Bellefontaine pour déjeuner.

Depuis le début des vacances, les filles passaient la majeure partie de la journée à jouer dans le parc ou dans la chambre de Megan. Mais elles ne s'y trouvaient pas à ce moment-là et un silence inhabituel régnait dans la grande maison déserte.

— Esme les a emmenées acheter un sapin de Noël, expliqua Betty. Elles étaient tellement surexcitées que je me suis demandé si elles étaient dans leur état normal…

— L'achat d'un sapin est un moment très important, répondit Leanna en riant.

Pourtant, elle se sentait un peu triste : c'est elle qui aurait dû emmener Elise pour le choisir. Mais elle avait décidé d'attendre la veille de Noël pour en acheter un, sachant que les vendeurs faisaient alors d'importantes réductions sur leurs stocks d'invendus.

C'était son père qui lui avait soufflé cette idée, lui expliquant que ses propres parents le faisaient autrefois, considérant cette dépense comme un luxe un peu frivole.

— Comptez sur Esme pour acheter le plus grand du lot, remarqua Betty, sardonique. L'année dernière, il a fallu le couper pour le faire rentrer dans le salon.

Derrière cette ironie, Leanna sentit une pointe d'envie et de regrets.

— Moi aussi, je voulais toujours le plus grand, lorsque j'étais enfant, acquiesça la jeune femme.

Elle fut tentée de demander si Betty avait déjà acheté le sien mais quelque chose dans l'attitude de la cuisinière l'en empêcha.

A ce moment, un bruit de moteur leur fit dresser l'oreille. Quelques instants plus tard, des rires retentirent dans l'entrée et Leanna alla accueillir la petite troupe.

— Maman ! s'exclama Elise avec son enthousiasme habituel. Nous avons acheté un sapin. Il est vraiment très beau et, en plus, il est énorme !

Leanna s'agenouilla pour serrer la fillette contre son cœur.

— J'ai hâte de le voir, déclara-t-elle.

— Il sera livré cet après-midi, précisa Tante Esme en aidant Megan à se défaire de son blouson. Est-ce que le salon est prêt ? ajouta-t-elle à l'intention de Betty qui les avait rejointes.

— Bien sûr, répondit celle-ci en haussant les épaules.

— Dites donc, vous ne pourriez pas sourire, une fois de temps en temps ? lui demanda alors Tante Esme en la regardant droit dans les yeux.

Les deux femmes s'affrontèrent du regard pendant quelques instants puis, à la grande surprise de Leanna, Betty éclata de rire.

— D'accord, dit-elle. Mais cela ne change rien au fait que vous êtes une vieille enquiquineuse…

Tante Esme s'abstint de tout commentaire, paraissant se satisfaire de cette victoire inattendue.

— Allez, les enfants. C'est l'heure de déjeuner. Ensuite, vous ferez la sieste. Lorsque vous serez réveillées, l'arbre sera là et nous commencerons à le décorer.

Ils mangèrent tous ensemble dans la cuisine où se déroulaient tous les déjeuners depuis qu'Adam avait fini de la rénover.

— Je demanderai à Jackson de descendre la robe que je pensais vous prêter pour le bal, déclara la vieille dame tandis que les fillettes partaient se laver les mains. Elle appartenait à ma grand-mère et il va sans doute falloir y faire quelques retouches.

— Il n'en est pas question, protesta Leanna. Vous n'allez pas abîmer une robe qui appartient au patrimoine de votre famille simplement pour moi…

— Vous savez, lui dit gravement Tante Esme, c'est un Noël très important, cette année. C'est le premier que nous passerons sans Duke et sans Angélique depuis la naissance de Jackson et de Casey.

Il y avait dans sa voix une profonde tristesse qui toucha Leanna plus qu'elle ne l'aurait cru.

— En plus, ajouta-t-elle sur un ton plus léger, je soupçonne Jackson d'attendre cette occasion pour vous demander en mariage. Alors la robe ne sortira pas vraiment de la famille…

Leanna la regarda avec stupeur, se demandant si elle avait bien entendu.

Jackson comptait la demander en mariage ? C'était impossible, songea-t-elle tandis que son cœur se mettait à battre à tout rompre et qu'elle était parcourue de frissons glacés.

Un mélange d'excitation et de frayeur l'envahit, lui ôtant les mots de la bouche. Le temps qu'elle recouvre ses esprits, les fillettes étaient revenues de la salle de bains, et elle ne put poser les dizaines de questions qui se pressaient dans son esprit enfiévré.

Elle attendit avec impatience la fin du repas. Puis Tante Esme et elle allèrent coucher les deux enfants. Mais, alors qu'elle s'apprêtait enfin à interroger la vieille dame, celle-ci s'excusa.

— Je dois aller écrire quelques lettres avant de veiller à la réception du sapin, déclara-t-elle.

Leanna redescendit donc dans la cuisine pour récupérer son attaché-case. Elle pria pour que ses rendez-vous de l'après-midi ne s'éternisent pas. De cette façon, elle serait de retour à temps pour décorer le sapin et demander à Tante Esme d'où elle tenait l'annonce fracassante qu'elle lui avait faite d'un air nonchalant au détour de la conversation.

— Vous savez que vous êtes la première femme à qui Tante Esme ait donné sa bénédiction depuis Paige, remarqua Betty qui était en train de faire la vaisselle. Si on m'avait dit que cette vieille peau opterait pour une yankee, je ne l'aurais jamais cru !

Leanna la regarda sans trop savoir ce qu'elle pouvait bien répondre à cela. Ces gens ne semblaient pas très bien comprendre que la guerre de Sécession était terminée depuis plus d'un siècle...

— Une chose est sûre, en tout cas, ajouta Betty. Elle a fait le bon choix. Vous faites beaucoup de bien à Jackson et à cette famille de fous. J'espère vraiment que vous comptez dire oui...

Incapable de résister à son impulsion, Leanna franchit la distance qui la séparait de Betty et la serra dans ses bras avant de l'embrasser sur les deux joues.

— Filez, maintenant, lui ordonna alors la cuisinière pour dissimuler son émotion. J'ai du travail...

Jackson décida d'attendre la fin du dîner avant d'informer Leanna de la petite négociation qu'il avait menée avec Richard. Lorsqu'il arriva, il croisa les deux employés de la pépinière où Tante Esme avait acheté le sapin de Noël.

Ils avaient passé près de vingt minutes à déplacer l'arbre d'un bout à l'autre du salon tandis que la vieille dame cherchait le meilleur endroit pour le disposer. Mais les généreux pourboires que leur avait laissés Esme les avaient plus que grassement récompensés de leur patience.

Il était déjà l'heure de l'apéritif lorsqu'ils s'attaquèrent à la décoration en famille, leurs verres dans une main et les parures de Noël dans l'autre. L'arbre était si gigantesque que Tante Esme demanda à Betty de leur préparer des sandwichs pour qu'ils puissent continuer à le préparer tout en mangeant.

— C'est le moment de l'année que Tante Esme préfère. Et tu n'as pas encore vu le bal ! En la voyant valser, on a parfois l'impression qu'elle a vingt ans de moins. Tiens, on dirait que les filles n'ont pas perdu leur temps, ajouta-t-il en les voyant revenir de la cuisine avec deux énormes bols emplis de pop-corn.

— Nous allons accrocher du pop-corn et des bonbons à l'arbre, expliqua Elise.

— Est-ce que je peux vous aider ? demanda Jackson.

— Faites attention à lui, les filles, intervint Leanna. Il va manger toutes vos décorations.

— Si je promets de ne pas les manger, est-ce que vous pouvez aider Lea à démêler ces guirlandes ?

Elise contempla le carton pensivement.

— Pas de problème, papa, répondit-elle avant de réaliser brusquement ce qu'elle venait de dire.

— Eh ! protesta vivement Megan. C'est pas ton papa ! C'est le mien. Toi, tu as déjà une maman et pas moi. Tu ne peux pas avoir les deux...

Elle courut vers son père pour le serrer dans ses bras comme si elle avait peur qu'Elise ne le lui vole. L'autre fillette resta plantée là, un peu désorientée par la tournure que prenaient les événements. Quant à Jackson et Leanna, ils se regardaient fixement, tétanisés l'un et l'autre par ce qui venait de se passer.

— Je voudrais juste que tu me le prêtes, déclara tristement Elise. Mon papa ne reste jamais avec maman et moi pour nous aider quand on a des problèmes. En plus, il n'arrête pas de mentir : il me fait des promesses mais il ne les tient pas. Ton papa, lui, il est gentil...

Leanna détourna la tête et Jackson comprit qu'elle luttait contre les larmes qui lui montaient aux yeux. Elle ne s'était visiblement pas attendue à ce que sa fille comprenne aussi rapidement la situation.

S'agenouillant, Jackson garda Megan serrée contre lui tout en écartant son autre bras pour accueillir Elise. Après un instant d'hésitation, celle-ci vint s'y nicher et il les étreignit toutes deux.

— Je vous aime, mes chéries, murmura-t-il en les couvrant de baisers.

Cette fois, Leanna ne put retenir ses larmes qui coulèrent doucement le long de ses joues.

— Bon, conclut-il en souriant. J'en déduis que vous allez me laisser démêler ces fils tout seul ?

— Il faut bien, acquiesça Megan. Nous, on n'a pas le droit de toucher aux trucs électriques...

— Tu as parfaitement raison, concéda Jackson avant de les embrasser une fois de plus. Très bien... Occupez-vous du pop-corn pendant que je me débats contre ce sac de nœuds.

Les deux fillettes hochèrent la tête et rejoignirent Tante Esme qui les attendait pour leur expliquer comment procéder.

— Je suis désolée, murmura Leanna.

— De quoi ? demanda Jackson, surpris.

— Qu'Elise t'ait appelé papa…

— Il n'y a pas de quoi. J'ai pris cela pour le compliment le plus magnifique qu'elle puisse me faire.

— Merci de le prendre aussi bien, murmura la jeune femme en essuyant ses larmes.

Jackson se pencha vers elle pour l'embrasser mais Nick les rejoignit à ce moment-là.

— Comment ça s'est passé aujourd'hui ? demanda-t-il.

— Mission accomplie, lui répondit Jackson. Merci beaucoup pour ton aide…

— De rien, répondit Nick en lui décochant un clin d'œil complice.

— De quelle mission parlait-il ? demanda la jeune femme, curieuse.

— Je t'expliquerai cela plus tard.

Elle fronça les sourcils et il comprit qu'une fois encore, il ne s'en tirerait pas aussi facilement.

— Ne t'en fais pas. C'est une bonne nouvelle. Mais je veux te l'annoncer en privé.

— Pourquoi ne pas me la dire maintenant ? demanda-t-elle, aussi têtue qu'à son habitude.

— Parce que c'est une affaire personnelle et privée, répondit-il.

— Alors pourquoi Nick est-il au courant ? insista-t-elle.

— Lea, je t'en prie, pour une fois, fais-moi confiance. Je t'expliquerai tout plus tard…

— Je me demandais juste pourquoi Nick était au courant de quelque chose qui me concerne visiblement. Est-ce que tous les autres le sont aussi ? Suis-je la seule à ne pas être avertie ?

— Mais qu'est-ce qui t'arrive ? dit Jackson qui avait remarqué à plusieurs reprises durant la soirée la nervosité qui l'habitait.

— Rien… Je n'aime pas que l'on fasse des secrets lorsque je suis concernée au premier chef, c'est tout.

N'y tenant plus, Jackson se pencha vers elle et la fit taire d'un baiser sans plus se soucier de qui pouvait les voir. De toute façon, Nick lui avait clairement fait comprendre que personne n'était dupe.

— Chaque chose en son temps, mon amour, lui dit-il alors qu'elle le regardait avec stupeur.

Leanna se sentait un peu ridicule d'avoir agi de cette façon vis-à-vis de Jackson. Elle s'était conduite en épouse acariâtre comme s'ils étaient mariés depuis des années…

Mais cela avait été plus fort qu'elle. Durant tout l'après-midi, elle n'avait cessé de repenser à ce que lui avait dit Tante Esme.

« Je soupçonne Jackson d'attendre cette occasion pour vous demander en mariage… »

Elle ne savait même pas ce qu'elle redoutait le plus : qu'il le fasse effectivement ou qu'il s'en abstienne.

Que répondrait-elle s'il lui faisait cette proposition ? Ils se connaissaient depuis moins de six semaines. Et elle sortait d'un mariage malheureux…

Bien sûr, Jackson et Richard étaient très différents l'un de l'autre. A un point près : tous deux étaient des manipulateurs-nés. Elle ne l'avait pas remarqué chez Richard avant de l'épouser mais il lui avait fallu peu de temps pour s'en rendre compte.

Elle se demandait même parfois si ce n'était pas leur mariage qui avait éveillé cette tendance en lui. Mais tel n'était sans doute pas le cas. Ce trait de sa personnalité était trop profondément ancré en lui pour qu'elle puisse en être seule responsable.

Au sujet de Jackson, par contre, elle n'avait jamais eu le moindre doute. Dès leur rencontre, il avait cherché à se servir d'elle sans vergogne. En cela au moins, il était le digne fils de son père. Apparemment Duke avait excellé dans cette discipline et avait légué ce talent à Jackson.

Le pire, c'est qu'elle avait cédé à ces procédés : au mépris de toute considération éthique, elle avait accepté de collaborer avec lui. Tout cela parce qu'elle avait peur de perdre sa fille…

Evidemment, Jackson n'était pas un homme mauvais. Simplement, il prenait de désagréables libertés avec les gens. Récemment, encore, il lui avait forcé la main, la poussant à transférer son dossier de New York à Baton Rouge. Bien sûr, il avait eu raison de le faire. Mais il y avait d'autres façons de procéder.

Le pire, c'est qu'une fois encore, elle avait cédé, faisant exactement ce qu'il avait prévu qu'elle ferait. Il n'y avait qu'à espérer qu'il avait compris qu'elle n'appréciait guère ce genre de procédé.

Puis elle eut une brusque révélation. Nick avait parlé d'une mission et Jackson avait refusé de lui dire ce dont il s'agissait. Se pouvait-il que les deux hommes soient allés choisir une alliance ?

Jackson voulait peut-être lui faire sa demande le soir même et c'est pour cette raison qu'il avait refusé de parler lorsqu'elle l'avait interrogé. A cette idée, un large sourire naquit sur les lèvres de la jeune femme.

— Qu'y a-t-il de si drôle ? demanda Jackson qui ne la quittait pas des yeux.

— Rien, répondit-elle d'un ton léger. Occupe-toi de tes guirlandes...

Les enfants étaient enfin couchés. Elise avait insisté pour dormir dans la chambre de Megan, ce que Jackson avait accepté avec plaisir, comprenant que Leanna et lui auraient alors la garçonnière pour eux seuls.

Après avoir pris congé des autres, ils s'y rendirent donc main dans la main. A peine la porte s'était-elle refermée sur eux que Jackson prit la jeune femme dans ses bras pour l'embrasser avec passion. Il avait attendu ce moment durant toute la soirée.

— Tante Esme m'a apporté une bouteille de vin, cet après-midi, lui dit Leanna lorsque leurs lèvres se séparèrent enfin. Tu veux boire un verre ?

— En réalité, j'avais d'autres projets, murmura-t-il en la regardant droit dans les yeux.

Le désir qu'elle y lut ne laissait guère de doute quant à la nature desdits projets.

— Pas de vin, alors, murmura-t-elle d'une voix rauque.

D'un geste souple, Jackson la souleva brusquement de terre, la prenant dans ses bras pour l'emporter vers le lit. Elle s'accrocha à son cou en riant et se pressa contre lui, couvrant son visage de baisers.

La montée de l'escalier fut l'étape la plus difficile à négocier mais ils atteignirent bientôt la chambre. Jackson la déposa précautionneusement sur le lit et s'étendit à côté d'elle. Il commença aussitôt à déboutonner son chemisier tandis qu'elle lui mordillait l'oreille, décuplant le désir qu'il avait d'elle.

Il se força à se concentrer et combattit l'envie qu'il avait d'arracher les boutons qui résistaient à ses efforts. Puis son visage descendit vers la peau nue et frémissante qui s'offrait à lui.

Tandis qu'il embrassait la poitrine de la jeune femme, celle-ci le débarrassa de sa chemise et de son pantalon. Il lui ôta alors sa jupe et, bientôt, ils furent nus l'un contre l'autre. La tempête de leur désir se déchaîna alors de plus belle.

Leanna s'arqua sous lui lorsqu'il pénétra en elle d'un geste lent et assuré. Ils commencèrent à bouger, sauvagement enlacés, leurs cris de plaisir se mêlant à leurs gémissements d'extase.

Jamais la jeune femme ne s'était sentie aussi intensément aimée et possédée. Elle se donnait sans retenue et recevait de Jackson une joie si intense qu'elle se mit à sangloter tout en riant de bonheur.

Lorsqu'il accéléra le rythme, elle bascula dans un tourbillon brûlant, ayant l'impression de se dissoudre à chaque instant, montant sans fin vers ce lieu magique où ils parurent fusionner l'espace de quelques secondes tremblantes.

Ils retombèrent alors sur le lit, étourdis, haletants. Mais, au bout de quelques secondes, Leanna se redressa sur un coude et le regarda d'un air malicieux.

— A mon tour, dit-elle simplement.

Et ces simples mots suffirent à réveiller le désir de Jackson.

— Alors ? demanda Leanna lorsque tous deux eurent atteint cet état de satiété délicieuse qui fait suite à l'amour. Vas-tu enfin me dire quel était ce mystérieux secret dont Nick et toi parliez ?

— J'ai une excellente nouvelle pour toi, déclara Jackson avec un sourire satisfait. Tu n'auras plus jamais à t'inquiéter à cause de Richard.

Ce n'était pas exactement la réponse que la jeune femme avait escompté et elle le regarda avec curiosité.

— Que veux-tu dire ? s'enquit-elle, à la fois curieuse et inquiète.

— J'ai discuté avec lui, aujourd'hui, et il m'a promis de quitter la ville et de ne jamais revenir.

Leanna se redressa et le contempla avec un mélange de stupeur et d'angoisse, se demandant ce qu'il avait bien pu faire pour obtenir une telle promesse.

— Qu'est-ce que tu racontes, Jackson ?

— Eh bien, mercredi dernier, j'ai reçu un coup de téléphone de Stan qui m'a signalé que Richard était passé. Il avait accepté à contrecœur le transfert de compétence, comprenant qu'il n'avait pas le choix. Mais il avait également déposé une demande de garde au tribunal…

— Quoi ? s'exclama-t-elle, effondrée. Oh, mon Dieu, j'aurais dû me douter que cela ne suffirait pas à l'arrêter. Nous n'aurions jamais dû faire cela. En fait, je n'aurais même jamais dû venir ici…

Jackson s'assit à son tour et tendit la main vers elle pour cueillir les larmes qui coulaient le long de ses joues.

— Tu n'as donc pas entendu ce que je t'ai dit, Lea ? Il est parti. Il ne reviendra pas. Il ne fera plus jamais de mal à Elise…

La jeune femme se leva et enfila sa chemise de nuit qui était posée sur le dossier d'une chaise. Elle ne pouvait supporter d'avoir ce genre de discussion nue et exposée comme elle l'était.

— Explique-toi, lui dit-elle d'une voix qui trahissait autant de peur que de colère.

Jackson couvrit sa propre nudité du drap froissé.

— Comme je te l'ai dit, Stan m'a appelé. C'était un ami de mon père et je lui ai demandé s'il existait un moyen de retarder l'enregistrement de la procédure. Il a trouvé une légère erreur dans le dossier et a accepté de me laisser un peu de temps avant de prévenir Richard. J'avais déjà demandé à Nick si Richard fréquentait son casino et, comme je m'y attendais, il m'avait répondu que oui. Mais, comme il s'était mis en faillite personnelle, il n'avait que peu d'argent à miser…

— Ainsi, il s'est remis à jouer ? soupira la jeune femme. Il n'apprendra donc jamais ?

— J'ai demandé à Nick de lui ouvrir une ligne de crédit et il a accepté…

— Mais pourquoi ? C'était comme tendre une bouteille de whisky à un alcoolique…

— Il jouait déjà, Lea, protesta Jackson. Ce n'est pas moi qui l'y ai poussé !

— Mais tu l'as encouragé à continuer.

— Je ne suis pas d'accord mais nous pourrons en reparler plus tard. Veux-tu savoir ce qui s'est passé ensuite ou comptes-tu continuer à me faire des reproches ?

La jeune femme tiqua mais s'abstint de répondre, se sentant désagréablement impuissante face à ces nouvelles machinations.

— Bon… Pour être parfaitement honnête, reprit-il, je me doutais un peu qu'il accumulerait les dettes et se creuserait un joli petit déficit. C'est pour cela que je suis allé voir Shelburne...

— Un autre ami de la famille, je suppose ?

— Oui. C'est notre avocat.

La jeune femme haussa un sourcil, se demandant où il voulait en venir. Cette accumulation de conspirations la fascinait presque autant qu'elle la dégoûtait.

— J'ai demandé à Shelburne de rédiger un accord et, ensuite, j'ai demandé à Stan de prévenir Richard que son dossier présentait une erreur...

— Etait-ce seulement le cas ?

— Oui. Une erreur minime mais suffisante pour le retenir.

Leanna réalisa non seulement que Jackson était aussi manipulateur qu'elle le pensait mais qu'en plus, il en tirait un certain plaisir. Elle le laissa poursuivre.

— Je suis allé attendre Richard dans le bureau de Stan. Là, je lui ai annoncé que je savais qu'il devait vingt-cinq mille dollars au White Gold et que Nick avait décidé de lui en demander le remboursement.

— Et qu'a-t-il dit ?

— Rien. Je lui ai proposé un marché : en échange du remboursement de sa dette et de vingt-cinq mille autres dollars, il quitterait la Louisiane et renoncerait définitivement à vous voir, Elise et toi. Tout ce qu'il avait à faire, pour cela, c'était de signer devant témoins le document que Shelburne avait rédigé.

— Tu n'avais aucun droit de faire une chose pareille, protesta la jeune femme.

— Peut-être. Mais l'important c'est qu'il a accepté. Il n'a pas cherché à négocier. Il a compté son argent, a signé l'accord et est parti. A l'heure qu'il est, il doit déjà avoir quitté la ville. Et Henri Gaudage doit maudire son chef qui a démissionné…

Leanna resta longuement silencieuse. D'un côté, elle était soulagée de savoir que Richard ne pourrait plus jamais lui faire de mal. Après tout, c'était ce qu'elle avait espéré en s'installant à Baton Rouge.

Pourtant, elle ne pouvait se résoudre à admettre que la fin justifiait les moyens, surtout quand ces moyens étaient aussi malhonnêtes que ceux auxquels Jackson avait recouru.

— Tu as oublié quelques détails, murmura-t-elle.

— Lesquels ? demanda-t-il en la regardant avec curiosité.

— Cet accord a été obtenu sous la contrainte et grâce à la corruption d'un fonctionnaire. Il ne sera jamais validé par une cour. En réalité, tu as probablement donné à Richard une nouvelle arme pour me combattre et me voler Elise.

— Il n'y a pas eu contrainte, comme pourront l'assurer les témoins.

— Mais il s'agit de corruption, insista la jeune femme. C'est un procédé illégal.

— Non. Il s'agit d'un contrat, ni plus ni moins. Et le document a été enregistré par le tribunal. Il constitue donc une preuve qui ne peut être écartée à la légère. De plus, je doute fort qu'un juge accorde la garde d'un enfant à un homme qui a accepté de vendre ses droits de parent pour cinquante mille dollars…

— Dans un comté où tu contrôles les juges, c'est effectivement peu probable, concéda-t-elle cyniquement.

— Attends une minute ! Contrairement à ce que tu as l'air de penser, je n'ai corrompu personne et je n'ai commis aucune illégalité. J'ai parfaitement le droit d'avoir des amis au tribunal. C'est le cas de la plupart des hommes d'affaires et de tous les hommes politiques. Cela ne signifie pas que je les contrôle. D'ailleurs, si tel était le cas, je t'assure que les choses se passeraient différemment, dans la région...

Jackson se leva et s'agenouilla devant la jeune femme.

— Je pensais que tu serais heureuse d'apprendre cette nouvelle, Lea, lui dit-il. Je pensais que tu voulais qu'il disparaisse de ta vie et de celle d'Elise.

Leanna regarda les mains de Jackson posées sur ses genoux, ne sachant plus que penser.

— Je suis heureuse que ce soit le cas, concéda-t-elle.

— Alors quel est le problème ?

La jeune femme se leva brusquement et s'écarta de lui, craignant que son corps ne la trahisse.

— Tu ne comprends donc pas ?

— Comprendre quoi ? demanda-t-il. Tu voulais qu'il parte et c'est ce qu'il a fait.

Leanna vit qu'il n'y avait rien à faire : Jackson voyait la vie à sa manière. Mais elle lui devait au moins une explication.

— Je veux contrôler ma destinée, Jackson, déclara-t-elle gravement. Je ne veux pas qu'on s'en occupe pour moi. C'est ce que faisait Richard : il prenait des décisions désastreuses et accumulait les dettes en notre nom sans rien me dire. Je refuse d'être victime une fois encore de ce genre de procédés ! Pourquoi ne m'en as-tu pas tout simplement parlé avant d'agir ? Comment as-tu pu prendre seul la décision de priver Elise de son père ?

Jackson se releva en soupirant, devinant brusquement où elle voulait en venir.

— Je ne l'ai pas privée de lui, répondit-il. Il a choisi de partir, exactement comme tu le voulais. Il aurait pu se battre, Lea. Il aurait pu me dire d'aller me faire voir. Il aurait pu prendre le risque d'aller en prison pour Elise. Il aurait pu tenter de me traîner dans la boue, de m'accuser de vouloir lui voler l'affection de sa fille. Même s'il avait fini par accepter, il aurait au moins pu me demander le droit d'écrire à Elise, de lui téléphoner...

Jackson s'interrompit, laissant Leanna digérer les mots qu'il venait de prononcer.

— Mais il n'a rien fait de tout cela, conclut-il. Il a pris la valise contenant l'argent et il est parti... Bon sang, jusqu'au moment où il a signé, je n'étais même pas certain que mon plan fonctionnerait.

— De quoi avais-tu peur, Jackson ? Qu'il repousse ton offre ou que je la désapprouve ?

— Lea, comprends-moi, je déteste faire ce genre de choses...

— C'est faux, protesta-t-elle.

— Lea, je rêverais de vivre dans un monde parfait où tout le monde fait preuve de compréhension et de gentillesse envers son prochain. Mais nous ne vivons pas dans un tel monde. Alors je fais tout ce qui est en mon pouvoir pour protéger ceux que j'aime.

Voilà qu'il se cachait derrière ce mot comme l'avait fait Richard autrefois, songea tristement Leanna. Comme si ce mot avait suffi à excuser tous les crimes, toutes les erreurs...

— Je suis convaincue que tu es sincère, soupira-t-elle. Je sais que tu n'as cherché qu'à préserver mes intérêts et ceux d'Elise. Tu as même réussi à le faire. Le pire, c'est que si tu m'avais mise au courant de ton projet, je t'aurais peut-être donné mon accord. A contrecœur, certes, parce que ce genre de méthodes est justement ce qui fait que ce monde est si mauvais. Mais j'aurais fait passer la vie de ma fille avant mes conceptions morales. Le seul problème, c'est que tu ne m'as pas consultée. Tu m'as manipulée. Or l'amour est avant tout une affaire de confiance...

Elle s'interrompit, apercevant la panique qui se lisait dans les yeux de Jackson. Un instant, elle fut tentée d'envoyer au diable ses principes et de lui pardonner. Mais combien de temps s'écoulerait jusqu'à ce qu'il l'utilise de nouveau ? Et qui sait si ce serait toujours dans son intérêt ?

— Tu as été très généreux envers Elise et moi, murmura-t-elle. Et de cela, je me souviendrai toute ma vie…

— Qu'est-ce que tu dis ? murmura Jackson, visiblement horrifié par la tournure que prenaient les événements.

— Je suppose que je cherche à te dire que notre relation n'a pas d'avenir, Jackson. J'espère que tu nous laisseras vivre ici jusqu'à Noël pour ne pas décevoir les filles. Mais ensuite, je chercherai un autre endroit où habiter.

Sur ce, elle se détourna pour ne pas qu'il voie les larmes qui emplissaient déjà ses yeux.

— Lea…, protesta Jackson.

— Je t'en prie, ne complique pas les choses. Va-t'en…

15.

Samedi matin, Jackson prenait son petit déjeuner dans la cuisine lorsque Leanna entra. Betty l'avait invitée à venir goûter ses fameux œufs au plat et, en voyant qui se trouvait là, elle se demanda s'il ne s'agissait pas d'un piège.

— Bonjour, dit Jackson en reposant sa tasse de café. Viens te joindre à moi...

— Non merci, répondit Leanna prête à faire demi-tour.

Betty ne lui en laissa pas le temps et mit prestement entre ses mains une tasse de café épais, typique de la région.

— Merci, dit-elle, n'ayant pas le cœur de la lui refuser.

Elle s'installa au bout de la table, le plus loin possible de Jackson.

— Où as-tu trouvé l'argent pour acheter Richard ? demanda-t-elle brusquement.

C'était une question qui la troublait depuis que Jackson lui avait raconté son habile manœuvre. Elle savait qu'il n'avait que peu de liquidités, ces derniers temps, et ne comprenait pas où il avait pu trouver cinquante mille dollars en quelques jours. A moins, bien sûr, qu'il ne lui ait menti depuis le début sur sa situation précaire...

— J'ai vendu ma Jaguar, répondit-il.

Elle le regarda avec stupeur.

— Jackson ! protesta-t-elle. Tu n'aurais jamais dû. Ou plutôt, tu aurais dû utiliser cet argent autrement…

— Comment ? demanda-t-il sobrement.

— En remboursant tes dettes. Ou en investissant dans la raffinerie comme tu voulais le faire…

— Il se trouve que ton bonheur et celui d'Elise sont plus importants à mes yeux que cette maudite raffinerie, répondit-il avec un brin d'exaspération. Ne l'as-tu pas encore compris ?

Une expression fugitive de reconnaissance passa dans les yeux de la jeune femme mais elle se maîtrisa aussitôt.

— Ce que je comprends, c'est que tu as pris le contrôle de ma vie sans même me consulter… Mais je te rembourserai cette voiture. Je ne sais ni comment ni quand, mais je le ferai.

— Je ne veux pas de ton argent ! s'écria Jackson, rageur.

Elle se leva brusquement et sortit de la cuisine d'une démarche très raide. Quelques instants plus tard, il entendit claquer la porte de service.

— Qu'est-ce qui ne va pas chez cette fille ? s'exclama-t-il, furieux. Est-ce si difficile pour elle d'accepter de l'aide ? Ou est-ce spécifiquement *mon* aide qu'elle refuse ?

Betty répondit par un simple haussement d'épaules et continua sa vaisselle comme si de rien n'était.

Le reste du week-end ne fut pas beaucoup plus facile pour Jackson. Chaque fois qu'il tentait de discuter avec Leanna, elle se contentait de lui répondre aussi poliment, aussi froidement et de façon aussi concise qu'elle le pouvait.

Jackson se demandait comment ils étaient censés résoudre leurs différends si elle refusait de communiquer. D'ailleurs, il ne voyait toujours pas vraiment où était le problème.

Elle lui avait dit qu'elle était heureuse que Richard soit sorti définitivement de leur vie. Et, malgré cela, elle lui en voulait d'avoir rendu cela possible. Cela n'avait aucun sens…

Bien sûr, il admettait qu'elle n'ait pas apprécié d'être tenue à l'écart de ses plans. Il aurait sans doute dû la mettre au courant mais il savait pertinemment qu'elle ne voudrait pas être mêlée à des pratiques aussi tordues que celles qu'il avait employées.

Ne comprenait-elle donc pas qu'il n'avait jamais eu en tête que son bonheur ?

— Est-ce que papa viendra au bal ? demanda Elise, le samedi après-midi tandis qu'elle aidait Megan et Tante Esme à disposer les santons dans la crèche qui ornait l'une des consoles du salon.

— Je ne pense pas, ma chérie, répondit Leanna d'un ton aussi décontracté qu'elle le put. Il a dû quitter la ville pour affaires et je ne sais pas quand il reviendra.

— Il n'est pas venu me dire au revoir.

Ce n'était pas une question : juste un constat empli de tristesse et de résignation comme si, au fond, cela ne la surprenait pas vraiment.

— C'est arrivé rapidement, expliqua Jackson. Mais je l'ai vu avant qu'il ne parte. Attends une minute…

Il gagna sa chambre et revint quelques minutes plus tard.

— Il m'a demandé de te remettre ceci, dit-il en lui tendant un petit paquet.

— C'est quoi ? demanda Elise, recouvrant un peu de sa bonne humeur.

— J'étais censé le mettre au pied du sapin pour toi mais je pense que tu peux l'ouvrir dès maintenant.

— Tu me le permets, maman ? demanda la fillette d'un ton suppliant.

La jeune femme jeta un coup d'œil surpris à Jackson.

— Je suppose qu'il n'y a pas de mal à cela…

Elise défit le paquet cadeau et découvrit une belle boîte rouge et verte. Elle l'ouvrit et trouva une magnifique sculpture représentant un cheval de bois et son petit poulain.

— Il a dit qu'il ne pouvait pas t'offrir un vrai cheval mais qu'il espérait que celui-ci te plairait.

Leanna se mordit la lèvre qui tremblait convulsivement.

— Ils sont très beaux, commenta la fillette, ravie. Est-ce que je peux les mettre avec le petit Jésus ? demanda-t-elle à Tante Esme.

— Bien sûr, ma chérie, répondit Tante Esme sans paraître se soucier outre mesure de ce manque d'académisme qu'elle aurait certainement condamné en d'autres circonstances.

Elise plaça précautionneusement la sculpture près de l'âne et du bœuf.

— Je crois que cela vaut bien une bonne tasse de chocolat chaud et quelques marshmallows, commenta Betty, visiblement très émue par le geste de Jackson.

— Merci, murmura Leanna à ce dernier. C'était une attention très délicate…

Il aurait voulu lui dire qu'il était désolé de voir combien Elise souffrait de l'absence de son papa. Mais il n'était certainement pas la personne la mieux placée pour le faire.

— Je suis heureux qu'il lui plaise, dit-il simplement.

Au cours des jours qui suivirent, Jackson et Leanna continuèrent à se conduire de façon polie et légèrement empruntée, ne parvenant jamais vraiment à trouver le ton juste. Lors des dîners, la jeune femme discutait avec tout le monde sauf avec lui.

Elle s'efforçait autant que possible de ne pas croiser le regard de Jackson. Quand cela arrivait, il lisait dans ses yeux un mélange trouble de sentiments contradictoires. Colère et ressentiment, bien sûr, mais également de la tristesse.

Il ne pouvait en être certain et se disait parfois que ce n'était peut-être qu'une projection de ce que lui-même ressentait. Jamais il n'avait désiré une femme comme il la désirait. Il avait besoin d'elle.

Mais elle lui avait clairement fait comprendre qu'elle, au contraire, pouvait très bien se passer de lui.

Le seul rayon de soleil, dans son existence, c'étaient les deux fillettes dont les joyeux éclats de rire emplissaient continuellement la maison. Jusqu'à l'arrivée d'Elise, Megan avait toujours été réservée et timide mais, désormais, elles étaient devenues inséparables.

Pour la première fois depuis qu'elle était arrivée à Bellefontaine, Megan ne cessait de parler, bombardant Jackson de questions auxquelles il était parfois bien en peine de répondre et faisant parfois des réflexions qui l'interloquaient.

Elle était aussi beaucoup plus câline qu'avant et Jackson ne cessait de s'émerveiller de l'amour qu'elle lui portait. L'entendre l'appeler papa était la plus belle récompense au monde, le cadeau le plus précieux qu'elle puisse lui faire.

Son propre père les avait privés de cette chance, Casey et lui, en insistant pour qu'ils l'appellent par son prénom. C'était peut-être l'une des raisons qui expliquaient la distance qui avait parfois existé entre eux, réalisait-il.

La maison était emplie de l'odeur des aiguilles de pin qui se mêlait à celle des multiples plats que Betty avait entrepris de confectionner pour le bal. Tante Esme, comme chaque année, supervisait les préparatifs d'une main de fer.

Elle était partout : aux cuisines pour dispenser de constants mais inutiles conseils, dans la salle à manger pour préparer la décoration, dans les magasins pour faire provision de toutes sortes de délices.

Comme toujours, elle tenait à démontrer à tous ceux qui viendraient au bal que cette réception restait l'une des plus prestigieuses et des plus réussies du comté.

Deux jours avant le bal, Leanna se connecta sur Internet pour rechercher un nouvel appartement. La veille, elle était passée devant son ancien domicile et avait constaté que l'endroit était envahi d'ouvriers qui procédaient à toutes les réparations que Gilbert avait si longtemps repoussées.

Il ne devait pas tenir à ce que le même genre d'incident se reproduise. C'était d'ailleurs une excellente idée, si l'on considérait l'état de délabrement des appartements qu'il louait.

Elle espérait simplement qu'il n'en profiterait pas pour procéder à une hausse substantielle des loyers. Certains des habitants de l'immeuble étaient en effet très proches du seuil de pauvreté et c'était là le cadre le plus luxueux qu'ils puissent s'offrir.

Par curiosité, la jeune femme décida de se renseigner sur l'avancement du remboursement de l'assurance de Gilbert. Elle tapa le nom de la compagnie qu'il lui avait donné et lança une recherche. Curieusement, elle ne trouva aucun dossier en instance de règlement.

Effectuant une recherche par adresse, elle constata que l'immeuble était bien assuré par la compagnie mais nulle procédure n'était mentionnée. Cliquant sur l'historique, la jeune femme s'aperçut que le dernier paiement datait de plus de quatre ans.

Il s'agissait d'un incendie causé dans la lingerie par un court-circuit. De fait, Leanna se rappelait que cette pièce, contrairement à la majorité des autres, paraissait avoir été refaite à neuf.

Alors pourquoi Gilbert n'avait-il pas contacté son assurance ?

Bien sûr, il pouvait s'agir d'une erreur d'archivage mais c'était peu probable. La compagnie en question n'avait pas l'habitude de commettre ce genre de faute.

Jetant un coup d'œil à la nouvelle montre que, contrairement à ses bonnes résolutions, elle venait d'acheter dans un supermarché, la jeune femme s'aperçut qu'il était l'heure d'aller chercher chez la couturière la robe que Tante Esme lui avait prêtée pour le bal.

Sur le chemin du retour, elle pourrait toujours s'arrêter chez Gilbert pour lui demander ce qui se passait.

Pendant ce temps, Jackson se trouvait au grenier, rangeant les boîtes des décorations de Noël que Tante Esme avait entassées dans son bureau en lui expliquant que, comme cela, elles ne gêneraient pas. C'était vraiment typique de sa tante…

Il entendit alors quelqu'un appeler son nom et avisa Delphine, la nouvelle nounou qu'il avait engagée quelques jours plus tôt lorsqu'il s'était avéré évident qu'Esme ne pouvait à la fois préparer le bal et veiller sur les filles.

C'était une femme d'une cinquantaine d'années qui avait élevé cinq enfants et se targuait aujourd'hui d'avoir six petits enfants. Cette fois, au moins, il avait affaire à quelqu'un qui avait de l'expérience et ne risquait pas de démissionner sur un coup de tête.

— Monsieur Fontaine ? Un homme du nom de Murray Dewalt vient de téléphoner. Il voulait que vous le rejoigniez à la raffinerie le plus vite possible. Il a dit que c'était très important…

Jackson jeta un coup d'œil à sa montre et réalisa qu'il était presque 5 heures. Les ouvriers avaient probablement déjà quitté le site et il se demanda ce que son ami pouvait bien faire là-bas.

— Il n'a pas précisé ce dont il s'agissait ?

— Non, monsieur. Il a juste dit que c'était urgent…

Cela signifiait peut-être qu'il avait découvert quelque chose et Jackson avait presque peur de savoir ce dont il s'agissait. Refermant à clé la porte du grenier, il descendit jusqu'à sa chambre et récupéra son portefeuille et les clés de la voiture de son père qu'il conduisait désormais.

Avant de partir, il appela Murray sur son portable mais tomba sur son répondeur. Il laissa donc un message indiquant qu'il se mettait en route.

Gagnant la grosse Lincoln, il se dit une fois encore que ce genre de voiture ne lui convenait guère. Il préférait de très loin la Jaguar que sa mère lui avait offerte pour son anniversaire, l'année précédente. Mais il ne regrettait pas de l'avoir vendue.

La raffinerie se trouvait à moins de cinq kilomètres de Bellefontaine. Mais durant les cinq minutes que dura le trajet, Jackson sentit monter en lui une profonde inquiétude. Murray n'était pas le genre de personne à agir avec précipitation. Ce qui signifiait que quelque chose de grave était arrivé.

Mais, dans ce cas, pourquoi avait-il éteint son téléphone ?

Leanna se faisait l'impression d'être une princesse. Elle virevolta une fois de plus devant le miroir, faisant bouffer sa robe d'un bleu cobalt que gonflait une épaisse couche de jupons en dentelle. Des bandes de broderie couraient le long des manches, ajoutant encore à l'effet de l'ensemble.

— Elle vous va à ravir, commenta la couturière en examinant la jeune femme. Vous avez une allure splendide là-dedans. Tous les hommes vous dévoreront des yeux et toutes les femmes seront vertes de jalousie. Franchement, on dirait que cette robe a été faite pour vous…

Leanna hocha la tête, ravie. L'espace d'un instant, elle se demanda ce qu'en penserait Jackson. Mais elle repoussa vite cette pensée bien trop douloureuse.

Lorsqu'elle se fut rhabillée, elle plaça la boîte contenant la robe dans le coffre de sa voiture et se mit en route pour son ancien immeuble. Tristement, elle songea que, lorsque le bal serait terminé, elle rentrerait seule chez elle.

Il s'en était pourtant fallu de peu pour qu'elle trouve l'homme avec lequel elle pourrait partager sa vie. Un homme qu'elle aimerait et en qui elle pourrait avoir une confiance absolue…

Il était 5 heures et demie lorsqu'elle arriva devant chez Gilbert. Les ouvriers avaient fini leur travail pour la journée mais les échafaudages qu'ils avaient laissés là témoignaient de la réfection en cours.

Après s'être garée devant le bâtiment, la jeune femme l'observa avec étonnement. Non seulement il avait été repeint mais on avait changé les fenêtres, les remplaçant par des doubles vitrages. Des gouttières ornementées avaient également été placées le long du toit et des murs.

Une des locataires passa alors devant sa fenêtre et aperçut Leanna. De la main, elle lui fit signe de la rejoindre.

En entrant dans l'immeuble, la jeune femme réalisa que le tapis miteux qui couvrait le couloir avait été remplacé par une belle moquette beige foncé.

— Ce vieux grippe-sou s'est finalement décidé à faire quelques aménagements, déclara la femme en lui ouvrant la porte. Il a même acheté une nouvelle benne à ordures. Cela faisait un an que je ne cessais de lui répéter que l'autre était cassée.

Leanna resta aussi peu de temps que possible car elle avait terriblement envie d'interroger Gilbert sur ce brusque changement de standing. Comment parvenait-il à régler toutes ces dépenses alors qu'il n'avait pas même demandé à toucher la prime de son assurance ?

Dès qu'elle eut pris congé de la locataire, elle alla donc sonner chez son ancien propriétaire. Lorsqu'il la vit, il la regarda avec un brin de méfiance, ne s'étant visiblement pas attendu à la revoir.

— Qu'est-ce que vous faites là ? demanda-t-il sans même prendre la peine de la saluer.

— Moi aussi, je suis ravie de vous voir, monsieur Alain, lui répondit-elle avec une politesse affectée.

— Désolé… C'est juste que je ne m'attendais pas… Si vous êtes venue me demander de l'argent…

— En fait, je venais juste vous demander si les réparations avançaient et quand je pourrais emménager dans mon appartement.

— Emménager ? demanda Gilbert, surpris. Mais je croyais que vous aviez trouvé un endroit à votre convenance, à Bellefontaine.

— Qui vous a dit cela ? demanda-t-elle, surprise.

Elle lui avait envoyé la note de teinturerie pour ses vêtements abîmés mais elle y avait joint son adresse professionnelle. Il ne l'avait d'ailleurs toujours pas payée.

— Ce doit être vous, dit-il en détournant les yeux.

— Non, je vous assure.

Il haussa les épaules comme si le sujet n'avait pas grande importance.

— Je vois que vous avez entrepris des grosses réparations, reprit-elle. Comment avez-vous réussi à les financer ?

— Grâce à l'assurance, déclara-t-il.

— C'est faux…

Il eut une expression inquiète et fit mine de refermer la porte. Mais la jeune femme la bloqua du pied.

— Que se passe-t-il, monsieur Alain ? demanda-t-elle. Même si l'assurance vous avait remboursé les frais de réfection de mon appartement et de celui du dessus, cela n'aurait pas suffi à couvrir tous les autres aménagements que vous avez réalisés. Cela dit, vous n'avez même pas sollicité ce remboursement…

— Ça ne vous regarde pas, protesta Gilbert en essayant une fois de plus de fermer la porte.

Non seulement la jeune femme ne le laissa pas faire mais elle poussa violemment le battant, le faisant reculer sous l'effet de la surprise. Ce genre d'action musclée ne lui ressemblait guère mais il lui procura un certain plaisir.

Cet homme avait quelque chose à cacher et elle était bien décidée à le découvrir. Si Gilbert n'avait pas fait référence à Bellefontaine, elle n'aurait peut-être pas insisté mais elle avait désormais l'impression que son secret la concernait au premier chef.

Et elle commençait à en avoir plus qu'assez que tout se joue derrière son dos…

— Si, cela me regarde, déclara-t-elle d'un air menaçant. Laissez-moi vous rappelez les faits, monsieur Alain. Mon appartement a été inondé, ce qui m'a forcée à déménager en catastrophe. La compagnie d'assurances aurait dû payer la réparation des dommages mais vous ne l'avez pas avertie. Et voilà que vous refaites brusquement l'intégralité de l'immeuble. Je suis peut-être naïve mais je ne suis pas idiote ! Il n'est pas difficile de déduire de cette succession d'événements que quelqu'un vous a payé pour détruire mon appartement et me faire partir.

En prononçant ces mots, la jeune femme réalisa brusquement que ces méthodes lui étaient familières. N'était-ce pas Jackson qui lui avait proposé de venir loger à la garçonnière avant même qu'elle ne soit victime de cet accident ? Voyant qu'elle refusait, avait-il décidé d'employer les grands moyens pour la convaincre ?

Pourquoi pas ? Après tout, il était la seule personne à sa connaissance qui puisse se permettre de telles dépenses juste pour l'attirer dans son lit…

— Je vous ordonne de me dire qui vous a payé pour saboter mon appartement, dit-elle d'une voix que la rage rendait glaciale. Dans le cas contraire, je me verrai contrainte d'appeler la police.

— Pas la police, protesta Gilbert, avouant du même coup sa culpabilité.

— A ce propos, saviez-vous que ne pas signaler un incident de ce genre constitue un délit ? Si la police l'apprend, si elle enquête sur ce brusque afflux d'argent, si elle interroge les voisins, ne pensez-vous pas qu'elle apprendra qui vous a payé ? Si vous croyez pouvoir garder un tel secret, Gilbert, vous vous trompez lourdement. Alors je vous le demande encore une fois : qui vous a payé ?

Jackson remonta la route qui menait à la raffinerie et fut surpris de trouver la grille fermée à clé. Aucune voiture n'était garée dans le parking. Murray était-il donc parti ? Et si tel était le cas, pourquoi ?

Après avoir ouvert la grille, Jackson roula jusqu'au bâtiment principal et se gara à sa place habituelle, non loin de l'entrée de l'usine. Au passage, il remarqua que, malgré le retard initial qu'avait pris Billy, les travaux avaient bien avancé.

Ils avaient même commencé à remplacer les machines les plus vétustes, en rachetant de nouvelles au fur et à mesure. Noelani avait écrit plusieurs programmes pour en optimiser le fonctionnement et informatiser certaines parties du processus qui, jusqu'alors, avaient été réalisées manuellement. Elle avait même promis d'expérimenter de nouvelles idées qui lui étaient venues, à mesure que la raffinerie reprendrait sa production.

L'intérieur du bâtiment était plongé dans les ténèbres et le bruit des pas de Jackson se répercutait de façon inquiétante sur les parois de métal. La logique lui disait que Murray aurait dû se trouver là et son intuition lui soufflait que quelque chose n'allait pas.

Peut-être Murray avait-il dû partir en urgence pour régler un problème à la plantation de son père. Dans ce cas, il avait certainement laissé un message au bureau.

Parvenu devant l'énorme centrifugeuse qui occupait le centre du bâtiment, Jackson s'arrêta brusquement. Murray avait pu avoir un accident. Après tout, l'endroit n'était pas encore totalement sûr. Peut-être était-il blessé… Dans ce cas, il valait mieux appeler les urgences sans attendre.

Jackson appela une fois de plus et, cette fois, il crut entendre une réponse. Une voix ? Un gémissement ? Hésitant, il fit un pas en avant. Un nouveau bruit se fit entendre, juste derrière lui, cette fois.

Il se retourna juste à temps pour voir un bras levé muni d'un objet métallique s'abattre sur lui. Puis ce fut l'obscurité…

Leanna courut jusqu'à sa voiture et s'empara du téléphone portable que Jackson lui avait donné, lui expliquant qu'en tant que membre de la maisonnée de Bellefontaine, elle risquait d'être exposée aux mêmes dangers que ceux qui guettaient sa famille.

— Plantation Bellefontaine, j'écoute, fit la voix de la nouvelle nounou.

— Delphine ? Leanna à l'appareil… Il faut absolument que je parle à Jackson.

— Je suis désolée, mademoiselle Cargill. M. Dewalt vient de l'appeler pour lui dire qu'il l'attendait de toute urgence à la raffinerie. Il est parti il y a peu de temps.

— Murray ? s'exclama la jeune femme. Vous êtes sûre que c'était lui ?

— C'est ce qu'il a dit.

— Depuis quand Jackson est-il parti ?

— Il y a une vingtaine de minutes… Quelque chose ne va pas ?

— S'il appelle, dites-lui que je le retrouve là-bas. Vous savez s'il a pris son portable ?

— Je ne l'ai pas vu partir, mademoiselle. J'ai juste entendu sa voiture démarrer…

Leanna la remercia et raccrocha. Elle composa alors le numéro de Jackson mais le téléphone sonna sans que ce dernier réponde. Il avait peut-être laissé l'appareil dans sa voiture, songea-t-elle.

Sans attendre, elle monta dans son propre véhicule et démarra en trombe. Elle se rappela alors que le téléphone avait été rétabli au bureau de la raffinerie. Jackson lui avait donné le numéro au cas où.

La jeune femme se rangea sur le bas-côté et fouilla dans son attaché-case. Elle y trouva son carnet d'adresses et tapa le numéro. Tandis que la sonnerie retentissait, elle redémarra et prit la route de la raffinerie.

Personne ne répondait, ce qui était étonnant si Jackson avait quitté la maison vingt minutes auparavant. Il fallait moins de cinq minutes pour aller de Bellefontaine à la raffinerie...

La jeune femme raccrocha et entreprit de se frayer un chemin à travers les embouteillages du centre-ville. Il lui fallut plusieurs minutes pour atteindre la route menant à la raffinerie. Comme elle s'approchait enfin de la voie d'accès à l'usine, elle décida de rappeler le bureau, au cas où.

Pressant la touche bis, elle attendit. Cette fois, quelqu'un décrocha à la deuxième sonnerie.

— Jackson ! s'exclama-t-elle, soulagée. Dieu merci, tu réponds enfin... Tu ne vas pas me croire : je sais qui est derrière tout ça !

Elle attendit une réponse, une réaction quelconque mais elle entendit juste une respiration à l'autre bout de la ligne.

— Jackson ? répéta-t-elle, un peu effrayée. Jackson, c'est toi ?

Mais son interlocuteur raccrocha brusquement.

16.

Jackson n'arrivait pas à penser clairement. La douleur atroce qui battait contre ses tempes l'empêchait de réfléchir. Il avait l'impression qu'une cloche assourdissante retentissait sous son crâne, envoyant dans tous ses membres des vagues de souffrance aiguë.

C'était pire que la pire des cuites qu'il eût jamais prise.

Il tenta de se redresser, de trouver une position qui atténuerait la douleur. En vain.

Le meilleur remède contre la gueule de bois, avait l'habitude de dire son père, c'était le sommeil. C'était exactement ce qu'il devait faire.

Mais quelque chose n'allait pas. Il n'arrivait pas au juste à savoir quoi…

Plus tard.

Penser lui coûtait beaucoup trop.

Dormir…

Baissant les yeux vers le tableau de bord, Leanna constata avec stupeur qu'elle roulait à plus de cent trente kilomètres à l'heure. Hal avait fait un meilleur travail encore qu'elle ne l'avait cru : avec l'ancien moteur, elle n'aurait jamais atteint une telle vitesse.

Se concentrant sur la route, elle s'engagea à toute allure sur la piste de gravier qui menait à la raffinerie, soulevant au passage un nuage de poussière. En approchant, elle aperçut la Lincoln de Duke garée devant l'entrée. Ainsi, Jackson était bien là. Mais seul…

Freinant brusquement, la jeune femme s'arrêta et descendit de son véhicule. Ce n'est qu'alors qu'elle aperçut la voiture garée dans les bois, juste avant l'entrée de la raffinerie, à l'écart de la route.

Visiblement, son propriétaire avait cherché à la dissimuler aux regards, songea-t-elle avec un frisson.

Leanna hésita quelques instants et se mit en route vers la porte de la raffinerie qui était ouverte. Etait-ce un signe encourageant ou devait-elle au contraire s'en inquiéter ?

Elle s'immobilisa un instant sur le seuil comme l'avait fait Jackson avant elle et prêta l'oreille. On n'entendait pas un son. Plissant les yeux pour s'accoutumer à l'obscurité, elle entra.

Le jour où Jackson lui avait fait visiter les lieux, elle avait remarqué le panneau sur lequel se trouvaient les interrupteurs de l'usine. Mais elle n'était plus certaine de sa position exacte.

Pendant quelques instants, elle tâtonna à sa recherche mais ne le trouva pas.

— Jackson ? appela-t-elle, sentant sa peur croître brusquement.

Elle s'approcha de la centrifugeuse et distingua le bureau qui était muni d'une fenêtre par laquelle filtrait un peu de lumière.

Elle entendit alors un faible grognement.

— Jackson ! appela-t-elle un peu plus sonore. Jackson, où es-tu ?

Le grognement se fit plus fort : elle approchait.

— Dis-moi où tu es, insista-t-elle d'une voix qui trahissait son angoisse.

Elle fit quelques pas de plus, devinant sa présence quelque part devant elle.

Contournant la centrifugeuse, elle aperçut une forme sombre sur le sol.

Un corps ?

Un autre gémissement se fit entendre et, cette fois, elle fut certaine qu'il s'agissait de Jackson. Elle s'avança vers lui au moment même où une silhouette embusquée sortait de sa cachette, juste derrière elle.

Instinctivement, elle fit un pas de côté.

Trop tard…

Jackson ouvrit les yeux. Quelque part, dans le lointain, il lui semblait entendre la voix de Leanna. Un moment, il pensa qu'il était victime d'une hallucination. Elle devait pourtant être étendue sur le lit, à côté de lui.

Tendant la main, il toucha ce qu'il croyait être son matelas mais qui s'avéra en réalité un sol de béton froid et dur. Quelque chose ne tournait pas rond…

Cette sensation eut pourtant le mérite de dissiper le brouillard dans lequel il avait sombré. Où diable se trouvait-il ? Et pourquoi avait-il si mal à la tête ? se demanda-t-il en gémissant.

C'est alors qu'il entendit Leanna hurler.

Il vit sa silhouette se détacher dans l'obscurité qui l'entourait et basculer à la renverse. Il essaya de l'attraper mais ses bras refusaient de lui obéir.

Heureusement, elle se rattrapa in extremis et resta assise à même le sol, un peu sonnée.

A quelques mètres d'eux, il aperçut alors la forme d'un homme de profil. Il tenait quelque chose à la main, et Jackson comprit avec horreur qu'il s'agissait d'un revolver.

Brusquement, la mémoire lui revint et il se souvint de l'endroit où il se trouvait. On lui avait tendu un guet-apens !

— Rapprochez-vous de lui ! ordonna l'homme d'une voix que la colère rendait rauque.

Leanna s'exécuta et Jackson parvint à se redresser et à s'asseoir. Cela atténua quelque peu la douleur atroce qui martelait toujours son crâne.

— Alors, tu es enfin réveillé ?

Jackson ne répondit pas, craignant que sa voix ne trahisse l'état de faiblesse dans lequel il se trouvait. Duke lui avait appris à ne jamais montrer qu'il se trouvait en position d'infériorité. Dans la vie, répétait-il, quand on n'a pas la force de son côté, il vaut mieux avoir recours à la ruse.

Lentement, Jackson se mit à quatre pattes avant de se redresser en position verticale. Il se sentait toujours un peu groggy mais ses forces lui revenaient lentement. A son côté, il sentait la présence de Leanna qui l'observait d'un air inquiet.

Pourtant, elle gardait ses distances.

— Pourquoi ? demanda-t-elle d'une voix glaciale qui ne trahissait que rage et détermination.

C'était le ton qu'elle avait employé avec Spencer. C'était la femme qu'il aimait.

— Pourquoi avez-vous fait tout ça ?

L'homme s'approcha, passant de l'ombre à la pénombre et, cette fois, Jackson reconnut leur agresseur.

— Demandez à Jackson, répondit durement Roland Dewalt. Il le sait très bien, lui…

La jeune femme se rapprocha enfin de Jackson et lui prit la main. Il la serra avec reconnaissance et eut l'impression qu'elle lui transmettait un peu de sa force.

Mais le battement de son pouls trahissait la peur qu'elle éprouvait. Jackson sentit un flot d'adrénaline envahir son corps tout entier tandis qu'il décidait qu'il se battrait pour elle jusqu'à la mort, s'il le fallait.

Cette pensée chassa les dernières brumes de son esprit et il se raidit, prêt à agir dès que Roland lui en laisserait l'occasion.

— Il nous hait, répondit-il enfin d'une voix qui lui parut étonnamment calme. Je suis désolé, Lea... Je ne voulais pas te mettre en danger.

Roland le foudroya du regard, la haine se mêlant à la folie dans ses yeux.

— Il m'a volé Angélique. Et puis, il m'a tout pris...

— Il a acheté la raffinerie, protesta Jackson.

— Pas acheté, volé ! s'exclama Roland.

Sa voix résonna bizarrement dans l'usine déserte.

— C'était injuste, ajouta-t-il d'une voix presque enfantine. Il n'avait pas le droit...

Jackson ne pouvait pas vraiment le contredire : son père avait racheté l'endroit à un prix dérisoire. La vente avait été légale, certes, mais elle n'en restait pas moins une parodie...

— Tu les as tués, dit-il d'une voix glacée. Comment as-tu fait ?

— C'est Riley, murmura Leanna. C'est ce que j'étais venue te dire...

— Duke aurait dû savoir que l'argent ne peut pas tout acheter, déclara Roland en souriant. La vente de la raffinerie m'a rapporté assez pour lui faire payer...

— Tu as engagé Riley pour saboter l'avion.

Cela expliquait pourquoi ce dernier avait sombré dans l'alcoolisme. Pourquoi il avait renoncé à réclamer son argent.

— Je l'ai engagé avant le départ de tes parents pour l'Europe, expliqua Roland. Au début, il faisait semblant de ne pas prendre ma proposition au sérieux mais quand j'ai mentionné la somme, j'ai tout de suite vu qu'il était intéressé.

Leanna caressa doucement la main de Jackson.

— Il ne l'aurait peut-être pas fait si Duke ne l'avait pas viré comme un malpropre. Il m'a alors appelé d'Italie pour savoir si mon offre tenait toujours. J'ai transféré la moitié de la somme sur un compte en Suisse ouvert à son nom pour prouver ma bonne foi. Deux jours plus tard, il m'a rappelé pour me dire que sa mission était accomplie et j'ai envoyé l'autre moitié.

— Mais il a dit qu'il était ruiné, objecta Leanna.

— Peut-être qu'il ne l'aurait pas été s'il ne s'était pas arrêté en route dans les casinos de Monte-Carlo.

— Et les autres accidents ? C'est toi qui les as provoqués aussi ?

— Oui. Mais mes autres exécutants n'ont pas été aussi doués que Riley. Broderick n'a même pas réussi à mettre le feu à Bellefontaine. Pourtant, je tenais à ce qu'Esme y passe aussi… Ensuite, je me suis dit que si Murray épousait Casey, j'atteindrais mon objectif en prenant beaucoup moins de risques. Mais ce crétin en a été incapable…

— Alors tu as engagé Denise Rochelle pour qu'elle s'en prenne au moulin ?

— Oh, je n'ai pas eu à débourser un cent pour cela ! Je me suis contenté de lui rappeler ce que Duke avait fait à son père. Cette brave fille a agi par elle-même ensuite… Mais elle était aussi peu habile que Broderick. Alors j'ai décidé de prendre les choses en main personnellement...

Roland fut interrompu par le bruit d'un moteur. Une voiture remontait la route menant à la raffinerie et elle s'arrêta devant le bâtiment.

— Je me demande qui c'est, murmura Roland.

Jackson se posait la même question mais il resta silencieux, remarquant la peur qui se lisait dans les yeux de Roland.

— Taisez-vous ! ordonna-t-il à ses deux prisonniers. Ne dites pas un mot !

Des pas se firent entendre tandis que quelqu'un pénétrait dans l'usine.

— Jackson ? Leanna ? Où êtes-vous ?

A leur grande stupeur, tous trois reconnurent la voix de Murray. Roland étouffa un juron.

La lumière s'alluma alors, révélant les formes menaçantes des machines qui les entouraient de toutes parts.

Jackson regretta de ne pas avoir prévu ce que ferait son ami et de ne pas en avoir profité pour sauter sur Roland tandis qu'il se cachait brièvement les yeux, aveuglé par la brusque luminosité.

C'est alors que Murray contourna la centrifugeuse et se retrouva nez à nez avec eux. Avec stupeur, il observa la scène qui se déroulait devant lui.

— Papa ? s'exclama-t-il. Mais qu'est-ce que tu fais là ?

— Sors d'ici ! s'exclama le vieil homme. Tout ceci ne te concerne pas. C'est entre lui et moi, ajouta-t-il en désignant Jackson.

Murray comprit brusquement ce qui se passait et jeta à Roland un regard horrifié. Puis, brusquement, il s'avança d'un air déterminé.

— Tu as causé assez de malheur comme cela, dit-il. Tu as fait souffrir assez de gens... Jackson ne t'a rien fait !

— C'est un Fontaine, répondit son père avec une haine implacable dans la voix. Ils se valent tous... Ils sont tous contre moi.

Ce n'est qu'à cet instant que Jackson comprit que Roland avait perdu la raison. C'était peut-être arrivé un certain Noël, il y avait des années de cela, lorsque par sa propre faute il avait perdu son meilleur ami, la femme qu'il croyait aimer et sa fiancée.

La faille qui s'était ouverte alors dans sa personnalité n'avait cessé de grandir, envahissant chacun de ses rêves, chacune de ses pensées, chacun de ses délires. Il se croyait persécuté, alors qu'il n'était que rongé par sa propre haine.

Qui sait quand il avait définitivement basculé ?

Murray se tourna vers Jackson, les yeux emplis de larmes.

— Je ne savais pas, murmura-t-il. Je ne savais pas...

— Alors pourquoi es-tu là ? lui demanda son ami d'une voix compatissante.

— Je me suis arrêté chez vous... Delphine m'a dit que tu étais ici...

— Va-t'en ! s'exclama son père, furieux.

— Pose cette arme, papa, supplia Murray en s'approchant courageusement de lui.

— Pas tant que je ne l'aurai pas tué ! hurla Roland.

— Papa, c'est Jackson, pas Duke. Duke est mort...

— Laisse au moins partir Leanna, dit Jackson. Sa fille a besoin d'elle. Et elle ne t'a rien fait...

Murray fit un nouveau pas en avant.

— Donne-moi cette arme, papa, insista-t-il en tendant la main pour la lui prendre.

Roland fit mine de la lui tendre puis, brusquement, il arma le chien et pointa son arme droit sur la tête de Jackson.

— NON ! hurla Leanna en bondissant sur Roland pour écarter le revolver.

Murray et Jackson eurent le même réflexe et tous trois percutèrent Roland de plein fouet alors qu'une détonation assourdissante se faisait entendre dans la raffinerie.

Pendant plusieurs secondes, l'écho se propagea tandis que tous se figeaient.

Puis Murray s'effondra aux pieds de son père.

Murray fut évacué par hélicoptère et admis immédiatement au bloc chirurgical tandis que Jackson était transporté en ambulance vers l'hôpital le plus proche. Leanna, quoique n'ayant que quelques écorchures superficielles, l'accompagna.

Les médecins insistèrent pour faire passer à Jackson une série de tests, craignant une hémorragie. Il s'avéra qu'il n'en était rien et, malgré les conseils des praticiens, il décida de quitter l'hôpital le soir même.

Entre-temps, ils avaient appris que Murray avait perdu beaucoup de sang mais que son état était stable et que ses jours n'étaient pas en danger. Apparemment, la balle avait traversé le gras de la cuisse.

Rassurés, Jackson et Leanna se rendirent au commissariat où ils furent reçus par Remy Bouchard. Ce dernier prit leurs dépositions avant de les raccompagner lui-même jusqu'à Bellefontaine, un peu après minuit.

— Je vous remercie de m'avoir donné autant de travail, plaisanta-t-il lorsqu'il se fut garé devant la maison. Mais ce n'est pas la peine de continuer : j'en ai eu plus que ma dose…

Recouvrant son sérieux, il regarda Jackson droit dans les yeux.

— Je suis désolé pour tes parents. Connaissant leurs relations avec Roland, j'aurais sans doute dû résoudre cette affaire plus tôt. Mais je n'ai jamais pensé qu'il était capable d'une chose pareille.

— Nous l'avons tous sous-estimé, soupira Jackson. Heureusement, personne d'autre n'a été blessé… Merci pour ton aide.

— Je vous tiendrai au courant du déroulement de l'enquête. Par contre, vu l'état de santé mentale de Roland, je doute qu'il y ait un procès… Bien, saluez toute la famille de ma part et souhaitez à tous un joyeux Noël. Maintenant, au moins, vous pouvez dormir sur vos deux oreilles.

Jackson et Leanna prirent congé du policier et regardèrent sa voiture s'éloigner dans la nuit. Adam et Nick les attendaient sous le porche malgré la température plutôt fraîche. Les femmes de la famille s'étaient installées dans la cuisine. Même Betty était restée pour s'assurer qu'ils allaient bien.

Elle leur proposa deux bonnes tasses de café mais Tante Esme déclara qu'étant donné les circonstances, un peu d'alcool ne ferait de mal à personne.

Tandis que Casey se chargeait de préparer des mint-julep pour tout le monde, Jackson alla se changer et Leanna vérifia que les filles dormaient bien. Elle les trouva toutes deux dans la chambre de Megan.

Lorsqu'elle redescendit, tout le monde s'était rassemblé dans le salon. L'ambiance décontractée et chaleureuse aida Jackson et Leanna à se détendre quelque peu. Ils racontèrent alors ce qui leur était arrivé à la raffinerie.

— Quel misérable salopard, commenta Casey, furieuse quand elle apprit le rôle que Roland avait joué dans la mort de ses parents. Que croyait-il ? Qu'il allait pouvoir se venger en rachetant Bellefontaine ?

— Je ne crois pas qu'il ait poussé si loin sa réflexion, répondit son frère. Il est complètement fou, tu sais. Tout ce qu'il voulait, c'était détruire notre famille, nous acculer à la ruine et nous forcer à abandonner la plantation comme tant d'autres ont dû le faire depuis le siècle dernier.

— Comment savait-il que tu avais constitué une réserve de sucre dans le hangar ? demanda Nick.

— Apparemment, il avait vu les camions qui le transportaient. Ils passaient juste devant sa propriété... J'aurais mieux fait de changer les serrures.

— C'est lui qui a prévenu la coalition au sujet de ce stock, ajouta Leanna. Ensuite, comme il a pensé que nous ne faisions rien, il a décidé d'employer les grands moyens.

— Et il a payé Riley pour faire sauter le hangar, conclut Jackson. Ce dernier était tellement à court d'argent qu'il a bondi sur l'occasion.

— Et où est-il, en ce moment ?

— La police lui est tombée dessus, il y a moins d'une heure. A La Grenouille...

— Pourquoi n'a-t-il pas fait sauter toute la raffinerie ? demanda Casey.

— Parce que nous aurions eu plus à gagner qu'à perdre, expliqua Jackson. L'assurance aurait remboursé la totalité des installations et nous aurions pu reconstruire une raffinerie plus petite mais plus moderne et plus efficace.

— Roland a aussi chargé Riley de corrompre Gilbert, mon ancien propriétaire, pour que celui-ci inonde mon appartement.

— Ah bon ? s'exclama Jackson. Quand l'as-tu découvert ?

— Aujourd'hui même. Je suis enquêtrice, au cas où tu l'aurais oublié. Et, quoi que tu en penses, je suis plutôt douée dans ma partie. Lorsque j'ai découvert que Gilbert n'avait jamais demandé le remboursement des frais pour les travaux de rénovation de mon appartement, je suis allée le voir. Bizarrement, il semblait avoir touché le gros lot : il était en train de refaire tout l'immeuble.

— Et il t'a tout raconté ? s'étonna Jackson.

— Je lui ai peut-être un peu forcé la main, reconnut la jeune femme en souriant. Après tout, j'ai été à bonne école, ces derniers temps.

— Tu veux dire que tu l'as *manipulé* ? demanda Jackson, ironique.

— Les gens désespérés font parfois des choses étranges, répondit-elle. En tout cas, Gilbert m'a avoué que c'était Riley qui l'avait payé. Il ignorait évidemment le fait que ce dernier travaillait pour Roland… Alors je t'ai appelé mais tu n'étais pas à la plantation. C'est Delphine qui m'a dit que tu étais à la raffinerie.

— Et c'est comme ça que tu t'es retrouvée face à Roland…

— Est-ce que Murray était au courant pour son père ? demanda Tante Esme.

— Il savait que son père était en train de perdre la boule, répondit Jackson. Mais il n'a pas imaginé un seul instant à quel point il avait déjà sombré dans la folie…

La pendule sonna 1 heure et Adam bâilla. Ce fut le signal de la retraite générale. Tous se souhaitèrent une bonne nuit, se félicitant du fait que le cauchemar avait pris fin après des mois de psychose généralisée.

— Ne m'attendez pas avant 10 heures, demain matin, déclara Betty. Ceux qui se lèveront plus tôt devront se préparer eux-mêmes leur petit déjeuner.

— Delphine n'arrive pas avant 8 heures mais je ferai manger les filles, déclara Tante Esme.

— Merci, lui dit Betty.

— Il n'y a pas de quoi, répondit gracieusement la vieille dame.

Les autres échangèrent des regards interloqués devant cet échange de politesses inédit.

— Ne te fais pas de souci, Tante Esme, reprit Jackson. Je m'occuperai de mes filles moi-même.

Leanna leva un sourcil surpris devant cet adjectif possessif. Les autres s'abstinrent de tout commentaire, sachant qu'il y avait de l'eau dans le gaz entre eux et jugeant préférable de ne pas prendre parti.

— Je vais me coucher, déclara alors la jeune femme.

— Je t'accompagne, lui dit Jackson.

Elle hésita quelques instants puis hocha la tête et ils se dirigèrent vers la porte de derrière, laissant à la famille le soin de parier sur ce qui allait arriver.

— Ce doit être horrible pour Tante Esme, commenta Leanna tandis qu'ils traversaient le jardin. Apprendre que son ex-fiancé a tué son frère et sa meilleure amie. Crois-tu qu'elle se demande parfois ce qui se serait produit si elle n'avait pas ramené Angélique à Bellefontaine ?

— Tante Esme te répondrait sans doute qu'avec des « si », on pourrait mettre Paris en bouteille, répondit gravement Jackson. On ne change pas le passé : on apprend à vivre avec.

Leanna frissonna et il passa un bras autour de ses épaules. Elle ne se nicha pas contre lui comme elle l'aurait fait avant leur dispute, mais, au moins, elle ne le repoussa pas. Ils atteignirent bientôt la garçonnière et Jackson se demanda ce qui allait suivre.

17.

Leanna avait besoin de temps pour réfléchir. Ce qui s'était passé à la raffinerie avait été trop soudain, trop rapide pour qu'elle puisse en prendre l'exacte mesure. Tout ce qu'elle savait, c'est que lorsqu'elle avait vu Roland brandir son revolver en direction de Jackson, son monde avait chaviré.

En un instant, elle l'avait vu mort, avait essayé d'imaginer ce que serait la vie sans lui, et n'y était pas parvenue. Depuis qu'il avait ouvert la porte de sa voiture, la surprenant en train de l'espionner, sa vie avait basculé.

Cela faisait peu de temps qu'elle le connaissait, en définitive, mais elle savait qui il était vraiment. Ils avaient partagé plus de choses en quelques semaines que d'autres n'en partageaient en toute une vie.

Elle connaissait sa générosité et son intransigeance, sa gentillesse et sa dureté, sa force et sa douceur. Elle admirait sa droiture et la façon qu'il avait de tout donner pour ceux qu'il aimait.

Il lui avait offert un toit et sa protection, il lui avait ouvert son cœur, il avait accepté sa fille comme si elle était la sienne. Il avait su vaincre ses angoisses et l'aider à trouver le courage de les affronter.

Mais tout cela ne suffirait pas tant qu'il n'y aurait pas de confiance entre eux…

Lorsqu'ils entrèrent dans la garçonnière, elle le regarda longuement tandis qu'il restait immobile, attendant qu'elle prenne l'initiative. Il paraissait fatigué, épuisé même. Ce soir, il avait affronté la folie et l'avait vaincue. Mais il avait aussi perdu une certaine forme d'innocence. Elle le lisait dans ses yeux.

— Je sais qu'il est tard, dit-il enfin, voyant qu'elle ne disait rien. Mais je crois que nous devrions parler, toi et moi.

— Peut-être demain, lorsque nous serons reposés, répondit-elle.

Il secoua la tête.

— De toute façon, je ne pourrai pas dormir, ce soir… Pas sans toi, en tout cas, ajouta-t-il en posant doucement ses mains sur ses épaules.

— Jackson…, murmura-t-elle sans trop savoir ce qu'elle voulait lui dire.

— Tu m'as sauvé la vie, reprit-il.

Elle aurait voulu trouver les mots pour lui parler mais ils lui échappaient toujours. Elle chercha vainement. Son esprit était vide, comme anéanti par l'intensité de ce qu'elle venait de vivre.

Lorsqu'il la prit dans ses bras pour la serrer contre lui, elle ne résista pas. Elle entendait les battements de son cœur contre sa joue, lents et réguliers, terriblement rassurants.

— Je t'aime, Lea, dit-il alors. Je t'aime plus que tout au monde et je ferais l'impossible pour te rendre heureuse. Mais il faut que tu me dises ce que j'ai fait pour que tu sois tellement en colère contre moi. Pour que tu passes tes journées à m'éviter ou à t'adresser à moi comme à un étranger.

— Ce n'est pas à cause de quelque chose que tu as fait, répondit-elle avec difficulté. Mais de quelque chose que tu n'as *pas* fait… Tu n'avais pas le droit de décider de mon avenir et de celui d'Elise. Tu ne me considères pas assez pour t'enquérir de mon avis ou pour me confier tes problèmes.

— Ce n'est pas vrai, protesta-t-il.

— Ah bon ?

Elle se dégagea doucement de son étreinte, se sentant parfaitement incapable de réfléchir tant qu'il serait si proche d'elle.

— Tu as décidé tout seul d'engager un détective privé pour faire suivre Elise et Richard. Tu as demandé à Nick d'accorder une ligne de crédit à Richard sans m'en parler. Tu as raconté mon histoire à un juge derrière mon dos. Tu as forcé mon ex-mari à abandonner sa fille sans même discuter des implications de cet acte avec moi. Si je devais qualifier cette attitude, je dirais qu'elle est irrespectueuse, voire inadmissible.

Elle vit qu'il s'apprêtait à protester mais elle ne lui en laissa pas le temps.

— Je sais ce que tu vas me dire. Que tu voulais juste nous protéger, Elise et moi… Et c'est pour cela que je t'aime. Mais je n'ai pas besoin d'un chevalier en armure pour me protéger des dragons, Jackson.

Elle s'interrompit quelques instants mais, cette fois, il resta silencieux, attendant qu'elle poursuive.

— Ton père a passé sa vie à manipuler les gens, à se jouer d'eux, à tirer parti de leurs faiblesses. En fin de compte, c'est ça qui a causé sa perte et les malheurs de ta famille.

Jackson l'écoutait toujours, plus attentif que jamais.

— Je ne veux pas vivre de cette façon, poursuivit-elle. En me demandant toujours si quelqu'un ne va pas surgir pour se venger sur moi d'une action réelle ou imaginaire que je n'ai pas commise.

— Ecoute, répondit gravement Jackson, je ne défendrai pas toutes les décisions de Duke parce que j'étais en complet désaccord avec nombre d'entre elles. Tu as raison à son sujet : il était manipulateur et rusé. Ça l'amusait. C'était même devenu une sorte de jeu, de défi perpétuel. Il n'était pas forcément plus dur que ses adversaires : il était juste plus doué qu'eux.

— Cela ne justifie en rien ses actes.

— Ce n'est pas ce que j'essaie de te dire. Il existe une différence de taille entre Duke et moi. Il manipulait les gens pour en tirer parti.

— Comme lorsqu'il a refusé ce prêt à Roland pour pouvoir lui racheter sa raffinerie à un prix sacrifié, par exemple ?

— Oui. Même si je pense que Roland aurait fini par la vendre de toute façon...

— Cela, nous ne le saurons jamais, protesta Leanna. Murray aurait pu redresser la barre. Tu l'as dit toi-même. C'était peut-être ce dont ton père avait vraiment peur : se retrouver en compétition face à un adversaire à sa taille... Mais il aurait mieux fait de s'en abstenir puisqu'en fin de compte, ce sont ces petites manigances qui l'ont conduit à la mort. Et il a entraîné Angélique avec lui.

— Tu oublies qu'il avait affaire à un fou.

— Toute la question est de savoir quand Roland a basculé dans la démence, observa-t-elle. Avant ou après que Duke lui a arraché sa dernière chance de se racheter aux yeux de la communauté et de son propre fils ?

Jackson accusa le coup mais elle jugea bon de poursuivre sa démonstration.

— Sans oublier la façon dont Duke a traité le père de Denise...

— Il n'avait rien à voir dans cette histoire, protesta Jackson. Vérifie les registres, si tu ne me crois pas. Mais la question n'est pas là. J'ai déjà admis que mon père avait commis des erreurs. A mon avis, tu n'as pas cité la plus importante : il a trompé ma mère, trahi celle de Noelani et abandonné ma demi-sœur. Le fait de leur envoyer de l'argent ne pouvait en aucun cas racheter ce qu'il avait fait. Et il a recommencé à la naissance de Megan : il a voulu me convaincre de l'abandonner, elle aussi. Mais j'ai refusé. Alors ne me dis pas que je suis comme lui.

Jackson était blessé et sa voix trahissait la colère qu'il éprouvait contre elle et contre son père. C'était la première fois qu'il avouait à quelqu'un les déceptions que lui avait causées Duke. Il n'en avait même jamais rien dit à Casey.

Leanna hésita, ayant envie de le serrer dans ses bras, de lui dire qu'elle le croyait, qu'il valait cent fois mieux que Duke en tant que père. Elle savait qu'il aurait tout donné pour sa fille. Mais elle était allée trop loin pour mettre un terme à cette discussion.

— N'as-tu pas soudoyé des membres de la municipalité pour que Nick puisse obtenir la licence de son casino ?

— Je ne les ai pas soudoyés, Lea, protesta-t-il. Je ne les ai pas fait chanter non plus, même si certains le pensent. Je les ai convaincus. Oh, pas seulement avec des mots : avec des promesses. Je leur ai montré tout ce qu'ils avaient à gagner en acceptant. Je leur ai dit que le White Gold contribuerait à remplir les caisses de la ville. Je leur ai dit qu'il attirerait des visiteurs, qu'il créerait une activité économique dans un quartier laissé pour compte. C'est de la politique. C'est de l'économie. Mais je les ai laissés prendre leur décision en toute conscience et en toute liberté.

Il s'interrompit, cherchant comment formuler ce qu'il avait en tête.

— Je crois que je dois aider mes amis chaque fois que j'ai la possibilité de le faire et tant que cela ne me force pas à enfreindre la loi ou à compromettre ma propre intégrité. Et ce que j'essayais de te dire avant que tu ne m'interrompes, c'est que je ne crée pas les situations que j'exploite, contrairement à mon père.

— Et dans le cas de Richard ? Tu lui as bien tendu un piège, non ?

Cela, au moins, il ne pouvait le nier.

— C'est vrai. Mais ce n'est pas moi qui ai fait de lui un joueur. Il l'était avant que tu le connaisses. Je ne lui ai pas mis des cartes de force entre les mains. Je ne l'ai pas acculé dans une impasse comme Duke l'a fait avec Roland. Il était libre de ne pas jouer...

— Tu savais qu'il ne pouvait pas résister.

— Je l'espérais, acquiesça-t-il. Mon plan reposait sur cette conviction. Mais ce n'est quand même pas moi qui suis censé lui expliquer qu'il est mal de dilapider son argent. C'est un adulte responsable. D'ailleurs, tu as toi-même avoué que, si je t'avais consultée, tu aurais probablement donné ton accord !

S'il pensait qu'il s'en tirerait en intervertissant les rôles, il se trompait, songea la jeune femme.

— Tu ne m'as pas donné une chance de le faire, au cas où tu aurais oublié.

— C'est vrai. Et j'ai eu tort, je m'en excuse. Je te promets que je ne recommencerai plus.

Leanna ne répondit pas, comprenant qu'il le pensait vraiment.

— Mais ce que je veux que tu saches, ajouta-t-il, c'est qu'il est dans ma nature de protéger ceux que j'aime. Je ferais n'importe quoi pour ça.

— Moi aussi, acquiesça-t-elle.

274

Jackson la regarda et un sourire moqueur se dessina brusquement sur ses lèvres.

— Oui, je m'en doutais un peu. Je crois que même mon père aurait été fier de la façon dont tu t'es conduite avec Gilbert pour obtenir l'information que tu cherchais. Il aurait aussi admiré la façon dont tu as forcé ce camionneur à accepter une somme moindre que celle qu'il te demandait, en lui faisant un chèque dont il ne voulait pas.

— C'est toi qui m'accuses de manipulation ? demanda-t-elle, scandalisée.

— Non. Je ne dis pas que tu es aussi mauvaise que Duke ni aussi teigneuse que moi… Mais tu apprends vite.

Malgré elle, la jeune femme ne put s'empêcher de sourire. Jackson lui prit alors les mains et la regarda droit dans les yeux.

— Nous devons tous parfois nous battre pour obtenir ce que nous voulons, lui dit-il. Dans les deux cas, tu as fait ce qu'il fallait. Et ce que j'ai fait avec Richard était ce qu'il fallait. Tu l'as admis toi-même. Mais tu as raison de dire que j'aurais dû t'informer de mes projets. J'aurais dû te demander ton avis…

Il enlaça ses doigts, recréant entre eux ce lien qui n'aurait jamais dû se briser.

— Pourtant, reprit-il, tu as tort de penser que je ne te respecte pas. Je respecte ton intelligence. Je respecte ton amour pour ta fille. Je respecte ton sens du devoir et la façon dont tu as endossé les dettes de ton mari alors que rien ne te forçait à le faire. J'ai été stupide de penser que je pouvais t'éviter de prendre des décisions déplaisantes. Tu en as pris plus que ta part… J'espérais seulement te protéger de la dureté du monde qui nous entoure.

— Je ne suis pas faite de cristal, Jackson. Il en faut plus pour me briser.

— Crois-moi, je m'en suis aperçu entre-temps, répondit-il avec un sourire un peu triste.

Ils se regardèrent durant de longues secondes puis Jackson murmura :

— Alors tout est réglé ? Il n'y a plus de problème ?

Voyant qu'elle hésitait encore, il insista :

— Je ne suis pas parfait, Lea. J'ai même des tas de défauts mais, depuis que tu es entrée dans ma vie, je suis un homme meilleur. Je ne peux pas te jurer que je ne commettrai plus d'erreurs mais je te promets de ne plus jamais te mentir. Je te promets de ne plus rien te cacher. Je veux que tu fasses partie de ma vie. Je veux partager les bons et les mauvais moments avec toi...

La jeune femme détourna les yeux, terriblement émue par cette déclaration. Ces paroles étaient les plus belles qu'on lui eût jamais dites.

— Je t'aime, Leanna.

— Moi aussi, je t'aime, répondit-elle dans un murmure tandis que les larmes de joie qu'elle n'avait jamais cru verser coulaient doucement de ses beaux yeux bleus.

Les feux d'artifice tirés au-dessus du Mississippi constellaient la nuit d'un millier d'étoiles filantes. A Bellefontaine, elles paraissaient se refléter sur la terre elle-même. Des dizaines de lampions avaient été en effet installés le long de la voie d'accès à la plantation et dans les arbres du parc.

A l'intérieur, les convives, repus après un délicieux repas qui n'avait pas compté moins de sept plats, écoutaient Jackson, fascinés, tandis qu'il leur parlait de la longue rivalité ayant opposé les Fontaine aux Dewalt et de sa conclusion tragique.

— Murray est maintenant rétabli, conclut-il. Malheureusement, les médecins ne l'ont pas autorisé à se joindre à nous ce soir, jugeant qu'il avait encore besoin d'un peu de repos.

— Et Roland ? demanda Ripley Spruance, le très respecté patron du syndicat des industries sucrières.

— Il va enfin pouvoir séjourner dans l'asile où il aurait dû être enfermé depuis longtemps, déclara péremptoirement Tante Esme. Cela fait des années que je répète que cet homme est un dangereux déséquilibré mais personne ne voulait me croire.

— Je suis vraiment triste pour Murray, soupira Casey. Roland est peut-être fou, mais il n'en reste pas moins son père.

— Que compte-t-il faire ? demanda Nick.

— Il ne le sait pas encore, répondit Nick. Il envisage de vendre la plantation mais j'essaie de l'en dissuader. Au moins jusqu'à ce que notre compagnie d'assurances nous verse ce qu'elle doit pour que nous puissions la lui racheter.

— Voilà qui est plutôt étrange, commenta Adam. Roland voulait que les deux plantations soient réunies et on dirait bien qu'il va obtenir gain de cause... d'une façon plutôt inattendue.

Tante Esme se leva alors de table, marquant la fin officielle du repas. Elle portait une magnifique robe du XIXᵉ siècle qui lui conférait une aura de majesté impressionnante.

— Est-ce que nous devons débarrasser, maman ? demanda Elise qui était assise à côté de Megan.

Les deux inséparables fillettes étaient resplendissantes dans leurs robes à volants.

— Non, répondit Betty.

Elle avait troqué son jean habituel contre une sobre robe de domestique du siècle précédent et un tablier d'une blancheur immaculée. Seule la cigarette éteinte qui pointait sous son bonnet assorti jurait un peu avec l'ensemble.

— Ce soir, vous n'avez qu'à vous amuser et profiter du spectacle…

— Le moment est venu de danser, déclara Tante Esme.

Elle fit signe à l'orchestre qui attaqua une valse.

— Je ne sais pas danser ce genre de truc, dit Megan, dubitative.

— Il y a un autre groupe qui jouera dans le grand salon, ma chérie, répondit Tante Esme. Tu te souviens de Luc Renault, qui était venu animer le cochon de lait ?

— Ah, oui, s'écria la fillette, ravie. Lui, au moins, il jouait de la musique joyeuse !

— Eh bien, c'est lui qui jouera ce soir. Venez, je vous y emmène…

D'un pas impérial, elle entraîna ses deux petites protégées. Jackson les suivit des yeux en souriant et prit Leanna par la taille pour l'entraîner vers la porte de derrière.

— Tu es magnifique, lui souffla-t-il tandis qu'ils se dirigeaient vers l'allée des siffleurs.

Derrière eux, le groupe de Luc commença à jouer, offrant un joli contrepoint à leur promenade romantique.

— Je me demande tout de même comment les femmes d'autrefois faisaient pour porter ces vêtements incommodes à longueur de journée, observa Leanna. Et encore, je n'ai pas de corset.

— Dieu merci, s'exclama Jackson en riant, j'aurai moins de mal à te déshabiller… D'ailleurs, tu n'as pas à te plaindre : ce col raide me fait l'effet d'une minerve. Je ne sais pas comment les hommes le supportaient en plein été.

Ils atteignirent leur banc fétiche et Jackson aida la jeune femme à s'asseoir, ce qui n'était pas facile étant donné l'épaisseur des jupons qu'elle portait sous sa robe.

— Il y a quelque chose que je ne t'ai pas demandé, hier, avec toutes ces émotions, dit alors Jackson.

— Quoi ? demanda-t-elle en fronçant les sourcils.

— Leanna…, dit-il en s'agenouillant devant elle, est-ce que tu veux m'épouser ?

Le cœur de la jeune femme se mit à battre la chamade tandis qu'un frisson la parcourait tout entière. Puis elle sentit ses yeux s'embuer de larmes, réduisant à néant plus d'une demi-heure de maquillage consciencieux.

C'était stupide, se dit-elle. Tante Esme l'avait pourtant prévenue. Mais elle n'avait pas vu le coup venir. La veille, ils s'étaient avoué leurs sentiments puis avaient fait l'amour avec passion, mais à aucun moment Jackson ne lui avait parlé de mariage.

— Manipulateur…, murmura-t-elle d'une voix enrouée par l'émotion. Tu ne changeras donc jamais ?

Son petit sourire penaud lui fit comprendre qu'elle avait probablement raison.

— Ce n'est pas une réponse, objecta-t-il.

— Tu sais, lui dit-elle, je savais depuis longtemps que je t'aimais. Mais hier, j'ai découvert que je ne pouvais pas vivre sans toi. Alors c'est oui, Jackson. Pour le meilleur et pour le pire, je veux bien t'épouser.

Comme par magie, il sortit de la poche de sa redingote un anneau qu'il lui passa au doigt. Et la jeune femme comprit brusquement que la plus belle partie de son existence ne faisait que commencer…

— Bingo ! s'exclama Tante Esme de la fenêtre d'où elle observait la scène.

— Je croyais que les femmes bien élevées n'étaient pas censées dire ce genre de choses, fit remarquer Betty qui se tenait à son côté.

— Au diable la politesse, répliqua Tante Esme. En tout cas, tu avais raison sur un point : j'ai bien fait de débourser tout cet argent pour convaincre Tanya de s'en aller. Elle leur aurait certainement mis des bâtons dans les roues...

— Tu es aussi machiavélique que l'était ton frère, remarqua Betty en souriant.

— Si tu avais connu notre père...

— Une chose est sûre en tout cas. Il était amplement temps que vous fassiez entrer une yankee dans la famille.

— Une « satanée-yankee », Betty. C'est un nom composé.

Chère lectrice,

Vous nous êtes fidèle depuis longtemps?
Vous venez de faire notre connaissance?

C'est pour votre plaisir que nous avons
imaginé un rendez-vous chaque mois
avec vos auteurs préférés, vos
AUTEURS VEDETTE dans les
collections Azur et Horizon.

Les AUTEURS VEDETTE vous
donneront rendez-vous pour de
nouveaux livres vedette.

Pour les reconnaître, cherchez
l'étoile ... Elle vous guidera!

Éditions Harlequin

HARLEQUIN

LE FORUM DES LECTEURS ET LECTRICES

CHERS(ES) LECTEURS ET LECTRICES,

VOUS NOUS ETES FIDÈLES DEPUIS LONGTEMPS?

VOUS VENEZ DE FAIRE NOTRE CONNAISSANCE?

SI VOUS AVEZ DES COMMENTAIRES, DES CRITIQUES À
FORMULER, DES SUGGESTIONS À OFFRIR, N'HÉSITEZ
PAS… ÉCRIVEZ-NOUS À:
        LES ENTREPRISES HARLEQUIN LTÉE.
        498 RUE ODILE
        FABREVILLE, LAVAL, QUÉBEC.
        H7R 5X1

C'EST AVEC VOS PRÉCIEUX COMMENTAIRES QUE NOUS
ALLONS POUVOIR MIEUX VOUS SERVIR.

DE PLUS, SI VOUS DÉSIREZ RECEVOIR UNE OU
PLUSIEURS DE VOS SÉRIES HARLEQUIN PRÉFÉRÉE(S)
À VOTRE DOMICILE, NE TARDEZ PAS À CONTACTER LE
SERVICE D'ABONNEMENT; EN APPELANT AU
(514) 875-4444 (RÉGION DE MONTRÉAL) OU 1-800-667-4444
(EXTÉRIEUR DE MONTRÉAL) OU TÉLÉCOPIEUR
(514) 523-4444 OU COURRIER ELECTRONIQUE:
AQCOURRIER@ABONNEMENT.QC.CA OU EN ÉCRIVANT À:
        ABONNEMENT QUÉBEC
        525 RUE LOUIS-PASTEUR
        BOUCHERVILLE, QUÉBEC
        J4B 8E7

MERCI, À L'AVANCE, DE VOTRE COOPÉRATION.

BONNE LECTURE.

HARLEQUIN.

VOTRE PASSEPORT POUR LE MONDE DE L'AMOUR.

<u>COLLECTION</u> <u>HORIZON</u>

Des histoires d'amour romantiques qui vous mènent au bout du monde!

Découvrez la passion et les vives émotions qu'apportent à la Collection Horizon des auteurs de renommée internationale!

Captivantes, voire irrésistibles, ces histoires d'amour vous iront assurément droit au coeur.

Surveillez nos trois nouveaux titres chaque mois!

GEN-H-R

ROUGE PASSION

**De fiévreuses histoires
d'amour sensuelles!**

**De provocantes histoires
d'amour passionnées et
romantiques qu'on lit d'une
seule traite. Aventureuses,
parfois humoristiques, et
sensuelles, elles mettent en
vedette des hommes et des
femmes d'aujourd'hui.**

**ROUGE PASSION...
trois nouveaux titres
chaque mois.**

69 L'ASTROLOGIE EN DIRECT
TOUT AU LONG
DE L'ANNÉE.

(France métropolitaine uniquement)
Par téléphone 08.92.68.41.01
0,34 € la minute (Serveur SCESI).

Composé et édité par les
éditions Harlequin
Achevé d'imprimer en juillet 2004

BUSSIÈRE

GROUPE CPI

à Saint-Amand-Montrond (Cher)
Dépôt légal : août 2004
N° d'imprimeur : 43274 — N° d'éditeur : 10693

Imprimé en France